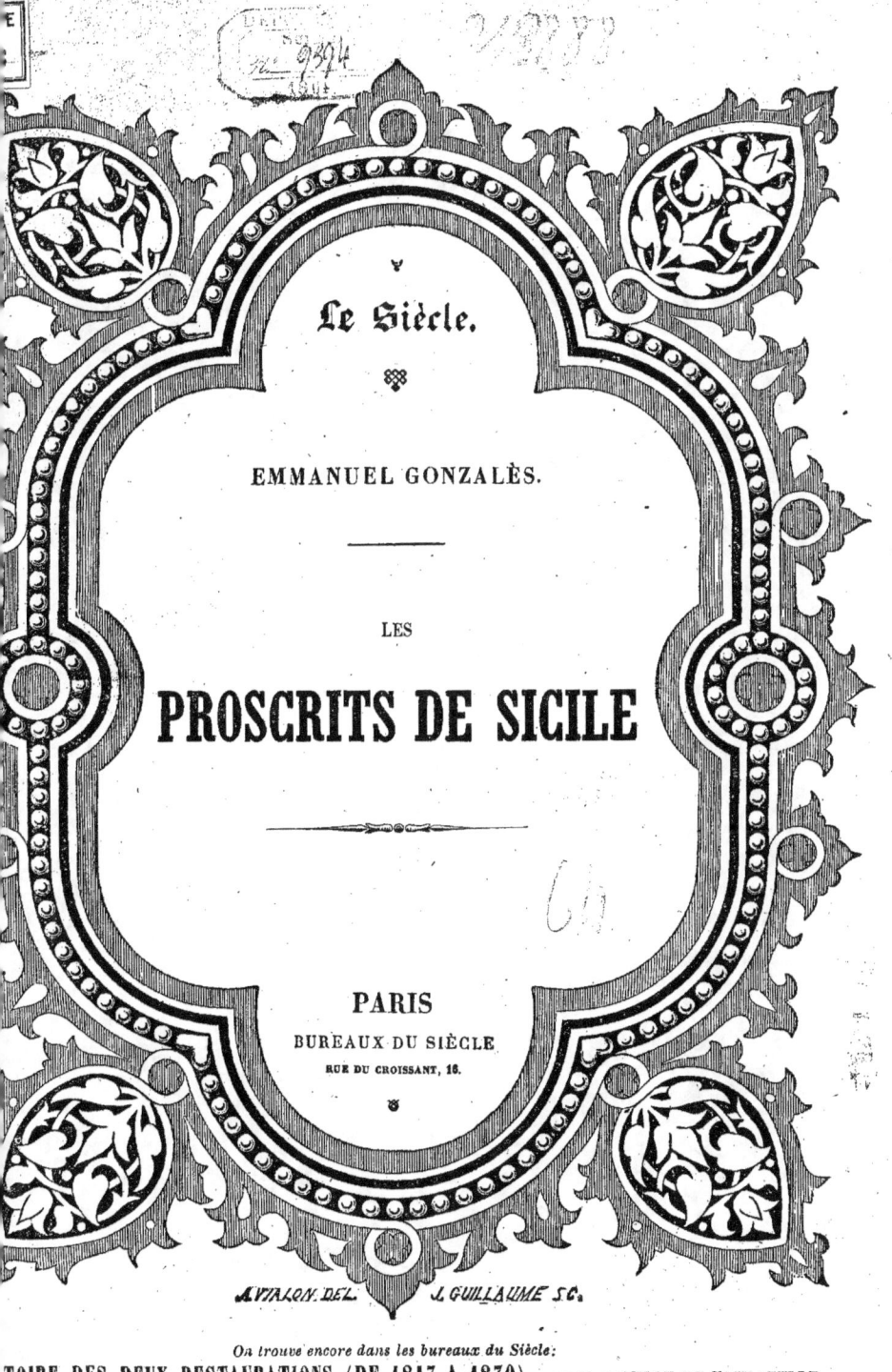

Le Siècle.

EMMANUEL GONZALÈS.

LES

PROSCRITS DE SICILE

PARIS
BUREAUX DU SIÈCLE
RUE DU CROISSANT, 16.

A.VIALON. DEL.   J. GUILLAUME SC.

Emmanuel Gonzalès.

LES

PROSCRITS DE SICILE

Ⓒ

PREMIÈRE PARTIE.

I

LA LETTIGA.

L'atmosphère était lourde et brûlante. Pas un souffle de vent ne faisait frissonner les herbes à moitié grillées et ne caressait la tige mourante des fleurs. Les oiseaux eux-mêmes dormaient nonchalamment sur les branches des orangers et des lauriers roses, quand un jeune homme, dont le haut-de-chausse de toile rouge, les bas bleus et le méchant manteau gris menaçaient ruine, sortit de Girgenti, l'antique Agrigente, et, pour gagner la route de Palma, traversa, avec une rapidité singulière, les champs de la Rupe-Athenea.

Après avoir tourné plusieurs fois la tête derrière lui, pour s'assurer qu'aucun regard ne pouvait l'épier, il gagna à gué le fleuve Ruccello, et mit enfin le pied dans l'ancien quartier de Neapolis, qu'un pont joignait autrefois à la ville, mais qui, depuis longtemps, s'est couché sur le sol, et ne représente plus qu'un noir monceau de ruines.

Alors son mâle visage redevint calme, et il sembla respirer librement, comme un prisonnier qui vient de conquérir une heure de repos et de liberté.

C'était un de ces enfans robustes que leurs larges épaules et leur vaste front paraissent appeler, comme Hercule, à porter le monde.

La vive ardeur du sang sicilien éclatait dans ses yeux noirs, dont le regard accusait une grande force d'intelligence et de volonté, tandis qu'une expression bienveillante souriait sur ses lèvres.

Il s'assit sur une pierre antique qui formait la tête d'un géant cyclopéen renversé par le temps, et, appuyant son front sur ses mains nerveuses, il oublia un instant son pauvre costume ; et, heureux d'avoir rompu un anneau de la chaîne de fer qui l'attachait à une vie misérable, il laissa son esprit s'égarer dans des rêves doux et glorieux.

Mais, quoiqu'il parût tout à fait absorbé dans des songes d'avenir qui voltigeaient devant lui comme des fantômes étoilés au milieu des ténèbres, son oreille s'ouvrait à tous les bruits mystérieux de la solitude, aussi subtile que celle d'un Indien.

Longtemps son attente fut vaine ; le cri des sauterelles dansant sous les ronces troublait seul le silence.

A tout instant, la chaleur s'attiédissait.

Le soleil se penchait sur les flots, son disque et son manteau de rayons étaient fortement nuancés de jaune clair et de bandes rouges ; l'horizon rouge était frangé de bleu. On eût dit un immense incendie qui, s'allumant sur les crêtes sauvages de l'Etna, venait doucement s'éteindre dans les vagues de l'Adriatique. A droite, le blanc éventail des maisons de Girgenti se déployait gracieusement sur le versant du mont Camicus.

A gauche, un petit chemin creux, bordé de palmiers, se perdait dans la direction de Palma.

Tout à coup un murmure lointain de clochettes descendit de ce chemin et vint mourir à l'oreille avidement tendue du jeune homme.

Il ne bougea pas, mais une joie suprême épanouit sa figure ; ce bruit était comme une mélodie aimée qui trouvait un écho dans son cœur.

L'émotion fit trembler légèrement ses lèvres.

Peu à peu, le murmure des clochettes devint un carillon qui sembla peupler soudainement les ruines et y évoquer d'étranges habitans.

De maigres créatures en haillons se levèrent derrière les blocs de granit, dont l'ombre avait protégé leur sommeil, et rampèrent doucement sur le bord de la route.

Elles y restèrent accroupies comme des sphinx, et leurs

yeux étincelans s'attachèrent à l'avenue de palmiers, aussi immuablement que ceux du jeune homme.

Pour lui, tout entier à son unique pensée, il n'avait rien vu et rien entendu de ce qui venait de se passer autour de lui.

Enfin la caravane qui s'annonçait si bruyamment apparut sous la courbe verte des arbres, qui semblaient se toucher au fond du chemin.

C'était une lettiga, espèce de chaise aux portières armoriées, attelée de deux mules qui la soutenaient sur de longs et flexibles brancards.

Elles étaient conduites par le lettighiere, à pied.

De larges housses rouges, brodées d'arabesques d'or et d'argent, recouvraient leurs corps, et une multitude de clochettes tintaient gaiement à leurs têtes, ornées d'un bouquet de plumes jaunes et bleues.

Suivaient deux serviteurs couverts de manteaux galonnés de soie violette.

C'était là un bien riche équipage pour la route pauvre et pierreuse de Palma à Girgenti, surtout à une époque où les princes et les barons siciliens mettaient déjà leurs palais féodaux aux gages du premier commis voyageur venu, et perdaient au jeu le prix de leur patrimoine de marbre.

Une duchesse tout au moins se cachait derrière les glaces de la lettiga.

Les mules hâtèrent le pas sous les coups de fouet que le guide leur distribuait libéralement.

Les glaces s'abaissèrent, et un pâle visage de jeune fille, encadré par d'épaisses boucles de cheveux noirs, se pencha curieusement au-dessus de la portière armoriée.

C'était une beauté merveilleuse. Ses yeux rayonnaient sous des sourcils noirs, qu'on eût dit tracés par un pinceau délicat. Ses longs cils, légèrement recourbés, veloutaient son regard. Toutes les lignes de cette figure ravissante étaient chastes et sereines.

La langueur caractéristique des femmes d'Orient n'avait pas étendu son voile sur l'incarnat des lèvres de cette enfant.

Elle aussi ne vit sur le bord du chemin que le fier jeune homme qu'elle y voyait chaque jour à son passage, et le salua d'un gracieux sourire.

Leurs regards s'échangèrent avec la rapidité d'un éclair, puis les glaces retombèrent et tout fut dit.

Elle avait entendu toutes les paroles d'amour qu'il lui adressait dans son cœur, et lui, agenouillé contre un débris de colonne qui sommeillait dans l'herbe depuis des siècles, il se sentait, sous son manteau râpé, riche de tout le bonheur qu'un sourire venait de jeter dans son âme, et oubliait les souffrances de chaque jour.

La courte apparition d'une si douce figure n'aurait dû éveiller en effet, dans les cœurs, que des sentiments d'amour et d'admiration.

Pourtant, au moment où la lettiga commença à côtoyer les ruines, une bordée de railleries et de menaces l'accueillit.

La foule déguenillée qui l'attendait au passage devint plus nombreuse.

C'était un ramas de mendians et de gueux, dignes d'être enrôlés dans la troupe du capitaine Rolando.

Les femmes étaient plus laides que les hommes, et les enfans, noirs, sales et chétifs, plus horribles que les femmes.

Le lettighiere devint pâle, à l'aspect de cette haie formidable; mais, affectant un bon courage, il fredonna un refrain des montagnes et fouetta plus vigoureusement ses mules.

Il avait lu dans les regards cruellement railleurs de ces bandits le secret d'une conspiration. Leur audace devait être soutenue par la certitude du triomphe. Ils jouaient avec leur proie en ce moment.

— Avez-vous vu cette maudite, mes enfans? — cria une vieille mégère. — Comme elle nous a regardés avec mépris, nous autres pauvres gens!

— Une princesse ne serait pas si insolente, — répondit une autre, — et pourtant nous sommes de bons chrétiens, nous, avec nos habits troués, et nous ne crachons pas sur la madone.

— Elle aurait craché sur la madone, mère Judica!

— Je l'ai vue de mes deux yeux, mon fils.

— Et le père de cette orgueilleuse a fait mieux encore, Antonio, il a frappé la sainte eucharistie de trois coups de couteau. Le sang a coulé : le prieur de San-Nicolo l'a vu.

— Le damné coquin! — reprit la vieille Judica. — L'an passé, quand j'étais malade de la fièvre ardente, ne m'a-t-il pas chassée, moi et mes enfans, par une pluie effroyable, du chenil qu'il nous louait dans la cour du palais Ruffo!

— Oui, il traite les chrétiens pauvres comme des chiens; les riches, il les vole. Les coffres-forts de monsignor Ruffo sont devenus minces comme des portefeuilles, pour glisser dans sa poche.

— Et les ducats du prince Biscaris se sont métamorphosés en boucles d'oreilles et en colliers d'émeraudes pour la belle Judith.

— Et si les citronniers ont été gelés cet hiver, à qui la faute, dites-moi? encore au vieil Isaac et à sa fille. Comment la madone aurait-elle exaucé nos prières de neuvaine lorsque nous la laissons outrager par ces maudits?

— C'est vrai! — cria la bande entière.

— Mes enfans, — dit la mère Judica, — souffrirez-vous plus longtemps de pareilles humiliations? Il faut venger la madone si vous voulez qu'elle vous protége encore.

— Il faut venger la madone! — répéta le chœur des mendians.

— D'autant que l'infâme Isaac, — ajouta la mégère, — ne fait jamais l'aumône, et que sa fière Judith porte à son cou la fortune de dix honnêtes familles.

Jusqu'alors la colère de ces braves gens n'avait pris feu qu'en paroles.

Ils semblaient attendre pour agir le cri de ralliement d'un chef.

Quant à notre jeune amoureux, ces téméraires fanfaronnades l'avaient enfin tiré de sa distraction.

Grâce à son accoutrement, qui ne l'élevait guère au-dessus des vagabonds, leur attention ne s'était pas portée sur lui.

Il comprit confusément qu'un danger réel menaçait cette élue de son cœur, dont il avait entendu si souvent la douce voix résonner à son oreille, et à laquelle il avait dit si souvent : Je vous aime.

Il ne se demanda pas d'où venait cette agression brutale, et quelle impulsion mystérieuse avait soufflé dans l'âme de cette plèbe tant de rage et de haine contre une pauvre enfant innocente des fautes de son père; il ne compta pas le nombre des ennemis, mais il se dévoua, dans le secret de sa pensée, au salut de la jeune fille; il résolut héroïquement de lui faire un rempart de sa force et d'attirer sur lui tout le péril.

Naturellement généreux, il avait surtout pitié des êtres faibles que la violence frappait injustement, car il était lui-même victime d'une tyrannie imméritée, comme on le verra plus tard.

Sa vie expiait par des humiliations sans nombre la tache originelle de sa naissance.

Dans tout autre moment, où la palpitation de son cœur et l'approche de la lettiga n'eût pas troublé la fermeté de son regard, étourdi sa défiance instinctive et fait taire la voix de sa raison, il se fût étonné que la haine naturelle des Siciliens pour les juifs motivât seule ce hardi coup de main de la part d'une populace qui ne demandait pas encore l'aumône, après tout, la prière à la bouche et l'escopette au poing.

Malgré les singulières lenteurs reprochées de tout temps à la justice du pays, lenteurs dont les fripons et les malfaiteurs profitaient alors plus que jamais, le juif Isaac devait à ses richesses une trop grande influence pour qu'on osât, aux portes de Girgenti, humilier sa fille d'une semblable avanie sans être secrètement soutenu par quelque haut personnage.

A une courte distance, le nœud du mystère se dévoilait dans un rapide dialogue entre deux hommes à moitié couchés sous la colonnade rougeâtre d'un temple de Junon.

L'un était un robuste pêcheur, l'autre un frêle jeune homme au visage blanc et rose comme celui d'une femme du Nord, au parler caressant et mielleux, au regard double.

Voici ce qu'ils se disaient pendant que les fusées de railleries lancées par les mendians éclataient autour de la lettiga.

— Vous pouvez compter sur mes hommes, monsieur le marquis; la besogne ne leur fait pas peur. Et, par le Christ! je ne serais pas fâché de voir cette juive d'assez près pour peser dans ma main ses boucles d'oreilles et son lourd collier.

— Tu sais qu'il y a cent ducats pour toi, Thadeo, sans compter les scudi que je t'ai comptés pour échauffer le zèle de tes amis.

— Fi! est-ce que Thadeo le pêcheur a jamais passé pour un intéressé? Gardez votre argent, monsieur le marquis. Cent ducats, fi donc! Est-ce qu'on a besoin d'argent pour haïr ce gueux de juif, qui sera bientôt assez riche pour acheter la Sicile avec l'or des Siciliens? Si je risque ma peau dans l'affaire, ce n'est pas pour vos ducats, mais pour le bien de la religion.

— Bien parlé, Thadeo. Puisque tu as de si bons principes, va pour deux cents ducats.

— Et si l'affaire tourne mal, la potence! merci.

— Diable! — fit le marquis avec un sourire, — nous devenons bien exigeant, Thadeo.

— Puisque je ne vous demande rien.

— Tu veux dire tout ou rien. Je comprends. Mettons trois cents ducats, et n'en parlons plus. Maintenant, tu ne trouveras plus au fond de ma bourse qu'un seul habitant, le diable.

— J'accepte les trois cents ducats pour les veuves et les orphelins, monsieur le marquis.

— D'ailleurs, vous avez, Thadeo, le pillage et l'impunité. Les juifs sont mal vus. Le prieur a prêché contre eux dimanche : tout sera mis sur le compte de la dévotion.

— C'est donc marché conclu, monsieur le marquis, — répondit le pêcheur en s'inclinant, et, son aviron sur l'épaule, il alla rejoindre la hideuse bande qui l'attendait pour agir.

Alors, un cruel sourire crispa les lèvres du marquis.

— Ah! juif maudit! — murmura-t-il, — parce que tu sais que je suis criblé de dettes, tu refuses de m'escompter l'héritage que me léguera mon père : ni prières, ni menaces, rien n'a pu t'émouvoir; je saurai bien faire tressaillir ton vieux cœur de bronze et t'amener à composition. Tu adores, dit-on, ta fille? c'est sur elle que je me vengerai de tes refus, obstiné vieillard. Je connais maintenant ton côté vulnérable, mon brave, et je te blesserai au relâche dans ton amour et dans ton orgueil de père, jusqu'à ce que tu viennes à ton tour t'humilier devant moi et me demander grâce en me suppliant d'accepter ton argent.

En ce moment il entendit les mendians qui hurlaient de leurs voix enrouillées :

— Il faut venger la madone.

— Bien, mes frères, — cria Thadeo. — Sus à la juive!

— Une grâce d'abord, — dit la Judica. — Son père m'a chassée du palais Ruffo, à moitié nue, sous le vent et la pluie. Je demande qu'on la fasse descendre de sa lettiga, qu'on la dépouille de sa robe de velours, qu'on la force d'échanger cette robe contre mes haillons et qu'on la renvoie à son père Isaac, pieds nus, dans la poussière et les ronces, tandis que je m'assoierai avec mes enfans sur ses coussins cramoisis.

— C'est justice, — répondit le pêcheur.

Le jeune homme au manteau gris fronça le sourcil et promena autour de lui des regards étincelans.

En ce moment la lettiga arrivait devant lui et devant Thadeo, qui, les bras croisés, attendait grave et immobile.

Le lettighiere se laissa tomber à genoux en demandant grâce. Les mules s'arrêtèrent, le pêcheur brisa brutalement la glace de la chaise et passa sa tête crépue à travers cette brèche.

On entendit un grand cri d'effroi vibrer dans l'intérieur de la lettiga.

Au même instant, deux mains de fer s'appuyèrent sur les épaules carrées de Thadeo, et le firent plier comme un roseau.

Et une voix douce et calme laissa tomber à son oreille ces terribles paroles :

— Si ta main touche cette femme, si ton haleine effleure son visage, tu es mort!

Il n'y avait qu'un seul être au monde qui pût ainsi courber sous son bras et menacer sans pâlir le terrible pêcheur.

— Vous ici, Giovanni! — murmura-t-il, — vous plaisantez.

— Je veux sauver cette femme, — répliqua froidement le jeune homme.

— Mais c'est une juive.

— Si je veux sauver la juive Judith, fille d'Isaac, que t'importe? me suis-je informé, il y a trois ans, si le pêcheur qui allait périr dans le gouffre de l'Agragas, près du palais des Géans, était juif ou chrétien? La tête du pêcheur disparaissait sous le flot écumant. Et, quoique l'Agragas rende rarement ses victimes, j'ai plongé au fond de ses abîmes.

— Et la vie du pêcheur est à vous, Giovanni; mais, à cette heure, voyez-vous, je ne pourrais accorder à Dieu le Père, ni à la madone elle-même ce que vous me mandez. J'ai reçu le prix de la besogne, et mes chiens sont lâchés. En même temps, il ouvrit brusquement la portière armoriée, et Giovanni entrevit la jeune fille, blanche comme une morte, les paupières closes, les bras pendans, inanimée, dans un angle de la lettiga.

Il ne dit pas un mot, mais il enleva Thadeo dans ses bras nerveux, auxquels la passion prêtait une force surnaturelle, et le jeta à dix pas de la chaise.

La bande poussa un hurlement rauque et se rua sur le jeune homme.

La lutte fut terrible. Giovanni, couvrant la portière de son corps, se défendait avec une énergie désespérée.

Les deux serviteurs, qui s'étaient d'abord prudemment tenus à l'écart, se rapprochèrent, et, s'armant de pierres, se placèrent de l'autre côté de la lettiga.

Les assaillans, qui n'avaient pas compté sur une pareille résistance, et que la force étrange de Giovanni effrayait comme un prodige, reculèrent.

Le lourd aviron de Thadeo voltigeait en effet dans les mains du jeune homme d'une façon désastreuse pour leurs têtes et leurs épaules.

En ce moment, le marquis arrivait, croyant l'affaire en bonne voie.

Lorsqu'il aperçut le courageux défenseur de la juive, son visage devint rouge de colère.

— Toujours lui, — pensa-t-il, — toujours ce misérable, qui devrait ramper devant moi, se dressera, muraille vivante, entre mes désirs et leur accomplissement! toujours ce bras révolté se tournera contre moi. — Il tendit sa main tremblante vers le robuste athlète et lui cria d'une voix impérieuse : — Que faites-vous là, Giovanni? — En entendant cette question, Giovanni pâlit comme un enfant surpris en faute. Il abaissa son aviron, mais ne répondit pas. — Vous confessez vos torts, puisque vous n'osez répondre, — continua le marquis. — Et, au fait, que pourriez-vous dire pour vous justifier? Au lieu de travailler à la maison, vous vous sauvez pendant des journées entières, et vous venez jouer ici au Don Quichotte. Que dira mon père quand il apprendra cette belle conduite? Pourquoi vous mêler de ce qui ne vous regarde pas? Quittez cette lettiga, Giovanni, — ajouta-t-il plus doucement, — et venez avec moi. — Une singulière hésitation se peignait sur le visage du jeune homme. On eût dit qu'il se croyait coupable. Il promena autour de lui un sombre regard, comme pour voir si son obéissance passerait pour une lâcheté. Le combat qu'il se livrait dans sa pensée gonflait les veines de son front. Les mendians reprirent courage. Ils paraissaient comprendre pourquoi Giovanni, qui affrontait leur masse, n'osait résister à ce frêle gentilhomme, qu'il eût pu briser dans sa main. Lui-même, à coup sûr, se serait épouvanté, comme d'un sacrilège, de la colère furieuse qui lui aurait fait frapper le jeune noble. — Viendrez-vous, enfin? — dit le marquis avec un geste hautain d'impatience.

Giovanni fit un pas vers lui.

Mais alors, une petite main blanche se posa sur son bras, et une voix éplorée murmura ces mots :

— Giovanni, ne m'abandonnez pas!

Cette petite main l'arrêta comme si elle eût été d'acier. Cette voix éplorée le fit frissonner dans tous ses membres et l'emporta sur celle du marquis.

La jeune fille s'était réveillée de son évanouissement et le priait.

L'amour tua la crainte en son âme : il sentit qu'il était esclave de la belle Judith par le cœur.

La troupe déguenillée attendait, car elle n'osait plus attaquer devant le marquis. Ce dernier, sans y songer, servait d'égide au protecteur de la juive.

— Obéiras-tu? — répéta-t-il encore.

— Je n'obéirai pas, — répondit tranquillement Giovanni, — et quiconque me barrera le passage sera traité comme Thadeo!

Puis il releva rudement le lettighiere, fouetta les mules et marcha en avant.

Les mendians s'écartèrent pour lui livrer passage.

— Trois cents ducats perdus! — s'écria le marquis furieux. — Un plan si bien combiné ruiné par l'insolence de ce rustre. Je me vengerai cruellement! — En ce moment, la lettiga passa devant lui, et son regard rencontra les grands yeux bleus de Judith, encore tout brillans de larmes. Ébloui de la miraculeuse beauté de la juive, le jeune débauché demeura un instant en extase, et, voyant la lettiga s'éloigner : — Si c'est Giovanni qu'elle aime, malheur à lui! — murmura-t-il avec un geste effrayant de menace.

II

LES DEUX FRÈRES.

Le marquis Pietro de Campo-Forte était un noble de vieille roche qui voulait que sa généalogie se perdît dans celle de Jean de Procida.

Sicilien dans l'âme, digne héritier de l'orgueil féodal de ses ancêtres, il n'avait dépassé qu'une seule fois les limites de ses propriétés, enclavées dans le territoire de Girgenti, pour aller prêter serment de fidélité au roi des Deux-Siciles, qu'il appelait jamais roi de Naples.

C'était un pauvre esprit mais un caractère inflexible.

Le temps n'avait rien appris à la race des Campo-Forte, leurs pensées étaient restées immobiles au milieu du mouvement électrique des siècles.

Les fiers seigneurs n'avaient pas voulu entendre le cri des sentinelles de l'avenir et marcher en avant; ils avaient opposé au progrès des idées une invulnérable cuirasse d'ignorance et de préjugés de caste pétrifiés dans leur dure cervelle.

Le marquis Pietro estimait comme vertus principales tout ce qui tenait à la dignité extérieure du rang et à l'honneur de la famille.

Quoique fort dévot, il croyait au blason un peu plus qu'à l'Évangile.

Du reste, il n'avait pas une fortune princière pour dorer sa vanité. Il tranchait du seigneur châtelain et habitait une espèce de pigeonnier à tourelles qui menaçait de crouler au premier jour.

Il vivait sordidement à la campagne, se levait dès qu'une lueur douteuse blanchissait l'horizon, faisait travailler les paysans et les métayers sous ses yeux; puis, tous les ans, il dépensait la moitié de son revenu à faire admirablement ciseler une statuette d'argent représentant la Madone ou un saint quelconque, pour la Matricia, magnifique église de Girgenti.

Ce don annuel avait été fondé par le troisième baron de Campo-Forte, en reconnaissance d'une victoire remportée sur les Nicolosi, en 1502.

Pour rien au monde le marquis n'eût renoncé au privilége d'enrichir ainsi la Matricia en glorifiant sa famille.

Le marquis Pietro avait deux fils : le plus jeune portait le même nom et jouissait du même titre que lui; l'autre s'appelait Giovanni tout simplement. La différence entre les deux frères ne s'arrêtait pas là.

Giovanni, ce robuste et brave enfant, était le souffre-douleur de la famille, qui l'avait dérisoirement baptisé du sobriquet de Patito.

Le jeune marquis, qu'une sollicitude exagérée avait rendu cruel et arrogant, était le Benjamin, ou, comme on disait, le Diodato de ses parens.

On avait voulu faire de Giovanni le valet des caprices de son frère : on avait voulu lui faire une habitude de l'humiliation.

Pour briser la fierté native de son caractère, presque aussi indomptable que celle du vieux marquis, tous les moyens paraissaient bons.

Ses habits mendiaient la charité, tandis que ceux de Diodato étaient riches et élégans.

A table, on le condamnait à l'exil injurieux de la dernière place. Souvent, quand c'était un repas de famille, il devait servir debout les autres convives. Dire que le cœur de son père ne saignait pas secrètement de cette préférence, ce serait mentir; mais plus il avait pitié de Giovanni, et plus il affectait de rigueur à son égard, tremblant qu'on ne soupçonnât en lui quelque tendresse pour un bâtard dont les Campo-Forte avaient honte. Tout le crime du jeune homme consistait en effet dans l'illégitimité de sa naissance, et le coupable était son père.

Un vague sentiment de loyauté avait engagé le marquis à lui faire place sous son toit, à abriter dans un coin de son manteau l'enfant innocent.

Ce n'était qu'une expiation; mais la famille trouvait que c'était un trop grand bienfait.

Elle comptait du reste se débarrasser de cet être parasite et compromettant, en devinant chez lui une vocation pieuse.

Pour l'habituer au sombre et silencieux avenir du cloître, on avait voulu l'élever à baisser modestement son regard hardi, à incliner le front, à parler bas, à joindre les mains, à plier les genoux.

Mais le vigoureux enfant s'était révolté contre de pareilles leçons. Son cœur battait trop chaudement, ses membres déployaient trop de force, pour qu'il laissât ensevelir son cœur et sa force sous une robe de moine.

Ce qu'il lui fallait, c'était l'ardeur de la chasse dans les montagnes et les périls de la pêche en pleine mer. Ces goûts vulgaires faisaient sourire de dédain toute la parenté.

On avait vainement essayé de faire apprendre le latin à Giovanni : il vendit ses livres. Alors il fut déclaré inepte à jamais devenir autre chose qu'un bandit, et employé provisoirement aux plus grossiers ouvrages de la maison.

Or, quand la scène qui s'était passée sur la route de

Palma eut fait éclat et scandale, l'honneur de la famille fut tenu pour compromis jusqu'au moment où le coupable ferait solennellement amende honorable ou serait châtié et renié.

Ce fut Diodato qui se porta accusateur de son frère.

III

LE JUGEMENT.

Le jour fixé pour le jugement, le frôlement des belles robes de damas broché glissa sur les escaliers de marbre vermiculé du château invalide des Campo-Forte.

La porte du salon ouvrit ses battans de chêne sculpté, et la foule brillante des invités apparut.

Les hommes, délicieusement poudrés, le chapeau sous le bras, le sourire galant, conduisirent au pas de menuet à leurs places les belles dames, qui avaient relevé par des mouches ingénieusement éparpillées la blancheur équivoque de leur peau.

C'était un luxe éblouissant de longues épées en acier, d'énormes paniers, de boucles d'argent, d'habits galonnés d'or, de grandes plumes qui se balançaient avec majesté sur de pyramidales coiffures.

Dans un coin, deux valets monstrueusement gros et robustes essayaient l'élasticité de superbes joncs de bambou.

Au milieu du salon s'élevait une table qui figurait le tribunal. Devant cette table se tenait debout le vieux marquis, saluant avec dignité tous les arrivans, et la physionomie glaciale et inexorable comme celle d'un véritable juge.

La marquise, femme pieuse et douce, pleurait.

Quand l'assemblée fut complète, il y eut un instant de silence et d'attente. Puis la porte s'ouvrit et Giovanni entra, conduit par le vieux valet de chambre du marquis.

C'était lui que la famille allait juger.

Hélas! un luxe plutôt fait faire jouer un rôle de tragédie, car il était condamné d'avance.

Pour s'amuser de l'humiliation d'un pauvre enfant dont on ne pouvait dompter la nature franche, généreuse et hardie; d'un enfant au cœur noble qui ne voulait pas s'enfermer dans le cercle de fer du paria et attacher lui-même à son cou l'anneau de la servitude, toute cette noble compagnie avait revêtu ses habits de fête.

Pauvre siècle, où l'on était cruel par système plutôt que par méchanceté!

En voyant entrer son frère, Diodato devint étrangement pâle.

Il essaya vainement de le regarder en face pour dissimuler son trouble. Ses yeux se baissèrent involontairement et son corps se voûta comme celui d'un suppliant.

A coup sûr, on l'eût pris pour le coupable.

Giovanni, au contraire, avait le front haut et le regard calme et fier.

Seulement son costume était plus que négligé, ce qui souleva dans l'assemblée des chuchotemens accusateurs.

On eût vainement cherché sur son habit une trace de boutons; les boucles de cuivre de ses souliers s'étaient égarées. Ses cheveux tombaient en désordre sur son large front.

Il ne salua personne en entrant.

— Giovanni, — dit le marquis de cette voix calme qui attestait en son âme un courroux terrible, — Giovanni, veux-tu confesser sans détours toutes tes fautes? Je sais que tu n'as pas l'habitude de mentir, et ta franchise pourra peut-être diminuer la sévérité de la sentence.

— Chacun ici est déjà instruit de tout, — répondit froidement Giovanni.

— Ainsi tu ne veux pas?

Giovanni garda le silence.

Le marquis fit signe à Diodato de s'approcher.

En ce moment, la figure de l'accusé se contracta comme sous l'oppression d'une souffrance inouïe; un instant ses bras semblèrent prêts à se tendre vers son frère, ses lèvres semblèrent prêtes à s'ouvrir pour laisser tomber ces mots: Diodato, ne me dénonce pas! mais il parvint à vaincre son émotion, il refoula dans son cœur le cri qui allait lui échapper, et il resta immobile et muet comme une statue.

Diodato s'avança, mais à pas lents, en tremblant, car il comprenait enfin l'infamie du rôle qu'il s'était choisi, et, avant d'arriver auprès de son père, il fut obligé de s'appuyer contre l'angle de la table.

— Pourquoi trembles-tu? — lui dit le vieux gentilhomme. — Quand on remplit son devoir, quelque pénible qu'il soit, il faut montrer plus de fermeté. C'est à toi de parler; nous t'écoutons.

Diodato balbutia d'une voix sourde et voilée quelques paroles que personne ne comprit.

La force lui manquait pour s'acquitter jusqu'au bout de son personnage d'accusateur.

Enfin, il leva les yeux sur Giovanni, et il y eut un moment de silence terrible, où l'on put espérer que la honte allait fermer sa bouche.

Mais alors Giovanni haussa malheureusement les épaules, et ce signe de mépris parut tellement significatif à Diodato, que toute sa haine se ralluma dans son cœur.

Diodato raconta avec les plus grands détails la rixe qui avait fait tant de bruit, en ayant soin de s'attribuer le rôle d'un simple spectateur, et peignit son frère comme un ridicule redresseur de torts, déshonorant le nom de la famille en défendant une juive qui avait l'insolence de faire armorier la portière de sa lettiga comme si elle eût été noble.

— Enfin, — dit-il en finissant, — Giovanni a levé sur ma tête l'aviron de Thadeo.

A ces mots, l'accusé tressaillit et murmura à voix basse:

— Menteur, comme tous les lâches!

L'assemblée avait jeté un cri d'horreur.

— Il a menacé son frère! — disaient les hommes.

— Il s'est battu publiquement contre la canaille de Girgenti, et pour une juive!

Giovanni leur faisait peur.

Il n'y avait pas une de ces femmes qui ne fût jalouse de la belle Judith; il n'y en avait pas une qui n'eût désiré dans le secret de son cœur être l'objet d'un pareil dévouement; risquer sa vie pour une d'elles eût été un héroïsme à mériter toutes les récompenses. Risquer sa vie pour la jeune juive leur semblait une audace et une extravagance qui ne pouvaient être pardonnées.

— Fils dénaturé! — s'écria le marquis, dont le calme factice fut vaincu par la colère, — que t'importait une juive, pour faire peser une telle honte sur ta famille?

— Je l'aurais fait en toute circonstance, — répondit Giovanni avec violence.

Le visage du marquis devint livide. Il crut sa dignité de gentilhomme violée, son autorité paternelle méconnue par son fils.

Cet outrage le rendit furieux, et, saisissant à la poitrine le téméraire, il lui demanda d'une voix terrible:

— Qu'aurais-tu fait en toute circonstance?

Giovanni, ému du trouble de son père, baissa le regard et répondit doucement:

— J'aurais toujours tâché de défendre une pauvre fille; chrétienne ou juive, cela m'est bien égal.

— Cela lui est égal! — cria-t-on de toutes parts en frémissant.

— Giovanni, mon cher Giovanni, tu te condamnes toi-même, — dit le vieux marquis, très vite et très bas. — Laisse-moi te sauver, Giovanni, laisse-moi.

L'accusé seul entendit ces paroles d'angoisse et de tendresse, les premières échappées au cœur de son père, et dans lesquelles toute la tendresse si longtemps concentrée du pauvre vieillard éclatait; une larme tomba des paupières du marquis sur la main de Giovanni.

L'accusé porta sa main à ses lèvres.

Peut-être sa fierté allait-elle s'humilier, mais, en ce moment, il vit une des plus jolies et des plus coquettes jeunes filles de l'assemblée qui le montrait au doigt en parlant gaiement à l'oreille de Diodato son fiancé.

Cette coquetterie qui souriait à son dénonciateur, cette gaieté qui tournait en dérision sa souffrance, réveillèrent, comme des tisons ardens, une indignation, mal endormie.

— Non, — dit-il avec hauteur, — non, cela ne m'est pas égal, car je n'aurais pas risqué un doigt pour cette petite princesse qui ne daigne pas me saluer quand je m'incline devant elle, qui me méprise parce que mon manteau est d'une étoffe grossière, et qui est si orgueilleuse de sa beauté et de sa richesse qu'un honnête homme lui préférerait cent fois la plus pauvre et la plus laide des filles de Palma.

— Giovanni! Giovanni! — s'écrièrent tous les juges.

Mais le jeune homme était exaspéré et prêt à subir les plus effroyables châtimens afin de pouvoir laisser déborder l'amertume de son cœur sur ce tribunal de famille qui l'accusait, lui innocent, et qui le condamnait sans merci, lui qui n'avait d'autres défenseurs que la franchise de sa parole et sa conscience.

Ses yeux étincelaient, et la furie sicilienne seule parlait par sa bouche, quand il ajouta :

— Et si l'on exposait cette belle héritière sous la potence, et si, pour la secourir, il me suffisait de lever le bras, par le Christ! je ne le lèverais pas.

L'effroi de l'assemblée était au comble, la stupeur fermait les lèvres.

— Malheureux! — dit le marquis, — ne vois-tu pas comme la rougeur monte au front de ces nobles dames et demoiselles?

— Qu'elles rougissent de colère si elles veulent, — répliqua Giovanni; — la juive n'en est pas moins beaucoup plus belle que toutes ces mijaurées. Elle a un doux sourire pour lequel on donnerait sa vie. Pour un regard de ses grands yeux bleus on se jetterait dans l'enfer. Et puis elle a un noble cœur, si elle n'a pas un noble nom. La belle Judith ne serait jamais venue pour me voir battre, et j'aimerais mieux devenir juif moi-même que d'aimer une de ces prudes sans âme.

La marquise, à qui son extrême piété avait inspiré pour le nom juif une aversion profonde, ne put retenir un cri de terreur.

— Vois, — dit le vieillard à Giovanni, — cette malheureuse mère qui, dans la bonté de son âme angélique, par ses larmes et ses prières, n'a eu de tout temps que trop d'indulgence pour toi!

— Ce n'est pourtant pas ma mère.

— Cœur ingrat! — s'écria d'une voix tremblante le marquis; — non, elle n'est pas ta mère, Dieu en soit loué! mais elle a été pour toi meilleure qu'une mère. Elle avait le droit de te faire coucher sous l'escalier, de te faire arracher les herbes du château, et de te chasser du château, et elle t'a tendu les bras avec douceur et t'a ouvert la porte de son salon.

— Comme à son valet, — murmura Giovanni. — Mais pourquoi donc ne m'a-t-on pas laissé aux bras de ma mère, pourquoi ne m'a-t-on pas jamais fait répéter son nom, pourquoi n'ai-je jamais pu presser mes lèvres sur les siennes? c'était là ma véritable mère, qui m'eût souri avec tendresse au lieu de me châtier, et que j'eusse aimée. J'aurais vécu seul avec elle dans toute condition. Je suis robuste, et j'aurais travaillé sans relâche pour qu'elle fût heureuse.

— Ainsi donc, — dit avec dédain le marquis de Campo-Forte, — tu eusses préféré la vie d'un paysan à l'adoption d'une famille illustre?

— Oui, mon père. Ai-je jamais demandé à entrer dans

votre famille si fière, pour laquelle je suis une charge et une honte? Vous savez bien que non. Ma vraie mère ne m'eût pas renié, elle; elle n'eût pas rougi de moi. Pourquoi donc séparer le fils de la mère? Eux seuls savent bien s'aimer. — Et s'adressant à toute l'assemblée : — A mon tour, — s'écria-t-il, — je vous renie; mes nobles parens; car je sais que je ne suis pas un des vôtres, que vous me haïssez comme un étranger, que votre cœur ne tressaille pas quand mon cœur est blessé, et que mon sang peut couler sans que vous veniez tremper vos manteaux dans ce sang bâtard, en jurant de me venger.

Giovanni avait prononcé son arrêt.

Les femmes se retirèrent après avoir entendu ce cri de désespoir qu'elles prenaient pour un blasphème odieux.

On fit sortir l'accusé, et un morne silence plana sur le salon.

Tous les juges étaient pâles.

Bientôt on entendit les coups de jonc de bambou.

La victime resta impassible jusqu'au vingtième coup. Alors la douleur lui arracha un gémissement étouffé. Tous les regards implorèrent le vieux marquis; il fit cesser le supplice.

On ramena Giovanni. L'humiliation du châtiment n'avait fait qu'aigrir encore plus sa fierté. Tout son corps tremblait, mais son âme avait la même énergie qu'auparavant, et sa résolution s'était changée en opiniâtreté inflexible, parce qu'il eût craint qu'on attribuât à la peur toute espèce de repentir.

— Encore une fois, — lui dit son père, — veux-tu demander pardon?

— Jamais! — répondit le jeune homme.

Le cœur du marquis se glaça comme l'airain.

Il se leva, grave et solennel.

— Quand je t'ai recueilli sous mon toit, voulant donner une famille au bâtard, — dit-il, — je croyais réparer ainsi ma faute. Je me suis cruellement trompé. Loin de me la faire oublier, tu en as été le châtiment vivant. C'est au point que j'en suis à me demander si c'est bien le sang des Campo-Forte qui coule dans tes veines, que j'en suis venu à douter de ta mère.

— O mon père! — s'écria Giovanni avec un accent qu'on sentait partir de l'âme.

— Tais-toi, malheureux! — interrompit le vieillard, — tu n'es plus rien pour nous. Tu as bravé mon autorité, tu as insulté ces nobles seigneurs; je vais te donner une famille qui sait imposer aux siens obéissance et respect; une famille qui tue sans pitié ceux de ses enfans qui la déshonorent ou la renient. Cette famille, c'est l'armée.

— Je l'accepte, mon père, — répondit Giovanni; — car, si elle est sévère, au moins elle est juste, et tous ses enfans sont égaux devant son cœur.

— Va-t'en, — dit le marquis en congédiant Giovanni du geste, — dès demain tu seras soldat.

Le jeune homme sortit la tête haute et d'un pas ferme.

Et pendant que les seigneurs, visiblement émus, se levaient en silence, Diodato cacha sa tête entre ses deux mains, non pour étouffer un sanglot, mais pour dissimuler le sourire de triomphe qui contractait ses lèvres.

IV

LE SIGNAL.

Neuf heures venaient de sonner, et toutes les lumières du vieux château de Campo-Forte étaient éteintes, quoique Diodato ne fût pas encore de retour; mais les serviteurs avaient ordre de ne jamais attendre le jeune gentilhomme, qui passait presque toutes les nuits en débauches et ne se couchait que quand le soleil commençait à se lever; il prétextait, pour consoler sa mère, que rentrer pendant la nuit c'était s'exposer sûrement à faire quelque mauvaise rencontre.

Dès huit heures, le marquis Pietro, accompagné d'un de ses serviteurs, avait conduit lui-même Giovanni dans la tourelle que le jeune homme habitait.

— La nuit porte conseil, — lui avait-il dit de sa voix la plus sévère, — je compte donc vous trouver demain matin disposé à obéir aveuglément à ma volonté ; songez-y bien.

Sans laisser à son fils le temps de lui répondre, il avait fait déposer sur la table une petite manne d'osier qui contenait quelques maigres provisions, et s'était retiré en fermant la serrure à double tour et mettant la clef dans sa poche. Puis, comme s'il eût craint que cette précaution fût insuffisante, il avait ordonné au valet de passer la nuit sur une natte, en travers de la porte, et de l'appeler si son prisonnier tentait de s'échapper.

Appuyé sur l'étroite fenêtre de la tourelle, Giovanni promenait des regards attristés sur la belle campagne qui se déroulait devant lui, et qu'il allait quitter pour toujours peut-être.

La lune, qui argentait en ce moment la crête des collines et la cime des arbres, lui permettait de contempler une dernière fois ces sites aimés où s'était écoulée sa jeunesse, et qu'il eût été si heureux de parcourir une fois encore.

Tout était calme et silencieux autour de lui : on n'entendait que ce vague murmure qui s'élève des solitudes pendant la nuit ; mais l'orage grondait sourdement au fond de son cœur.

Il se révoltait contre la tyrannie de son père, qui lui ravissait ses dernières heures de liberté ; de son père, qui allait l'emmener, au point du jour, sans lui laisser la consolation de faire ses adieux à la Fabiana, qu'il aimait comme une mère.

A cette seule pensée, il sentit les larmes monter de son cœur à ses yeux et les sanglots l'étouffer. Il eut un instant de folle colère ; mais bientôt il se jeta sur son lit, espérant trouver l'oubli dans le sommeil.

Cinq minutes s'étaient à peine écoulées que Giovanni entrevit une lueur rougeâtre à travers ses paupières à demi closes.

Il se leva et courut à la fenêtre.

Un feu d'herbes sèches et de broussailles brûlait sur une colline que couronnaient les ruines d'un vieux temple élevé autrefois à Junon.

Ce feu, enveloppé d'abord dans une épaisse fumée blanche, perça son voile et s'élança vers le ciel étoilé en un long jet de flamme.

Giovanni tressaillit.

— Non, ce n'est pas un feu allumé par des pâtres, — se dit-il en attachant sur la flamme qui brillait au loin un regard incertain, — car l'herbe ne croît pas sur cette colline aride comme un rocher. Ce feu, c'est le signal de la Fabiana. — Et concentrant son regard, il put distinguer parfaitement une forme humaine qui se dessinait en relief sur le fond rouge.— C'est bien la Fabiana, — pensa-t-il ; c'est cette infortunée qui m'appelle. Que lui est-il arrivé, mon Dieu ?

Il allait s'élancer hors de sa chambre, quant il se souvint qu'il était prisonnier.

Désespérant de pouvoir sortir par la porte sans éveiller son geôlier, il eut un instant l'idée de sauter par la fenêtre.

Alors il sonda de l'œil la distance qui le séparait du sol, et il estima qu'elle était de trente-cinq pieds environ. Il poussa un rugissement furieux et se mit à tourner autour de sa cellule comme un loup dans une fosse. Mais il s'arrêta tout à coup ; une idée venait de lui traverser l'esprit. Courant à son lit, il en arracha les draps, espérant qu'en les coupant par bandes, qu'il lierait solidement les unes au bout des autres, il pourrait aisément descendre.

Il cherchait son couteau mallais, quand il se rappela que son père avait exigé qu'il le lui remît, dans la crainte qu'il ne fût tenté d'en faire un mauvais usage. Ne pouvant

couper les draps, il essaya de les déchirer. Mais ils étaient faits de grosse toile bise, et malgré tous ses efforts il lui fut impossible de les entamer.

Cependant le feu brûlait toujours, et Giovanni voulait sortir à tout prix.

Il eut une dernière lueur d'espérance ; peut-être avait-on déposé avec ses provisions quelque mauvais couteau dans la corbeille. Il en vida rapidement le contenu et laissa échapper un cri de joie ; il venait d'y trouver mieux qu'un couteau : au fond de la manne s'enroulait une corde de plus de trente pieds de longueur.

Giovanni l'attacha en toute hâte à la fenêtre et se laissa glisser résolûment jusqu'en bas. Puis, escaladant les murailles du château, il gagna la campagne. Et, tout en suivant d'un pas rapide l'étroit sentier qui conduisait à la colline, il se demandait quelle main mystérieuse lui avait envoyé, juste au moment où la Fabiana l'appelait, cette corde sans laquelle il lui eût été complétement impossible de s'évader de sa prison.

— Serait-ce la Fabiana elle-même, — se disait-il encore ; —serait-elle en effet douée de ce pouvoir surnaturel et terrible que lui attribuent les gens du pays ? Diraient-ils vrai ceux qui l'accusent de sortilége ou de jettatura, et qui l'appellent la strega ?

V

LA STRÉGA.

La Fabiana était une femme de trente-cinq ans environ, grande et svelte, à la chevelure de jais, à l'œil noir, aux dents petites et blanches ; l'ensemble des lignes de son visage et de sa démarche attestait qu'elle avait resplendi d'une beauté sévère et majestueuse. Mais, quoique jeune encore, ses cheveux commençaient à s'argenter vers les tempes ; ses yeux, chaudement cernés de bistre, étaient profondément enfoncés dans leur orbite ; ses lèvres étaient décolorées, et des rides précoces sillonnaient son front pâle.

Était-ce la misère ou le chagrin qui avait courbé sa taille et flétri sa beauté ? Nul ne le savait.

Depuis près de seize ans qu'elle habitait une des rues perdues de Girgenti, dans le voisinage du quartier des juifs, personne n'avait pu soulever l'un des coins du voile épais qui enveloppait sa mystérieuse existence. Nomade, fière, capricieuse, tantôt s'abandonnant à une sorte d'éloquence bizarre et incohérente, elle surprenait les esprits poétiques, comme les esprits vulgaires. Drapée dans sa mante tunisienne, elle eût servi de modèle aux peintres, pour représenter une de ces descendantes des Sarrasins qui furent longtemps maîtres de la Sicile. On la connaissait sous le nom de la Fabiana, mais, plus souvent, à voix basse, on l'appelait la strega, c'est-à-dire la stryge, la sorcière, la charmeuse.

En effet, sur cette terre volcanique et imprégnée de superstition, les paysans ont conservé la foi robuste aux enchantements et aux opérations magiques qui, dans l'antiquité, rendirent la Sicile aussi célèbre que la Thessalie. Théocrite et Virgilius Maro nous ont transmis dans leurs églogues les formules de ces charmes puissans qui changeaient les hommes en loups, réveillaient la poussière des tombeaux, ressuscitaient l'amour éteint dans un cœur nomade, et stérilisaient ou fécondaient les champs. Tous ceux qui connaissaient la Fabiana n'hésitaient pas à lui attribuer la singulière puissance de la jettatura ou du mauvais œil. Cette nouvelle Médée, qui suivant eux changeait d'un mot les saisons, qui calmait et irritait les vents à volonté, et faisait frissonner, l'été, sous un vent glacé, était funeste à rencontrer pour toute créature qui n'était pas armée de cornes de corail, ou qui ne faisait pas à temps le signe cabalistique. Elle portait malheur involontairement, semblable à cet arbre des tropiques dont l'ombre donne la mort.

Pourtant, bien des gens venaient la consulter, non dans son réduit de la ville, mais au milieu des ruines du vieux temple de Junon, où elle passait chaque jour de longues heures dans la solitude et la méditation.

A l'instar de la sibylle de Cumes, elle avait choisi son antre pour rendre ses oracles.

Du reste, on ne pouvait l'accuser d'une mauvaise action ; tous ceux qui suivaient ses conseils s'en trouvaient bien ; tous ceux qui bravaient ses prédictions ne devaient s'en prendre qu'à eux-mêmes si leur barque chavirait en mer sous la tempête annoncée, si les bandits de la montagne les rançonnaient au retour du marché où ils s'étaient enivrés, si un mendiant qu'ils avaient chassé de leur étable incendiait cette étable inhospitalière et la ferme en même temps.

Aussi chacun venait-il à la Fabiana plein de confiance, se gardant bien de la traiter de strega et cachant les cornes de corail dans son sein. Les enfans seuls, chose étrange ! la fuyaient avec une indicible épouvante.

Les pauvres petits avaient instinctivement remarqué que, s'ils passaient devant elle accompagnés de leur mère, l'œil de la strega brillait soudainement comme un charbon ardent et s'animait d'une fureur sauvage. Elle ne pouvait supporter sans une horrible torture morale la vue d'une femme tenant le cher *bambino* suspendu à son cou. Cette mère heureuse, au regard radieux, blessait comme une épée le cœur de la Fabiana.

Comment Giovanni avait-il connu la pauvre créature ? Il n'aurait pu le dire. Seulement (il se rappelait bien ce passé lointain), lorsqu'il était tout enfant, elle rôdait comme une ombre, pâle, muette, furtive, aux environs du château de Campo-Forte ; dès qu'elle l'apercevait derrière une haie de lentisques, ou sous le grêle feuillage des oliviers, elle lui faisait doucement signe de venir à elle, puis elle le couvrait de larmes et de baisers convulsifs, et, dès qu'elle voyait s'avancer quelques serviteurs du marquis, elle prenait la fuite et disparaissait, légère comme une gazelle.

Il se souvenait aussi qu'un jour, tandis qu'il vagabondait dans le lit desséché d'un torrent encombré de pousses de lauriers roses, une vipère s'était tout à coup enroulée autour de sa petite jambe ; qu'à ses premiers cris, car il n'avait pas pleuré, le brave enfant, la Fabiana était accourue, et que d'un seul coup de sa baguette de sybille, elle avait fait deux tronçons du reptile.

Enfin, une autre fois, il jouait sur le bord du Naco, il avait roulé dans l'eau, et le courant l'avait emporté ; quand il rouvrit les yeux, il se trouva doucement couché sur un lit de mousse, de violettes et de fleurs de citronnier, à l'ombre d'une des grandes colonnes du temple, et la strega veillait à ses côtés comme un chien fidèle.

Tous ces souvenirs, qui comptaient cependant plus de dix années de date, étaient aussi présens à sa mémoire, que s'ils se fussent accomplis la veille.

Aussi Giovanni avait-il voué à cette vaillante femme une affection pour ainsi dire instinctive ! Elle était pour lui une protectrice mystérieuse et étrange qui ne pouvait faillir ; il croyait en sa bonté, en son courage, en son influence surnaturelle sur les choses et sur les hommes. Il passait rarement deux jours sans la voir et sans partager avec elle le frugal repas qu'il apportait du château ; mais cette familiarité ne diminuait en rien à ses yeux le prestige de la *jettatrice*.

Deux mois avant les événemens que nous racontons, le jeune Sicilien était allé chercher plusieurs fois la Fabiana aux ruines, sans la rencontrer. Il s'étonna d'abord de cette absence, puis il s'en affligea ; enfin il s'en irrita, car il craignit que la pauvre femme n'eût été persécutée par la police napolitaine et enlevée par les sbires. Vainement questionna-t-il les pâtres des environs, vainement il fouilla les décombres, les grottes, les bois ; il ne put

trouver aucune trace de cette femme singulière ; mais il n'était pas d'humeur à rester longtemps dans une telle incertitude. La Fabiana lui manquait et laissait dans son cœur un vide qu'aucune distraction ne pouvait combler. Elle remplaçait pour lui sa famille si froide, si indifférente, si indulgente aux folies de son frère, si dure et si inflexible à ses fautes à lui.

Il se livra donc à de nouvelles recherches, avec tant de persévérance qu'il découvrit la strega dans un misérable taudis, voisin du quartier des juifs. Depuis huit jours, elle était en proie à une fièvre ardente qui la clouait sur son grabat, et qui avait exercé dans ce corps usé d'effroyables ravages.

La vue de Giovanni parut la rappeler à la vie ; elle lui tendit ses bras décharnés et l'attira sur son cœur, tandis que des larmes ardentes tombaient de ses paupières gonflées.

Quand il releva la tête et que ses yeux se furent accoutumés à l'obscurité de cette chambre sordide, il éprouva une surprise et un embarras singuliers. Il venait d'apercevoir au chevet de la Fabiana une jeune fille qui soignait la pauvre malade avec un admirable dévouement ; un mince filet de soleil, glissant à travers les fentes des volets, couronnait son front pur d'une auréole tremblante ; ses yeux baissés et le geste furtif par lequel cette délicieuse fille cherchait à rajuster ses voiles, la faisaient ressembler à ces vierges immortalisées par le pinceau de Raphaël.

Troublé, ému de reconnaissance, ne sachant comment la rassurer, Giovanni sentit son cœur irrésistiblement attiré vers la chaste enfant, non parce qu'elle était belle, mais parce qu'elle était charitable et bonne. Du moins c'est le prétexte qu'il se donna à lui-même.

Cette servante volontaire des pauvres n'était cependant pas une chrétienne ; elle se nommait Judith et était l'unique enfant du riche juif Isaac.

La convalescence de la Fabiana dura huit jours, et, pendant ces huit jours, le germe de sympathie tombé au cœur des deux jeunes gens poussa de profondes racines ; Judith avait osé lever ses grands yeux, et leur regard, à la fois candide et passionné, avait pénétré l'être tout entier de Giovanni, comme l'eau pénètre la terre ; Giovanni avait osé parler, et le timbre de sa voix avait charmé les oreilles et le cœur novice de Judith, comme la plus mélodieuse musique entendue dans ses rêves ; la solitude claustrale à laquelle l'assujettissait sa religion proscrite et humiliée s'était tout à coup remplie. Elle aimait, et, à partir de cette heure, la chambre obscure de la strega s'illuminait comme un paradis ; l'air saturé des miasmes de la fièvre se purifiait dans un bain de parfums célestes ; ses yeux voyaient le ciel ouvert, et son cœur était de sacrifices et de volupté amère. Les filles de l'Orient ne connaissent pas les réserves pudiques qu'impose le climat nébuleux du Nord ; leur cœur éclate tout à coup, comme la fleur merveilleuse de l'aloès, avec une impétuosité irrésistible, mais, chez elles aussi, la passion reste simple, primitive, absolue, et ne s'abaisse pas aux entraînemens du caprice ; elles savent se venger, elles savent mourir pour leur amour, mais elles trahissent rarement.

Quand la strega se releva de son lit de douleur et que les deux jeunes gens durent se séparer, ils n'eurent pas besoin de se faire le frivole serment de s'aimer toujours. Ils sentaient assez que le reste du monde leur était devenu indifférent et étranger, que la nature entière n'était pour eux que le décor extérieur de leur amour, qu'ils sacrifieraient tous les biens et subiraient tous les martyrs pour cette sainte passion, et qu'ils étaient chacun maître absolu de cette âme esclave qui ne s'appartenait plus.

La Fabiana avait vu naître et grandir cet amour avec un douloureux sourire ; mais elle croyait à la fatalité, et ne cherchait pas à s'y opposer ; elle prophétisa le malheur réservé à une sympathie condamnée par tous les préjugés de race et de religion, si profondément enracinés chez la population sicilienne ; elle s'accusa d'avoir involontairement provoqué ce malheur par son influence de *jettatrice*, mais elle résolut d'être compatissante à cette fièvre amoureuse, invincible, qu'elle avait sans doute connue et dont elle avait souffert.

— A l'avenir, mes chers enfans, — leur dit-elle avant de les quitter, — si quelque danger imminent venait à menacer l'un de vous, je vous convoquerais à une entrevue de nuit. Toi, Giovanni de Campo-Forte, quand de la tourelle que tu habites au château... toi, Judith, quand de la terrasse de la maison de ton père, vous apercevrez, de dix à onze heures du soir, une flamme briller sur la colline où gisent les antiques débris du temple païen, venez.

Et ils avaient répondu : « Nous viendrons. »

Or, depuis ce jour, deux mois s'étaient écoulés, et tout à coup la Fabiana leur donnait le signal convenu. On comprendra donc facilement le désespoir de Giovanni, qui par fatalité se trouvait à cette heure prisonnier dans la tourelle, et sa joie en découvrant, par un hasard inexplicable, une longue et solide corde à nœuds au fond de la corbeille apportée par son père.

VI

L'AUMONE.

Le jeune Sicilien gravissait la colline de son pas le plus rapide; le ciel, diamanté d'étoiles, planait comme un dais gigantesque au-dessus des ruines poétiques du temple; la campagne dormait sous les tièdes effluves d'un air embaumé, et semblait transparente comme ces champs Élysées chantés par Virgile.

De loin, Giovanni vit la strega cesser d'attiser son feu d'herbes sèches et s'engager lentement sous la colonnade; puis il aperçut, éclairée par les derniers reflets de la flamme, Judith, qui, soigneusement enveloppée dans un albornoz d'Afrique, s'avançait vers le temple, en jetant autour d'elle des regards inquiets, comme si elle eût craint d'être poursuivie.

Alors le jeune homme respira plus librement, et, courant à la rencontre de la juive :

— Ma bien-aimée, — lui dit-il à voix basse, en la serrant doucement contre sa poitrine, — je ne sais dans quel but la Fabiana nous appelle, mais elle ne pouvait nous réunir plus à propos.

— Votre voix est triste, Giovanni, et vous me regardez avec une expression de douleur et d'angoisse, — répliqua la jeune fille; — quand vous ne me souriez pas, j'ai peur, entendez-vous? il me semble qu'un masque lugubre s'est posé sur votre visage. Oh! rassurez-moi, rassurez-moi, car je sens comme un frisson glacial parcourir tous mes membres, — continua Giovanni voulut répondre, mais la parole expirait sur ses lèvres. — Chaque jour, du haut de notre terrasse, — reprit Judith, — je veillais pour voir s'allumer le signal de la Fabiana; quand je l'ai aperçu, il y a une heure, j'ai voulu accourir aux ruines, redoutant quelque malheur, mais j'avais oublié qu'une femme juive est moins libre qu'une esclave. Comment quitter la maison de mon père, quand le couvre-feu a sonné, quand tout doit y être silencieux, quand il est interdit, même au riche Isaac, de franchir la porte de son quartier? Alors j'ai tremblé, en me sentant rivée à notre sombre logis comme le rameur des galères à son banc, et j'ai cru que j'allais devenir folle. Depuis ce matin, mes yeux palpitaient sous les larmes et mon cœur était gonflé de pressentimens sinistres. Une voix secrète me disait qu'un danger s'approchait de nous. Et il me fallait rester muette, immobile, impuissante, tandis que ce brasier jetait vers le ciel ses tourbillons de flamme et de fumée comme un suprême appel.

— Pauvre Judith! — murmura Giovanni d'une voix éteinte.

— Mais c'était impossible; dussé-je me perdre, dussé-je être condamnée à l'amende, à la prison, dussé-je voir tomber sous les ciseaux d'un sbire ces cheveux que vous aimez, Giovanni, je voulais sortir de la maison paternelle et vous rejoindre. A force de prières, j'ai obtenu de ma vieille Noémi qu'elle dérobât les clefs sous le chevet de son maître; c'est mal ce que j'ai fait là, Giovanni, mais je vous croyais en danger; j'entendais votre voix plaintive qui m'appelait, et toujours je voyais se tordre devant mes yeux troublés de ce brasier les spirales de ce brasier. Me pardonnez-vous, Giovanni, et ne me méprisez-vous pas?

— Te pardonner, généreuse enfant! — s'écria le Sicilien; — c'est à genoux, comme faisaient les païens devant ces idoles mutilées qui nous entourent, que je devrais te remercier. Mais comment as-tu pu parvenir jusqu'ici?

— C'est vraiment un miracle, — dit la juive avec agitation; — il faut que la strega s'en soit mêlée, car je n'y comprends rien. J'avais emporté sous mon albornoz une bourse pleine de perles et de sequins détachés de ma coiffure; je comptais essayer de séduire les gardes de la porte du quartier. J'allais toujours, le cœur palpitant, l'esprit hésitant; mes pieds chancelaient; de la main je m'appuyais aux murs pour ne pas tomber. Enfin j'arrivai à la logette des gardiens, faiblement éclairée par une lampe de fer à lueur mourante. Chose étrange! quand mes yeux éblouis de terreur s'y arrêtèrent, je vis les gardiens renversés sur le sol, raides comme des momies, le sol rougi de vin et des outres flasques qui se crispaient dans les mains des dormeurs. Je pleurais silencieusement, car je ne pouvais songer à les réveiller, lorsqu'en regardant la porte du quartier, je m'aperçus qu'elle était entr'ouverte. Je crus que le soleil remplaçait la nuit. Une force nouvelle me ranima; je m'élançai, sans souci du silence ou des bruits furtifs de la campagne, et me voici!

— Tu as raison, Judith, — reprit gravement Giovanni, — la strega s'est mêlée de ta fuite comme de la mienne; mais ton cœur ne t'avait pas trompée, — ajouta-t-il en pressant entre ses deux mains la petite main de la juive.

— Nous nous voyons ce soir pour la dernière fois peut-être.

— Pour la dernière fois! — s'écria la fille d'Isaac, dont la voix se timbra tout à coup d'une émotion profonde; — expliquez-vous, Giovanni, car je ne vous comprends pas.

— Ne suis-je pas un grand criminel puisque je t'aime, Judith? — répliqua amèrement le Sicilien; — ne suis-je pas un être abject et vil, puisque j'ai osé te défendre? ne suis-je pas un frère dénaturé, puisque j'ai empêché mon frère Diodato d'outrager une femme? Eh bien! mon noble frère m'a dénoncé à toute la famille, comme eût pu le faire un espion ou un sbire; je suis à leurs yeux un mauvais sujet, un rebelle, un vagabond. Dans sa colère, l'inflexible marquis de Campo-Forte a décidé que je quitterais Girgenti, et que dès demain je serais soldat.

— Tu 'vas partir! tu vas être soldat! — répéta Judith avec un accent déchirant, — et c'est pour moi que tu as encouru ce châtiment terrible! Oh! mon amour devait-il donc te porter malheur, Giovanni! Pourquoi ne suis-je pas morte le jour où nous nous sommes connus!

Et, cachant sa tête charmante entre ses mains, elle fondit en larmes et laissa échapper de sourds gémissemens.

— Non, non, ce n'est pas toi, — répondit le jeune homme en dévorant dans un baiser les larmes de la juive, — c'est Diodato qui est cause de tout, lui qui m'a volé l'amour de mon père, lui qui confisque, à son profit tous les titres, tous les biens, tout l'honneur de la famille; tu ne sais pas combien il me hait, moi qui suis le pauvre, le renié, le bâtard, le solitaire. Et pourtant, comme je l'aurais aimé, s'il l'avait voulu! Pourquoi me disputer ce coin de table où je m'asseyais comme un valet, ce regard distrait que m'accordait mon père, cet amour caché auquel se réchauffait mon cœur engourdi!

— Ah! ne crains rien, Giovanni, cet insolent Diodato peut te poursuivre de sa haine dans ta famille et dans ta fortune, mais il ne saurait t'atteindre dans notre amour. L'humble juive échappera aux regards du brillant marquis, et, si elle ne l'oublie pas tout à fait, c'est qu'elle a l'âme trop fière pour oublier ses insultes.

— Tu ne le connais pas, Judith; sa passion pour toi sera aussi vivace que sa haine pour Giovanni; en me quittant, ne m'a-t-il pas dit tantôt, avec un ton de cruelle raillerie, que je pouvais partir tranquille, car il se chargeait de te consoler?

— Le misérable! — s'écria la jeune fille, avec un geste de dédain suprême.

— Et c'est là ce qui me rend la séparation plus cruelle que la mort, — continua le Sicilien, — non pas que je doute de ta fermeté et de ta tendresse, mais je ne serai plus ici pour te protéger; comme toutes les natures lâches et tyranniques, il profitera de mon absence pour effrayer ton père, pour l'inquiéter, te troubler, te poursuivre de ses galanteries, pour t'arracher, s'il le peut, quelques heures d'entretien, en invoquant mon nom. Que sais-je, moi? Enfin, j'ai peur de Diodato. Pendant notre séparation, les heures pèseront comme des montagnes sur mon cœur; je te verrai sans cesse en proie à ses obsessions.

— Me croyez-vous donc si faible et si lâche, Giovanni, — interrompit la juive avec feu, — que je ne puisse résister à ces persécutions vulgaires? Vous n'avez rien à craindre. Absent, votre image ne me quittera jamais. La goutte d'eau finit par ronger la pierre, mais le temps n'effacera pas mon amour; je suis une fille de l'Orient, et mon cœur n'est pas un caravansérail banal qui s'ouvre à tous les hôtes de passage.

Le visage du jeune Sicilien rayonna de joie.

— Comment ai-je pu mériter d'être aimé ainsi? — s'écria-t-il.

— Remercie la Fabiana, Giovanni, — dit Judith en souriant; — avant de t'avoir vu, je te connaissais, je sentais mon cœur aller vers toi comme le fer vers l'aimant. Elle me peignait avec tant de chaleur ta générosité, ton courage, les nobles instincts de ton âme et l'injuste oppression que tu subissais! Les malheureux aiment les malheureux. L'amour se gagne par la pitié, comme par les yeux, par la vanité, par cette sympathie irrésistible que nul ne saurait expliquer. Puis je vous ai vu, Giovanni, et le sort de ma vie entière a été fixé par un seul regard.

Le Sicilien baisa les petites mains blanches de Judith avec un transport passionné.

— Et pourtant, cher ange, que suis-je? un bâtard, et un bâtard si pauvre que ton père refusera certainement de jamais consentir à ce que tu sois ma femme.

— Hélas! que suis-je moi-même, Giovanni? une juive, misérable rejeton d'une race humiliée et persécutée, à laquelle ne voudrait pas s'allier le mendiant qui me tend son chapeau troué?

— Qu'importe! ton père est riche, si riche que ceux qui le saluent pas dans la rue se courbent devant lui, quand le besoin d'argent les force à venir le trouver dans son logis. En moi il haïra le chrétien et méprisera l'homme pauvre.

— Ta famille et ta religion n'ont pu t'empêcher de m'aimer, n'est-ce pas? — repartit Judith, en s'efforçant de sourire courageusement à travers ses larmes.

— Ton cœur est mon unique trésor, ma bien-aimée, et je veux le garder, c'est ce qui me rend la séparation si amère; quand je songe que je dois à la Fabiana ce bien inestimable, qui est désormais toute ma vie, je souffre de la quitter, elle aussi, cette créature vaillante et dévouée; mes deux anges gardiens vont me manquer; je me trouverai isolé au milieu d'un monde indifférent ou hostile; votre souvenir à toutes deux suffira-t-il à soutenir mon courage? Pauvre femme! que va-t-elle devenir, seule

avec sa tête exaltée et faible, avec son cœur généreux, avec sa misère discrète et fière?

— Rassurez-vous, Giovanni, — répliqua la jeune fille, qui se sentait presque offensée par cette réflexion, — je n'oublierai pas de veiller sur elle.

En ce moment, ils aperçurent la strega qui se dirigeait silencieusement vers eux; elle était sombre et abattue, et son front semblait encore plus pâle que de coutume.

Elle tendit aux deux amans ses mains décharnées et brûlantes de fièvre; puis, s'arrêtant en face de Giovanni, les bras croisés sur sa poitrine:

— Ils t'ont chassé de leur foyer, n'est-ce pas? — dit-elle d'une voix sourde et brève; — ils t'ordonnent de quitter demain Girgenti pour aller endosser la casaque servile du soldat napolitain, et te parquer dans une étroite caserne, toi, le libre enfant de nos forêts de châtaigniers et d'oliviers, le chasseur de nos plaines parfumées, le rêveur de nos ruines immortelles!

— C'est vrai, — répondit le jeune homme. — Comment le savez-vous, Fabiana?

Elle secoua lentement la tête, mais elle lui fit signe de ne pas la distraire de sa pensée, tandis que Judith murmurait, avec une sorte de frayeur superstitieuse:

— Est-ce qu'elle ne sait pas tout, l'avenir et le passé?

— Et, comme si ce n'était pas trop déjà d'avoir meurtri ton corps, — continua la strega, avec une amertume par degrés, — ils ont voulu déchirer et briser ton âme; craignant qu'une main avare ne se tendît vers toi, qu'un mot de consolation ne vînt réconforter ton cœur ulcéré, ils l'ont retenu prisonnier; mais la strega t'a appelé, et tu es venu malgré le serviteur qui veillait à la porte.

— Quand la porte est gardée, on passe par la fenêtre, — repartit le Sicilien en souriant; — il ne s'agit que d'avoir une corde assez longue.

— Et j'avais eu soin d'en faire déposer une au fond de ta corbeille de provisions, — dit la Fabiana.

— Je me doutais bien que ce secours imprévu m'était envoyé par ma meilleure amie! s'écria Giovanni.—Vous êtes décidément mon bon ange, car sans cette corde je ne pouvais m'évader; vous m'appeliez en vain, et je partais sans vous avoir revues, vous et Judith.

— Bonne Fabiana, — demanda timidement la jeune fille, — vous qui êtes douée d'une si merveilleuse puissance, ne pourriez-vous donc trouver moyen d'empêcher, ou du moins de retarder ce départ qui nous désespère? Si quelque parent de Giovanni avait pitié de lui et essayait de fléchir le marquis de Campo-Forte?

— Mon enfant, — répondit la strega, — vingt d'entre eux étaient réunis ce matin en conseil, chez le Campo-Forte, et pas-un de ces nobles seigneurs n'a daigné élever la voix en faveur du pauvre banni coupable à leurs yeux, d'avoir mis en déroute une bande de gueux et de mendians qui insultaient une femme.

— Et puis ces seigneurs, après tout, ne sont pas mes parens, — interrompit Giovanni; — je ne suis qu'un étranger pour eux; mon père lui-même ne m'a jamais témoigné d'affection; il a glacé, par une sévérité poussée à l'excès, tous les naïfs élans de mon cœur. Tenez, Fabiana, il n'y a qu'une mère pour savoir aimer son enfant. Pourquoi faut-il que Dieu m'ait refusé le bonheur de connaître la mienne! Si elle ne m'avait pas abandonné à la fausse tendresse des étrangers, si elle vivait, elle me protégerait aujourd'hui, elle ne souffrirait pas qu'on décidât arbitrairement de mon sort. Pauvre mère! je ne la maudis pas. Peut-être est-elle morte, et je ne sais où aller m'agenouiller et prier pour elle! Peut-être est-elle vivante, et je ne puis l'embrasser et lui dire: Mon sang, ma vie, ce que Dieu m'a départi de force et de courage, tout est à vous, ma mère; mon cœur pour vous aimer, mon bras pour vous défendre!

Cédant à un instant d'émotion, il porta la main à ses yeux brillans de pleurs, et les deux femmes virent aussitôt de grosses larmes jaillir entre ses doigts.

Alors les lèvres de la strega s'agitèrent d'un mouvement

convulsif, ses prunelles noires étincelèrent; puis, posant sa main sur la robuste épaule du Sicilien :

— Giovanni, tu es un bon fils, — lui dit-elle après un instant de silence et de sa voix la plus calme. — Mais à quoi bon les regrets inutiles? pensons au présent. Je veux qu'on nous quittant tout à l'heure tu emportes un souvenir.

Entraînant les deux jeunes gens, elle les conduisit à l'entrée des ruines, et toucha du doigt une lourde pierre qui, en tournant sur elle-même, découvrit à leurs regards une châsse remplie de sequins et de ducats.

— D'où vous vient tant d'or? — demanda le Sicilien stupéfait.

— Je le tiens de la libéralité de ceux qui me consultent dans mon antre, c'est à force qu'ils depuis seize ans j'amasse pièce à pièce. Tu as partagé ton pain avec moi, Giovanni, souffre que je t'offre à mon tour le peu que je possède.

Le jeune homme repoussa doucement la main que tendait vers lui la strega.

— Si j'ai fait souvent de mon pain deux parts égales, — dit-il, — c'est que j'ai cru que le pain te manquait souvent et que tu étais dénuée de tout. Mais Dieu me garde d'accepter une once de cet or, qui ne serait qu'un embarras pour moi.

— Dans la nouvelle carrière que tu vas suivre, il faut, s'il veut parvenir, qu'un gentilhomme fasse figure. Or ton père ne te donnera pas un sequin.

Le front du jeune homme se colora d'une vive rougeur.

— Fabiana, — répondit-il, — je donne aux malheureux quand je puis, mais je ne reçois de personne.

— Tu es fier, Giovanni; ce n'est pas un mal. Cependant, de moi, tu peux accepter sans rougir.

— Tu me méconnais si tu supposes que je consente jamais à faire le paon avec l'argent de l'aumône, — répondit le Sicilien d'une voix sèche. — Donne aux pauvres cet or inutile, et ne m'en parle plus.

— Non-seulement tu es fier, mais tu es toujours généreux et bon. J'insisterai néanmoins. Prends, mon enfant; ce que je t'offre est bien à toi.

— Assez, Fabiana! — répéta Giovanni pâlissant. — Tu oublies que je suis pauvre et bâtard, je n'en suis pas moins un Campo-Forte.

— Eh! pour être un Campo-Forte, tu n'en es pas moins mon fils! — s'écria la malheureuse femme, en regardant avec amour le Sicilien, qui en ce moment était pourpre d'indignation.

Giovanni tressaillit de tout son corps.

Il regarda la strega avec des yeux éblouis, où la surprise, le doute et une vague joie se peignaient tour à tour; il se demandait s'il avait bien entendu, s'il n'était pas le jouet d'une erreur, si cette femme étrange ne parlait pas sous l'empire d'une hallucination.

— Je serais votre fils, moi! — murmura-t-il.

La Fabiana le contemplait avec une effusion de tendresse indicible.

— Peut-être rougis-tu, Giovanni, de retrouver ta mère dans une pauvre créature en haillons. Mieux eût valu me taire, mieux eût valu mourir, que de m'exposer à être reniée par l'enfant pour qui j'ai tant souffert.

— Vous ma mère! — dit le Sicilien en l'attirant vers lui et baisant avec respect les mains hâlées et brûlantes de l'infortunée. — Ah! je vous crois! je vous crois! On ne joue pas avec ce nom sacré! Et je vous reconnais, car votre cœur m'a toujours suivi et aimé; vous étiez inquiète de moi, chagrine de mes chagrins, joyeuse de mes joies; j'ignorais quel charme mystérieux m'attirait vers vous, pourquoi votre volonté devenait ma volonté, pourquoi j'étais meilleur en vous écoutant et en vous voyant... Je comprends tout à cette heure. Vous êtes ma mère, et j'osais accuser Dieu!

La Fabiana tremblait; son cœur tout entier était rempli; elle oubliait toute sa vie misérable, elle ne désirait plus rien au monde et remerciait le Seigneur.

— Ah! — dit-elle enfin, — il fallait que tôt ou tard ce secret m'échappât, mon Giovanni. Ton père ne t'a jamais parlé de moi, n'est-ce pas? En manquant à sa parole il me dégage de la mienne. Oui, mon enfant, c'est moi que tu cherchais sans cesse dans tes plaintes et dans tes rêves. Depuis seize ans je vis cachée, solitaire, misérable et sevrée de l'amour de mon fils.

— Et moi je vivais opprimé et misérable plus que vous, car je croyais que je n'embrasserais jamais ma mère.

En même temps, Giovanni ouvrit ses bras aux deux pauvres femmes, qui s'y réfugièrent ensemble, heureuses de sentir, enlacées dans cette douce étreinte, les battemens de leur cœur se répondre et leurs larmes se mêler.

Hélas! ce moment de muette extase et d'indicible bonheur passa rapide comme l'éclair.

Les clochettes d'un troupeau couché au pâturage, en troublant le silence de la nuit, rappelèrent ces trois martyrs au sentiment de la réalité, c'est-à-dire à leurs douleurs communes.

— Il est temps de nous séparer! — dit la strega qui avait repris son apparence d'impassibilité surhumaine. — Giovanni, tu dois rentrer au château de Campo-Forte. Judith, vous devez retourner chez votre père.

Les jeunes gens se dirent adieu et se séparèrent.

La fille d'Isaac s'éloigna sous la protection de la Fabiana, qui voulut l'accompagner; cependant elle se sentait involontairement frissonner, n'étant plus soutenue par l'exaltation et le désir de revoir Giovanni, comme à son arrivée; c'était la première fois qu'elle se trouvait pendant la nuit hors du quartier des juifs; puis elle voyait des ombres errer dans la campagne, tantôt traverser les sentiers d'un seul bond, comme des chèvres, tantôt ramper comme des serpens.

Toutes ces ombres, aux allures mystérieuses, en se rapprochant, prenaient des formes humaines, et, en passant près de la Fabiana, ces étranges habitans de la nuit disaient ce seul mot à voix basse :

— Spada.

— Quels sont donc ces hommes? — demanda la juive avec effroi.

La Fabiana posa son doigt sur ses lèvres blêmes, et, se penchant à l'oreille de Judith :

— Ce sont des proscrits, — dit-elle, — de pauvres Siciliens qui n'ont pu payer l'impôt, et que les Napolitains traquent comme des bêtes fauves.

VII

LES PROSCRITS.

Giovanni était rentré sans encombre au château de son père.

Il avait trouvé à l'intérieur, devant sa porte, la petite table qu'il avait eu soin d'y placer.

Donc, pendant son absence, personne n'était entré dans sa chambre; d'ailleurs, son gardien ronflait d'une manière formidable.

Alors il avait tiré à lui la corde à nœuds, et, après l'avoir soigneusement cachée sous son maigre matelas, il s'était jeté tout habillé sur son lit. Et, le corps brisé par les émouvantes secousses du cœur, il n'avait pas tardé à s'endormir.

Réveillé dès l'aube par un léger bruit, Giovanni se jeta brusquement en bas de sa couche, et vit au milieu de sa chambre, le marquis de Campo-Forte, debout, en costume de voyage, botté, éperonné, sa cravache à la main.

— Vos apprêts ne seront pas longs, à ce que je vois; tant mieux, — dit le vieillard d'une voix moins rude que de coutume : — Suivez-moi donc, car l'heure de partir est venue.

Peut-être s'attendait-il à trouver son fils repentant, à le

voir implorer à genoux son pardon, et s'était-il promis de faire grâce pour la dernière fois; mais il n'en fut pas ainsi.

Giovanni prit à la main son vieux feutre accroché à la muraille, ouvrit lui-même la porte, et, s'effaçant, il s'inclina respectueusement devant son père.

Le marquis sortit, mais, s'arrêtant sur le seuil, il lança un regard implacable à son fils et continua sa route.

Le jeune homme le suivit sans proférer une parole, mais sans forfanterie, et ils arrivèrent ainsi jusqu'à la cour d'honneur, où deux chevaux tout sellés les attendaient, non pas en piaffant d'impatience, mais en achevant de mâcher leur avoine avec une quiétude parfaite.

Le jeune Sicilien promena autour de lui des regards attristés. Il disait mentalement adieu aux vieux orangers de son enfance, à ses petites tourelles aux toits aigus, à son manoir croulant qu'il ne reverra plus jamais debout, à l'herbe épaisse et courte qui encadrait chaque pavé de la cour, et il sentit que tout était sombre, froid et silencieux autour de lui. Il poussa un soupir étouffé, puis il allait monter à cheval et partir, quand il aperçut, blottis derrière un petit massif d'arbustes, un vieux serviteur et son fils, qui lui disaient adieu de loin, en essuyant leurs yeux d'une main et en lui envoyant un baiser de l'autre. Ce témoignage de sympathie, au milieu du profond isolement qui l'entourait, remua le jeune Sicilien jusqu'au fond des entrailles. Sa fierté, tous les ressentimens de son cœur se fondirent comme la neige sous les chauds rayons du soleil. Il oublia les humiliations qu'il avait subies, les mauvais traitemens qu'il avait soufferts, et il eut regret de partir sans embrasser celle qui l'avait enduré sous son toit, sans se réconcilier avec son frère. Il lui sembla qu'il partirait moins malheureux, s'il emportait la bénédiction de l'une et l'amitié de l'autre. Et il allait supplier humblement le vieillard de ne pas lui refuser cette dernière consolation, lorsque, levant vers la fenêtre de son frère ses yeux, où roulaient des larmes difficilement contenues, il aperçut, derrière les volets entr'ouverts, Diodato qui ricanait en le montrant du doigt.

Blessé dans sa fierté native, honteux, presque indigné d'avoir été une fois de plus la dupe de ses bons sentimens, Giovanni refoula ses larmes, qu'il sentit lui retomber sur le cœur brûlantes comme des étincelles, et, sautant à cheval, il s'élança hors du château, sans regarder en arrière.

A vingt pas de là, il arrêta court sa monture et attendit son père, qui ne tarda pas à le rejoindre.

Ils cheminèrent côte à côte pendant un quart d'heure environ, sans échanger un seul mot.

Ce fut le marquis Pietro de Campo-Forte qui rompit le premier le silence.

— Tu vois, Giovanni, — dit-il, — où te conduit ton obstination; — autrefois, j'ai eu l'ambition de faire de toi un moine, et tu as résisté à la volonté de ton père.

— Parce que je ne me sentais aucune vocation pour l'état ecclésiastique, — répondit simplement le jeune homme.

— Ta vocation était de ne rien faire, et mon tort est de n'avoir pas usé alors de mon autorité. Ah! tu me fais cruellement repentir d'avoir toujours été trop faible et trop bon pour toi? Cette réflexion paternelle fit passer un imperceptible sourire sur les lèvres de Giovanni, quoiqu'il eût le cœur navré. — Aujourd'hui il n'en sera pas ainsi; de gré ou de force, il faudra bien obéir, — continua le vieillard.

— Vous voyez que j'obéis sans me plaindre, mon père.

— Et de quoi te plaindrais-tu? — s'écria Campo-Forte en se tournant à demi sur sa selle. — Quelle carrière pourrait mieux convenir aux habitudes de paresse et d'oisiveté que tu as malheureusement contractées depuis ton enfance? Tu aimes les rixes et les combats, ta dernière escapade le prouve; dans ton nouvel état tu y auras la main: c'est une besogne qui, certes, ne te fera pas défaut. Car nous vivons en de déplorables temps, monsieur

mon fils. Les enfans se révoltent contre leur père, les paysans contre leur seigneur, et les seigneurs contre leur roi. Mais nous saurons opposer une puissante digue à ce torrent qui déborde et menace de nous engloutir. Patience! Vous allez vivre au milieu de gens qui vous donneront l'exemple du respect et de l'obéissance passive que l'on doit à ses supérieurs. Soldat, tu seras appelé à repousser les idées nouvelles que les armées républicaines veulent implanter chez nous par la force, à combattre les ennemis de la patrie, à faire respecter les priviléges de la noblesse, à purger le pays de ces bandes de sujets révoltés qui le désolent. Et c'est en restant toujours fidèle à ton roi, en te dévouant sans relâche à la défense de la patrie et de la famille, que tu peux nous faire oublier ton passé et te réhabiliter à nos yeux.

Giovanni ne répondit pas à cette longue harangue, dont il n'avait pas entendu un seul mot.

Il était sorti des portes de Girgenti, comme Hippolyte de celles de Trézène, tout pensif.

Il songeait à Judith, à la Fabiana; ces souvenirs absorbaient sa pensée et remplissaient son cœur.

Les deux cavaliers chevauchaient donc silencieusement côte à côte, et longeaient la lisière d'un bois de chênes verts et d'oliviers sauvages, quand ils entendirent trois coups de feu retentir à quelques pas d'eux.

Les chevaux effrayés se cabrèrent.

Au même instant, un homme, le visage hâve, la barbe inculte et les vêtemens en haillons, sortit du fourré, tenant à la main une mauvaise carabine dont le canon fumait encore.

A l'aspect des deux cavaliers, il se rejeta dans l'épaisseur du bois et disparut bientôt.

Le marquis de Campo-Forte envoya, à défaut de balle, une horrible imprécation au pauvre diable, et Giovanni haussa les épaules par un geste de douloureuse pitié.

Puis, quand les chevaux eurent repris leur allure paisible et se furent rapprochés l'un de l'autre:

— C'est surtout à ces brigands-là, — dit le vieillard, — que je t'ordonne de faire une guerre acharnée, quand l'occasion s'en présentera.

— Quels brigands? — demanda le jeune Sicilien, en regardant son père avec un naïf étonnement.

— Je parle de ces misérables qui, semblables à des bêtes fauves, se réunissent par bandes dans les forêts ou les montagnes, qui, aussitôt la nuit venue, abandonnent leurs repaires pour s'en aller rôder par les campagnes, dévastant les récoltes sur pied, pillant les granges isolées, nous rançonnant, nous autres, quand nous rentrons attardés, et tuant lâchement, retranchés derrière une haie, les soldats envoyés à leur poursuite. C'est une association ténébreuse et insaisissable qui a ses chefs, dit-on, et qui grandit chaque jour. Le sang de ceux d'entre eux qui tombent dans cette lutte impie est comme un germe fécond: en tuez-vous vingt, il en surgit cent. Que le diable m'emporte si je sais ce qu'ils veulent et s'ils le savent plus que moi. Esprit de désordre et de rébellion, je crois, et voilà tout.

— Si vous me permettez de vous répondre, mon père, — dit Giovanni, en s'inclinant sur le cou de sa monture, — peut-être vous le dirai-je.

— Toi? — reprit le marquis de Campo-Forte en regardant son fils avec un sourire railleur. — Si tu es capable de me donner la clef de cette énigme, corpo di Bacco! tu me feras plaisir. Ainsi, tu peux parler, je t'écoute.

— Ce sont, — répondit le jeune Sicilien, — des malheureux qu'une tyrannie subalterne a réduits au désespoir, à la plus affreuse misère, et qui cependant ne demandent qu'à vivre de leur travail.

— Et moi, monsieur mon fils, — interrompit brusquement le marquis, — je crois qu'ils préfèrent vivre sans travailler.

— Dans mes excursions, quand j'allais chasser au fond de vos bois, — continua Giovanni, — j'ai eu souvent occasion d'y rencontrer quelques-uns de ces infortunés. Ce sont de laborieux artisans, d'honnêtes laboureurs, des bûcherons et des bergers, la plupart pères de famille. Ils travaillent bien longtemps, suant sous le soleil, grelottant sous la pluie. Chaque année, la grêle, la sécheresse, l'incendie et les chiens du chasseur dévastent leurs champs, les loups déciment leurs troupeaux. Et quand vient le jour de la récolte, ils voient s'abattre sur leurs humbles cabanes un autre fléau non moins redoutable, non moins ruineux, c'est la corvée, la dîme, la taille et bien d'autres choses encore, de sorte que, tout partage fait, il ne leur reste rien. Or, comme ils ne peuvent payer, on s'empare de leurs meubles, de leurs outils, de leurs bestiaux, et l'on chasse sans pitié la famille de son humble logis. Ils vont donc demander aux forêts, aux grottes, aux montagnes, un abri qui leur manque. Mais un abri ne suffit pas ; il faut vivre.

— Alors ils vivent de brigandage.

— Puisqu'ils n'ont plus la ressource du travail.

— Vous avez rapporté de vos excursions de singuliers principes ! — s'écria Campo-Forte en arrêtant court sa monture. — Est-ce que la charité catholique ne fait pas l'aumône aux pauvres et aux mendians? Est-ce que chaque couvent ne leur distribue pas la soupe matin et soir? Avec de la soupe, monsieur, un honnête homme ne meurt pas de faim.

— Vous avez raison, mon père, — répondit humblement le jeune Sicilien ; — mais, — hasarda-t-il, — les couvens sont dans la ville, et, si ces malheureux sortaient de leurs retraites, on les tuerait sans miséricorde.

— Ces malheureux ! ces malheureux ! — répéta le vieillard avec emportement. — Il me déplaît de vous entendre vous apitoyer sur le sort de ces bandits. A de rares exceptions près, on n'a jamais pu leur rien prendre, car ils n'ont jamais rien possédé. Ne savez-vous pas que les frères Guerrazzi, des environs de Caltanisetta, font partie de ces bandes, et que ces Guerrazzi, braconniers de profession, ont tué trois sbires qu'ils avaient traîtreusement enfermés dans une grange.

— Je le sais, mon père, — répondit Giovanni ; — mais ce que vous paraissez ignorer, c'est que les sbires étaient venus expulser de sa cabane le père Guerrazzi, et que, comme le vieillard ne voulait pas sortir, ils s'étaient rués sur lui et l'avaient frappé avec une cruauté inouïe. Le pauvre homme était étendu sur le sol, baigné dans son sang, ne donnant plus signe de vie, quand ses deux fils entrèrent par hasard. En effet, comme on l'a dit, ils poussèrent un cri de mort, fermèrent la porte derrière eux, s'armèrent, l'un d'une faux, l'autre d'une fourche, tuèrent les trois sbires, et s'enfuirent dans les montagnes. Et j'en ferais autant, moi, si quelqu'un, en ma présence, osait seulement lever la main sur vous.

— Oh! je sais bien, — interrompit le marquis d'un ton railleur, — que tu me défendrais ; tu as bien défendu la juive ; tu défendrais le diable, si quelqu'un osait l'insulter devant toi. Mais, en agissant ainsi, tu aurais tort, mille fois tort. Il faut obéir à la loi ; le vassal doit savoir souffrir avec patience et ne pas plus se révolter contre son seigneur que le seigneur contre son roi et le chrétien contre son Dieu. Ce sont des idées d'orgueil et de rébellion qui ont perdu le mauvais ange, Giovanni ! Ah çà ! — continua Campo-Forte en mettant pied à terre, car ils venaient d'arriver au terme de leur voyage, — je t'ai dit que j'ignorais quelle était la secrète pensée de tous ces coquins dont tu prends si chaudement la défense, tu m'as promis de me le dire, et tu n'en as rien fait encore. Je serais assez désireux cependant que tu m'éclairasses sur ce point, toi leur ami.

— Je vous le dirai, mon père, — répondit hardiment Giovanni. — La misère de leur servitude leur fait rêver l'indépendance.

Le marquis Pietro de Campo-Forte haussa les épaules.

— Ils prétendent se faire les apôtres de la liberté? Souviens-toi bien de ceci : Ils en seront les martyrs.

VIII

LE CAPITAINE PALMIERI.

Le marquis de Campo-Forte avait à peine achevé sa fatale prédiction que Giovanni, qui venait de pénétrer avec lui dans la cour de la caserne, vit défiler sous ses yeux une chaîne d'une vingtaine d'hommes, tous solidement garrottés deux à deux et conduits par des gendarmes à pied.

Ces malheureux, à demi nus, paraissaient exténués de fatigue et de faim. Plusieurs d'entre eux avaient la tête entourée de linges sanglans, d'autres portaient un bras en écharpe, ou étaient obligés pour marcher de s'appuyer sur leurs compagnons de captivité.

Giovanni ne put les voir sans éprouver un sentiment de douloureuse compassion.

Le marquis de Campo-Forte les contemplait le sourire aux lèvres, et, tout en regardant son fils à la dérobée, il sifflotait un air de chasse.

Pendant que le jeune Sicilien, absorbé par de tristes pensées, suivait des yeux cette chaîne humaine de laquelle il ne pouvait détacher ses regards, le vieillard venait de charger un soldat de planton d'aller prévenir le capitaine Palmieri que le marquis Pietro de Campo-Forte sollicitait de lui la faveur d'un instant d'entretien.

Le capitaine, qui était un des amis de Diodato, se hâta d'accourir.

C'était un jeune homme de vingt-deux ans, grand, svelte et pâle, mais dont les traits efféminés portaient déjà les traces d'une précoce débauche.

Il fit au vieux marquis mille protestations d'amitié et lui offrit ses services.

— J'accepte d'autant plus volontiers, capitaine, — répondit Campo-Forte, — que je viens vous recommander tout spécialement une nouvelle recrue.

Et, prenant Giovanni par la main, il le posa carrément devant Palmieri.

— Ah! ah! c'est le fils d'un de vos métayers, je parie, — dit l'officier en toisant assez insolemment le jeune Sicilien.

Sous cette insulte, Giovanni releva fièrement la tête.

— Non pas, capitaine, — s'empressa de répondre le marquis, — ce jeune homme est le frère de votre ami Diodato.

Palmieri rougit, et se mordit les lèvres; mais, voulant réparer son impertinence involontaire à tout prix :

— Excusez-moi, monsieur le marquis, — dit-il, — j'ignorais que ce cher Diodato eût un frère. Et puis il est si frêle, si délicat de formes, il a tant de distinction dans les manières, qu'il m'a été impossible de supposer un seul instant qu'il y eût entre ce robuste jeune homme et lui le moindre lien de parenté.

— Il est vrai que nous n'avons reculé devant aucun sacrifice pour en faire un gentilhomme accompli, — répondit le vieux marquis, flatté dans son orgueil de père.

— Et cela tient peut-être encore, monsieur le capitaine, — ajouta Giovanni avec un amer sourire, — que Diodato sent couler le pur sang patricien dans ses veines, tandis que moi je suis de race bâtarde.

Campo-Forte fronça ses épais sourcil gris, ses narines se gonflèrent, et il fit un pas vers son fils, avec un geste de menace.

Palmieri prévit quelque scène fâcheuse, et voulut la prévenir. Il se posa donc entre le père et le fils par une manœuvre fort adroite, et, s'adressant à Giovanni, afin de donner un autre tour à la conversation :

— On prétend que l'habit ne fait pas le moine, — dit-il gaiement. — Eh bien! moi, je gage que lorsque vous aurez échangé vos rustiques vêtemens contre l'un de nos uniformes, vous aurez tout à fait bon air. — Et, appelant un sergent qui passait : — Emmenez ce jeune homme, et qu'on l'habille sur-le-champ.

Giovanni se disposait à s'éloigner, lorsque le marquis l'arrêta.

— Vous pouvez me faire vos adieux, monsieur, — lui dit-il, — car lorsque vous reviendrez je ne serai plus ici.

Giovanni mit un genou en terre et saisit la main de son père, afin de la porter à ses lèvres.

Mais il y avait dans la main du vieillard tant de rigidité, tant de froideur glaciale dans son regard, que le fier Sicilien se releva, se contentant de saluer respectueusement le marquis.

— Que Dieu vous conserve ! mon père, c'est mon vœu le plus ardent, — dit-il.

— Et qu'il vous rende meilleur, mon fils, — repartit le vieillard, — c'est mon plus vif désir.

Giovanni s'inclina silencieusement et partit, accompagné du sergent.

Alors le marquis se mit à raconter à Palmieri tous ses griefs contre son fils. Il lui parla du honteux amour qu'avait conçu ce jeune fou pour la fille du juif Isaac, de ses sympathies monstrueuses pour tous ces vagabonds en état de révolte ouverte contre leur seigneur et leur roi.

— C'est une nature indomptable, — dit-il en terminant, — un caractère de fer, qu'il faudra briser, s'il ne veut pas ployer.

— Rassurez-vous, monsieur le marquis, — répondit le jeune officier, — votre fils est entre bonnes mains ; nous possédons des moyens irrésistibles pour dompter les chevaux indociles et pour faire marcher les hommes au pas. Avant un an, ou il sera l'un des meilleurs soldats de ma compagnie, ou on l'aura passé par les armes.

Quand Giovanni revint, le marquis de Campo-Forte avait pris depuis longtemps congé du capitaine.

Le jeune Sicilien était méconnaissable ; le costume militaire rehaussait encore sa mâle beauté.

Palmieri l'aperçut de loin et lui fit signe de venir.

— Mon cher ami, — lui dit-il, — (je te qualifie de cette épithète flatteuse, parce que tu es le frère de Diodato), ton père vient de me raconter sommairement tes méfaits ; la petite juive peut être une fort belle fille, mais il est invraisemblable qu'un Campo-Forte songe à épouser une telle créature. Si la justice faisait regorger au vieil Isaac seulement les ducats qu'il a volés ou rognés, sa fille en serait réduite à sauter sur la place publique avec un tambour à grelots. — Giovanni attacha sur le capitaine un regard d'une étrange fixité, il sentit ses muscles d'acier se raidir, le sang affluer violemment à ses tempes et lui bourdonner aux oreilles. Il eut un instant la tentation de briser le frêle officier sous son genou. Cependant il trouva en lui assez de force pour résister à cette mauvaise pensée. — Ton père te reproche enfin d'avoir certaines idées d'indépendance dont il est urgent de te défaire au plus vite, — continua Palmieri, qui ne se doutait pas du danger auquel il venait d'échapper ; — ici de semblables idées ne sont pas de mise, mon brave ; il faut obéir aveuglément, quelque ordre qu'on te donne. Respect et subordination, telle doit être ta devise à l'avenir, si tu veux faire ton chemin et que tu n'aies pas un goût fortement prononcé pour la schlague. Mais, en dehors du service, tu peux rire, boire et jouer avec tes compagnons, débaucher les filles et rosser leur père ou leur frère, s'ils ne sont pas contens. Maintenant suis-moi, Giovanni ; je veux te faire assister à l'un des petits divertissemens que se procurent nos hommes pour s'entretenir la main. — Et il l'entraîna dans une seconde cour, où se trouvaient réunis les infortunés qu'il avait vus défiler devant lui. Un groupe de cinquante hommes les gardait à vue, l'arme au pied. L'attitude des prisonniers au repos avait quelque chose d'imposant et de solennel, et cependant leurs corps brisés ne se tenaient debout que par l'énergique puissance de la volonté. Leurs regards fermes et hardis étincelaient d'un feu sombre, et aucun sentiment d'inquiétude ou de faiblesse ne troublait l'impassibilité de leurs faces hâves et brunies par le soleil. Ils ressemblaient à des lutteurs fatigués d'une longue lutte, mais non vaincus. — Giovanni, — dit le capitaine en souriant, regarde-moi ces coquins-là. N'ont-ils pas plutôt l'air de bêtes fauves que d'êtres humains ? Comme ça doit être agréable pour un honnête et paisible voyageur de se rencontrer face à face avec l'un de ces gaillards-là, dans le milieu d'un bois ou au fond d'un ravin.

— Comment sont-ils donc tombés en votre pouvoir ? — demanda le Sicilien avec plus d'intérêt que de curiosité.

— Une femme qui faisait partie de leur bande est venue les dénoncer hier, et cette nuit nous les avons cernés dans la caverne qui leur servait de retraite. Les quatre plus coupables sont ceux que tu vois là, formant un groupe à part. Celui-ci, Nicotera, est un fermier qui a horriblement maltraité d'innocens collecteurs, et qui, au lieu de verser son argent dans leur bourse, a trouvé plus simple de leur fourrer sa fourche dans le ventre, sous prétexte que la récolte avait manqué.

— Si la récolte a manqué, il est certain qu'il ne pouvait pas payer.

— Mais ne pas payer, mon brave, c'est voler le roi, et le cas est pendable.

— Et celui-là qui est adossé à la muraille ? — demanda Giovanni.

— Il a fait mieux. Ne voulant pas ou ne pouvant pas payer, et sachant bien que tout serait vendu chez lui, ce cher Carneglia a brûlé, pendant la nuit, ses bestiaux dans leurs étables, ses récoltes dans les granges, ses meubles dans son taudis, tout, jusqu'aux berceaux de ses enfans et, n'ayant plus rien à brûler, il s'est enfui dans les bois, brûlant la politesse aux collecteurs.

— De toute façon, n'était-il pas ruiné ?

— Oui, mais brûler son bien c'est voler le roi, et le cas est pendable. Regarde bien son voisin Pisacane, — continua Palmieri ; — il vivait depuis un mois en état de vagabondage, rançonnant les riches, tirant sur les propres comme sur un chevreuil. Une bande l'avait recueilli avec sa femme et son enfant, qu'elle allaitait. Il y a deux jours, pendant que des soldats faisaient une battue dans la campagne sur la lisière d'un bois, le nourrisson, qui avait faim, se mit à crier. Cet homme ordonna à la femme d'apaiser l'enfant. Elle essaya de lui donner à téter, elle n'avait plus de lait ; après cette tentative inutile, les pleurs de l'enfant redoublèrent ; alors le père, craignant que ses cris ne compromissent la sûreté des compagnons qui lui avaient donné asile, étrangla de ses propres mains la pauvre petite créature. La mère s'enfuit folle de désespoir et vint elle-même nous dénoncer la retraite de son mari ; et nous avons pris toute la bande : c'est celle que tu vois là.

— Le malheureux ! — murmura Giovanni, ému jusqu'au fond du cœur ; — comme il a dû souffrir ! — En ce moment, le dernier des prisonniers qui composait le petit groupe fit un pas en avant et attacha des yeux étincelans de haine et de menace sur le pâle visage de Palmieri, et ce regard, qui paraissait doué d'une puissance magnétique, semblait envelopper le capitaine dans un invisible réseau et l'attirer invinciblement. De railleur qu'il était d'abord, devint tout à coup sérieux ; de pâle, il devint livide ; un trouble sans cause apparente s'empara de tout son être, et il se débattit un instant comme un oiseau sous l'œil fascinateur du reptile. — Que s'est-il donc passé entre cet homme et vous ? — demanda le jeune Sicilien étonné. — On dirait, en vérité, que vous êtes la victime et qu'il est le bourreau !

Palmieri passa sa main sur ses yeux obscurcis, essuya d'un geste rapide la sueur qui perlait à ses tempes, et, entraînant Giovanni à quelques pas du groupe :

— Oh ! pour celui là, — dit-il, — d'une voix rauque d'émotion et avec un sourire contraint, — c'est toute une histoire. Celui que tu viens de voir est un fou, un homme primitif, un de ces pifferari dont le métier est de nous écorcher les oreilles. Sa femme, — continua le capitaine après avoir respiré bruyamment, — sa femme vendait des bouquets aux étrangers. Une jolie créature, ma foi ! blanche de peau et noire de cheveux comme une mauresque. Elle devait avoir du sang sarrasin dans les veines. Et quels yeux ! grands et brillans comme des étoiles. Une vraie perle, enfin. Elle aurait damné un saint. Je lui payais très cher ses bouquets pour la voir sourire et montrer ses dents blanches ; mais il ne fallait pas lui serrer la taille : le stylet étincelait aussitôt dans sa main. Bref, j'en devins amoureux au point que j'en rêvais la nuit et que j'avais des distractions pendant mon service. Cela ne pouvait durer longtemps ainsi. Je savais que le mari ne s'occupait pas d'elle pendant la journée, que la nuit seulement ils se retrouvaient au bercail ; je résolus donc d'en finir. D'ailleurs, j'avais en vain essayé de l'attirer chez moi. Elle semblait me braver et poussait la cruauté jusqu'à ne plus m'offrir de bouquets, et, quand je tendais la main vers sa corbeille, elle s'éloignait avec un geste de mépris.

— Il fallait renoncer à cette femme indigne de vous, capitaine, — interrompit Giovanni ; — une marchande de fleurs !

— Y renoncer ! — répondit Palmieri avec un rire faux. — Y renoncer, pour être la risée du régiment et des femmes élégantes de Girgenti ! moi devant qui toutes les femmes, même les plus cruelles, ont déposé les armes ! Allons donc ! Je m'en tirai mieux. Un soir, je fis enlever la belle par deux de mes soldats déguisés en lazzaroni. Elle eut beau pleurer, crier, se débattre et faire la Lucrèce, elle ne m'en parut que plus séduisante. J'étais du reste persuadé que toutes ces jérémiades n'étaient que simagrées. Je la laissai s'épuiser en plaintes stériles, sans faire un geste, sans lui adresser un seul mot, fumant tranquillement du tabac de Smyrne, la regardant avec un calme admirable. Bientôt ses larmes se tarirent, ses sanglots s'éteignirent, sa colère tomba. Elle prit ou fit semblant de prendre son parti, et s'approcha de moi d'un air caressant. Je ne m'y fiais guère, mais j'avais eu le soin de lui faire enlever son stylet, et, sur la petite table où était servie une collation, il n'y avait pas un couteau. « Vous avez donc juré que je serais votre maîtresse de gré ou de force ? » me demanda-t-elle. « Je me le suis promis, » lui répondis-je, « et j'ai l'habitude de tenir mes promesses, mon infante. — C'est bien, » dit-elle, « j'aime les hommes de votre trempe ; vous voulez que je soupe avec vous, j'y consens. Quant à Carini, il m'attendra. Un mari, ça doit s'habituer à ça, » dit-elle en riant aux éclats. Et elle s'assit auprès de moi. Tu vois que je pouvais m'estimer fort heureux. Nous soupâmes très gaiement, ma foi ! Je baisais ses petites mains parfumées de l'odeur de ses fleurs. Elle était fort peu tigresse, et je me félicitais de mon audacieuse résolution. Parfois, cependant, elle paraissait un peu distraite, mais si je le lui reprochais en riant, elle me versait à boire, et buvait elle-même vin d'un air tontonnant un diable d'air sicilien fort tendre, et je ne pensais plus qu'au moment où, le souper fini, la Maria Rosa se jetterait dans mes bras en me disant : « Je vous aime! mon capitaine. »

— Et comment cela finit-il? — demanda Giovanni, impatienté de ces détails, dans lesquels se complaisait Palmieri, comme s'il eût reculé devant la conclusion de cette galante aventure.

— Oh ! le plus sottement du monde. J'étais tout à fait dupe de cette perfide créature. Croirais-tu qu'elle ne pensait qu'à me voir rouler sous la table ? Mais l'ivresse n'avait fait qu'irriter ma passion. L'infernale beauté de cette femme resplendissait à mes yeux troubles comme celle d'une bacchante antique. Je brisai les flacons vides, je la saisis avec transport entre mes bras, et je voulus toucher de mes lèvres sa bouche, plus rouge qu'une grenade. Alors elle devint pâle, d'une pâleur singulière. On eût dit une morte ou une statue de marbre. Tout à coup, on entendit de la ruelle déserte s'élever plaintivement un air de pifferaro. « Carini ! » s'écria-t-elle en s'échappant tout échevelée d'entre mes bras et en s'élançant à la fenêtre : « mon mari ! laissez-moi. Pauvre moi, pauvre moi ! » Tu ne saurais croire comme elle était belle dans sa terreur, sa colère et son indignation. Je la désirais plus encore, et je lui dis en tendant vers ses lèvres un verre plein de vin de Syracuse : « Bois donc, bois, et tu oublieras ce misérable musicien. — Mais, » s'écria-t-elle en se retournant frémissante vers moi, « c'est mon mari, un homme qui m'aime ; et c'est vous qui êtes un misérable.» Les éclairs qui jaillissaient de ses yeux m'éblouissaient. J'avais déchiré son corsage, et son épaule nue sortait hors des lambeaux d'étoffe. J'y posai mes lèvres. Alors elle s'élança de nouveau vers la fenêtre, comme si elle eût voulu se jeter dans la rue. Je la retins. Son front brisa les vitres et s'étoila d'une blessure sanglante qui lui donna un air tragique. Carini l'entendit, la reconnut, comprit tout, et voulut répondre à son appel. Mais j'avais tout prévu, — continua le capitaine en éclatant de rire, — et mes soldats le jetèrent garrotté au pied du mur, tandis que j'essayais d'apaiser sa femme.

— Vous vous vantez, capitaine, — interrompit le jeune Sicilien tout frémissant à son tour ; — vous n'avez pas fait cela.

— Je te le jure sur mon honneur ! — répondit Palmieri. — Du reste, — continua-t-il, — c'était une gentille créature, mais assommante avec ses jérémiades et son désespoir. Je ne pus venir à bout de la consoler et je résolus de ne plus m'en occuper. Je la renvoyai donc à son mari, en leur faisant donner ordre à tous deux de sortir de la ville, car je sais que parfois ces gueux-là sont gens à se venger. On les conduisit bien escortés jusqu'aux portes, et je me donnai le plaisir de les voir passer sous mon balcon. Eh bien ! sais-tu ce que fit cet enragé lorsqu'il m'aperçut et comprit qu'il ne pouvait m'atteindre ? Il y avait en face de ma maison un étal de boucher ; il s'échappa des mains des sbires, qui regardaient de mon côté, saisit un couteau qui pendait là, et, revenant comme un furieux vers sa femme, tandis que les gens de l'escorte se pressaient devant la porte de mon logis, il lui enfonça le couteau dans le cœur, et le brandit vers moi en s'écriant : « Je te rends ta maîtresse, capitaine, et je t'ajourne à trois mois. » Puis, profitant de la stupeur des sbires, il s'enfuit dans la montagne. Mais on l'a enfin rattrapé. Il faisait partie de cette bande que nous avons surpris la nuit dernière, et il va payer cher son crime.

— Son crime ! — dit Giovanni ; — quel châtiment lui réservez-vous donc ?

— Pardieu ! nous allons le fusiller ; et toi, Giovanni, mon garçon, tu vas être un des exécuteurs.

Le jeune Sicilien pâlit.

— Et il vous a ajourné à trois mois ? Le terme est-il expiré ?

— C'est aujourd'hui, — répondit Palmieri d'un air sombre. — Aussi ai-je hâte d'en finir avec ce coquin-là. — Giovanni ne répondit pas. Sa résolution était prise. Dix minutes après, les quatre condamnés étaient conduits au bord d'un fossé, où l'exécution devait avoir lieu. Palmieri commandait le peloton ; il avait l'air inquiet et n'osait regarder Carini, qui portait la tête haute et fière. De temps en temps, il se retournait vers Giovanni et lui disait : — Vise-le bien au cœur, entends-tu! Qu'il soit frappé comme il a frappé. Il faut gagner tes galons, mon brave. Le jeune Sicilien, impassible et froid, l'écoutait sans répondre. Arrivé au bord du fossé, Palmieri, en proie à une agitation violente, s'approcha du jeune soldat. — C'est étrange, — lui murmura-t-il tout bas à l'oreille, — il me semble voir là, gisante, la Maria Rosa, et l'entendre me dire : Viens, viens, toi qui m'aimes tant ; viens me chercher ici, viens me rejoindre ici, et nous ne nous séparerons plus. Les sottes idées! mais aussi c'est ta faute, Giovanni ; tu es lugubre comme un cercueil, pâle comme un suaire et muet comme une tombe. N'importe, tu m'as entendu, tu m'as bien compris! Vise au cœur, droit au cœur!

Les condamnés échangèrent un fraternel baiser d'adieu, et, s'étant signés, ils s'agenouillèrent sans pâlir.

Les yeux ardens de Carini rayonnèrent alors d'une lueur étrange; on eût dit qu'il s'en dégageait un fluide attractif qui avait le terrible pouvoir de conjurer la mort, et cette mort, Palmieri la sentait planer lourdement sur sa tête.

Le capitaine était prêt à défaillir. Il détourna les yeux, posa sa main sur son cœur, et, d'une voix presque inintelligible, ordonna au peloton d'apprêter les armes. Mais à peine eut-il prononcé le mot: En joue! que Giovanni abaissa froidement le canon de son fusil, ajusta Palmieri et fit feu.

Le capitaine tomba comme frappé de la foudre. La balle lui avait traversé le cœur.

Les soldats, croyant d'abord à une maladresse inexplicable de la part de l'un d'eux, rompirent leurs rangs et coururent à Palmieri.

Profitant du tumulte, le jeune Sicilien, léger comme un daim, franchit le fossé, sauta par-dessus une haie de lentisques, et disparut, en entraînant les quatre condamnés dans sa fuite.

Quand les soldats, revenus de leur premier trouble, voulurent s'élancer à la poursuite des fuyards, personne ne put leur indiquer le chemin qu'ils avaient pris.

DEUXIÈME PARTIE.

I

LA MAISON D'ISAAC.

La nouvelle de ce meurtre fut un coup de foudre pour le vieux marquis, et un triomphe pour Diodato.

Le front du jeune débauché s'illumina d'une joie sauvage: son frère avait encouru la peine de mort; son frère ne se dresserait plus, souvenir vivant, entre Judith et lui.

Il souriait en pensant que la juive, n'ayant plus pour protecteur que son père, allait devenir une conquête facile.

Mais Giovanni s'était enfui; réfugié dans les montagnes, il pouvait échapper longtemps aux recherches dirigées contre lui, et, de son refuge inconnu, veiller invisiblement sur Judith.

Il s'agissait donc de faire tomber le jeune Sicilien aux mains des soldats qu'on avait dû lancer à sa poursuite.

Or, Diodato, puisant ses inspirations dans la haine profonde qu'il vouait à son frère, combina rapidement et avec une infernale lucidité d'esprit tout un plan qui avait pour dénouement l'arrestation du fugitif.

Il avait instinctivement deviné que son frère, entraîné par son amour, céderait imprudemment au désir de voir Judith; que c'était aux environs du logis de la jeune fille qu'il fallait embusquer des sbires, mais qu'il était utile avant tout de faire sortir Isaac de sa propre maison, tant pour en rendre l'accès plus facile à Giovanni, que pour avoir lui-même avec la belle juive une entrevue sans témoins.

Ainsi la pauvre enfant était à son insu l'appât qui devait servir à perdre celui pour qui elle eût donné sa vie.

Diodato adressa sans tarder au vieux juif la lettre suivante:

« Très cher Isaac,

» Je pars demain pour un long voyage, et ma bourse est complétement à sec, car une fatalité inouïe, la mauvaise veine qui me poursuit au jeu, m'a enlevé jusqu'à mon dernier ducat. Or, comme dans l'adversité on ne peut, on ne doit même s'adresser qu'à ses amis, j'ai songé tout de suite à vous, sachant bien, très cher Isaac, que je vous déchirerais le cœur si j'avais l'ingratitude d'avoir recours à un autre que vous.

» Sur les dix mille écus que mon ami Gregorio de San Caraldo vous a remboursés hier, et qui dorment en ce moment dans votre coffre-fort, j'irai vous en prendre dans la soirée trois mille, qui me sont indispensables que je me mets en route demain de trop grand matin pour qu'il me soit possible de vous voir avant mon départ.

» J'aurai donc ce soir, sans faute, le double plaisir de toucher la main d'un ami en même temps que mes trois mille écus.

» DIODATO DE CAMPO-FORTE. »

Puis il ferma sa missive, la scella de ses armes, et partit aussitôt pour le quartier des juifs, suivi de Thadeo, le robuste pêcheur, dont il avait fait son valet de chambre.

La maison qu'habitait Isaac était située dans l'une des plus étroites rues de ce quartier fangeux, véritable cloaque au sein duquel des familles entières végétaient entassées sous de misérables toits, d'où se dégageaient des miasmes fétides, faute d'un peu de soleil et d'air.

Presque toutes ces masures étaient tatouées de taches noires et rougeâtres, de trous béans, de lézardes hideuses comme des plaies, lèpre immonde de l'incendie et de la dévastation.

Chaque fois qu'un bannissement avait frappé les malheureux sectaires de Moïse, sous le fallacieux prétexte qu'ils souillaient méchamment les ornemens d'église qu'ils tenaient en gage, ou parce que leurs rabbins avaient égorgé de petits enfans pour arroser de leur sang les marches des synagogues, la populace s'était ruée dans leur quartier où toutes les richesses se trouvaient accumulées, disait-on.

Alors, malheur à ceux de ces infortunés qui ne s'étaient pas empressés d'obéir à la loi, soit parce qu'ils n'avaient pas pu vendre tout ce qu'on leur avait permis de vendre, soit parce qu'ils n'avaient pas encore eu le temps de ramasser leur fortune éparse entre les mains des nobles obérés.

Ils avaient beau crier: Scema Israël! chaque fois, paysans et lazzaroni, peu touchés de ces lamentations, avaient pillé leurs logis.

La maison d'Isaac avait eu, elle aussi, plus d'un siége à soutenir, et les profondes cicatrices qui balafraient sa façade témoignaient de ses anciennes blessures. Rien de plus pauvre, de plus misérable, que l'aspect de cette masure aux murs lézardés, aux fenêtres étroites, derrière les barreaux desquelles clignotaient des vitres étoilées et terreuses.

Deux marches disjointes et usées, une massive porte de chêne peinte en rouge brun, percée d'un guichet de fer à hauteur d'homme, et plus grosse que celle d'un boucher, donnait accès dans cette maison, qui, extérieurement, ressemblait à un horrible bouge.

La première pièce était une vaste salle dallée.

Une table recouverte d'un vieux tapis et quelques chaises en bois de chêne composaient tout l'ameublement. Le long des murs, blanchis à la chaux, gisaient plusieurs coffres, et, çà et là, des ballots d'étoffes. On voyait sur la table des registres, des balances, une écritoire et un bassin d'étain.

Isaac était assis devant cette table; il prenait dans le bassin des pièces d'or qu'il pesait avec une minutieuse attention.

C'était un grand vieillard, au front élevé et sillonné de

rides profondes. Mais sa haute taille était courbée par l'âge et peut-être aussi par l'habitude qu'il avait contractée depuis longtemps de s'incliner devant ses illustres cliens. Car Isaac était la providence de tous les enfans prodigues de la riche noblesse, quand il savait de bonne source que la pénurie des fils provenait de l'avarice des pères.

Sa longue barbe, ses cheveux d'un blanc jaune, s'harmoniaient parfaitement avec la couleur de sa face parcheminée, qui témoignait de l'austérité d'un jeûne religieusement observé.

Il y avait dans toute la physionomie du vieux juif quelque chose d'inquiet et de craintif; cependant son œil noir et perçant brillait parfois sous ses épais sourcils blancs d'un éclat juvénile que tempéraient ses vastes lunettes dont le cristal était teinté de vert.

Son costume consistait en une longue robe de laine noire serrée à la taille par une ceinture de cuir, à laquelle pendait d'un côté un trousseau de clefs, et de l'autre un petit encrier de corne blonde.

Quand Isaac eut achevé son travail, il serra son or dans le tiroir de sa table, et, se levant, il ouvrit une porte qui conduisait dans l'intérieur du logis. Un flot de lumière en jaillit et inonda la salle où régnait même en plein jour une demi-obscurité.

En effet, quand on avait franchi le seuil de cette première pièce humide et sombre, la demeure du vieux juif changeait tout à coup d'aspect, comme sous la magique baguette d'une fée.

Isaac venait de soulever une lourde portière de damas et d'entrer dans un vaste salon, sanctuaire impénétrable où ses coreligionnaires eux-mêmes n'avaient jamais posé le pied.

Dans ce salon se trouvait Judith.

Pour échapper un instant aux tristes pensées qui l'assiégeaient depuis le départ de Giovanni, son bien-aimé, la pauvre enfant lisait en ce moment quelques passages du Thalmud.

Elle ne releva pas la tête, car elle n'entendit pas son père.

Isaac s'avançait en marchant sur un épais tapis de Perse, qui éteignait le bruit des pas comme si l'on eût marché sur de la mousse.

Là tout était somptueux et splendide.

Aux fenêtres, qui donnaient sur un grand jardin plein d'ombrage se drapaient d'amples rideaux de velours violet à franges d'or.

Çà et là des siéges d'ébène vastes et moelleux, recouverts de damas violet et bordés de crépines d'or.

Les murs étaient tendus de cuirs de Cordoue de même couleur, rehaussé de fleurs chimériques et d'arabesques en or mat et décorés de tableaux dus aux pinceaux des meilleurs maîtres : Paul Véronèse, le Titien, Caravage, le Corrège.

Des torchères d'argent massif et d'un admirable travail étaient accrochées à la cheminée, au-dessus de laquelle étincelait un grand miroir de Venise dont la bordure d'écaille était enrichie d'émeraudes. En face de ce miroir, une merveilleuse pendule avec son piédouche d'argent reposait sur une cariatide aux hanches voluptueusement arrondies.

Au plafond, peint en bleu d'azur et tout constellé d'étoiles, pendaient quatre petits lustres en cristal de roche et chargés de bougies parfumées.

Les angles de ce salon étaient garnis de crédences et de dressoirs d'ébène incrustés d'or, sur lesquels il y avait une profusion de vaisselle de vermeil, d'argent, de flacons de formes étranges, de vases florentins, d'urnes antiques et de cassolettes; de statuettes d'argent et d'ivoire, de figurines de cire d'Albert Durer, de vases de jaspe, de coupes de lapis, d'ambre, d'onyx et de cornaline.

Sur deux tables, recouvertes de riches tapis, brillaient deux bassins, l'un rempli de médailles précieuses, l'autre contenant tout un fouillis de perles de Bavière, de chryso-

prases, d'émeraudes, de turquoises, de rubis et de diamans; enfin, un coffret de vermeil, dans lequel Judith enfermait ses essences et ses parfums. Et le tout, quoique d'argent ou d'or massif, était si miraculeusement travaillé, qu'on aurait pu dire avec Ovide : *Materiam superabat opus.*

Isaac s'approcha de sa fille, la contempla avec une muette extase, et, penchant au-dessus d'elle son long corps voûté comme un arc, il la baisa au front.

La jeune fille tressaillit involontairement sous ce baiser, et, relevant la tête, elle aperçut son père.

Alors elle essaya de sourire, mais si tristement que le vieillard en fut ému de pitié. Il y a des sourires qui sont plus navrans que des larmes.

Isaac poussa un profond soupir, et, prenant la petite main de Judith entre ses mains ridées et tremblantes :

— Je vois à tes yeux rougis que tu as encore pleuré, mon enfant, — lui dit-il d'un ton de doux reproche; — tu ne veux donc pas confier à ton vieux père la cause de ton chagrin? Je pourrais du moins te consoler ou pleurer avec toi. — La jeune fille voulut pendant un instant lutter contre l'oppression de son cœur; puis, se levant tout à coup, elle se jeta dans les bras de son père, et, le front appuyé sur la poitrine du vieillard, elle se mît à sangloter.

— Ouvre-moi ton cœur, chère enfant, — insista Isaac sérieusement alarmé. — Tu es malheureuse, Judith? mais pourquoi? M'as-tu jamais manifesté un désir que je ne me sois empressé de le satisfaire? Envies-tu quelque nouvelle parure? Est-il un riche bijou que je ne puisse te donner? Parle, ma rose de Sion! pour toi seule je ne suis pas l'avare, mais le prodigue Isaac. Tous mes trésors ne sont-ils pas à toi?

— Vous êtes le meilleur des pères, — repartit Judith en s'efforçant d'étouffer ses sanglots; — pourquoi ne serais-je pas heureuse?

— Oh! je suis trop vieux pour lire dans l'âme d'une jeune fille. Je vois tes larmes et je ne sais pas en deviner la cause.

— L'atmosphère est lourde, l'orage gronde sourdement au loin et je souffre, voilà tout!

— Il fallait sortir, mon enfant. Peut-être as-tu envie de voyager, de ne pas rester parquée dans notre ghetto fangeux, d'aller à Palerme ou à Messine? Si le climat de la Sicile ne te plaît pas, n'ai-je pas des vaisseaux sur la Méditerranée et sur l'Océan, Judith? Veux-tu ramasser des coquillages à Ceylan et y voir plonger les pêcheurs de perles? Veux-tu courir les lagunes de Venise en gondole ou glisser sur les canaux de la brumeuse Amsterdam? Parle. Je suis un égoïste de cacher mon précieux diamant dans cette ville de ruines, et de croire qu'une jeune fille se plaît comme un vieillard dans le repos et l'immobilité. Pour toi je redeviendrai jeune s'il le faut, Judith, et j'aimerai les voyages.

— Hélas! mon bon père, je n'ose plus sortir de Girgenti, depuis l'insulte que j'ai subie sur la route de Palma, — répliqua douloureusement Judith, — et partout une juive doit s'attendre aux humiliations.

— Est-ce donc là le secret de ta douleur? — s'écria d'une voix tremblante Isaac. — Eh bien! je doublerai ton escorte, je louerai deux valets de plus pour accompagner ta lettiga, afin que tu ne sois plus exposée à de tels outrages. Singulière existence que la nôtre! — continua-t-il avec exaspération. — Veut-on faire un emprunt, donner une fête, reconstruire un château branlant, envoyer un fils de famille en Allemagne ou en France, pratiquer des fouilles? on vient dans notre logis, la tête découverte et la prière aux lèvres. Pour être agréable à tous ces solliciteurs qui ressemblent à des mendians, nous consentons à recevoir en gage le calice de l'église, les pierreries de la noblesse, les bœufs et la charrue du paysan. Chacun vient nous supplier de le sauver du déshonneur ou de la ruine en disant : Cher Isaac par-ci, cher Isaac par-là! et, le lendemain, si le prélat, le seigneur ou le paysan nous rencontrent sur leur chemin, oublieux du service rendu, ils se détournent de notre contact immonde et nous appellent chiens de mécréans ou maudits! Oh! ces misérables chrétiens, insulter lâchement une enfant innocente!

— Vous oubliez, mon père, que vous ne devez pas les confondre tous dans le même anathème, — dit Judith, dont le visage se couvrit d'une subite rougeur.

Isaac la regarda avec étonnement.

— Tu prends la défense de ces infâmes, ma fille.

— Vous oubliez, mon père, que vous devez à un chrétien l'honneur et la vie de votre enfant. Giovanni, ce brave et généreux jeune homme, n'a pas craint d'encourir la disgrâce de sa famille pour une juive.

— C'est un Campo-Forte, — dit Isaac en branlant la tête;—je me défie de cette race, vois-tu! Il aura trouvé la juive belle, et il sait qu'elle est riche. Je connais la cupidité de ces chrétiens; ils sont toujours prêts à tirer l'épée pour une jolie femme; il n'y a pas grand mérite à cela. Ils savent que ces extravagances de chevaliers errans reluisent comme pierres fines aux yeux des femmes; mais ce sont souvent des pierres fausses. Il faut s'en défier, Judith...

Le vieillard s'arrêta, effrayé de l'impression que ses paroles avaient produites sur sa fille. Elle s'était levée, pâle comme la neige, frissonnant de tout son corps et les yeux étincelans.

— Taisez-vous, taisez-vous, mon père, vos soupçons sont odieux! Vous oubliez que ce Campo-Forte est le *patito* de sa famille, parce qu'il n'est pas orgueilleux, hautain et lâche comme son frère! Vous oubliez qu'il a mieux aimé devenir soldat que de demander pardon de son extravagance! Ah! c'est donc une extravagance, mon père, que d'avoir sauvé votre fille des huées, des mains crochues et des cailloux de la canaille de Girgenti! Ces gueux auraient-ils eu pitié de vos génuflexions et de vos larmes? Non, ils auraient dépouillé, déchiré, lapidé votre chère Judith, et vous auraient rançonné pour vous livrer son corps inerte. Et vous dites que vous m'aimez! Tenez, vous m'en feriez douter. C'est une basse ingratitude que de chercher à avilir le service qu'on a reçu. Mais si votre haine contre les chrétiens vous aveugle, mon père, moi du moins je ne serai pas ingrate.

Isaac la regardait avec stupeur.

— Pardonne-moi, Judith, — répondit-il d'une voix altérée; — je récompenserai ce jeune homme; si sa famille le repousse, je lui viendrai en aide; s'il a besoin d'argent pour devenir officier, je lui en fournirai; mais ne me gronde pas, mon enfant, car je ne pourrais supporter ta colère.

La jeune fille, émue, l'embrassa:

— J'ai eu tort, mon bon père; mais si vous connaissiez ainsi que moi le noble cœur de Giovanni, vous l'aimeriez comme un fils.

— Je l'aimerai, — répliqua d'un air sombre le vieillard; puis, jetant sur Judith des yeux inquiets et soupçonneux: — Je l'aimerai, mais n'oublie pas, ma mignonne, qu'une juive ne saurait être la femme légitime d'un chrétien. Je ne te demande pas si tu aimes ce jeune homme, Judith, mais ton père mourra de honte et de chagrin le jour où ton honneur sera mis en doute. Prends donc garde! prends garde! — La jeune fille ne répondit pas; elle voyait sa vie entière désenchantée; le chemin riant de l'amour s'enfonçait pour elle dans un désert de sables mouvans; ce père, indulgent jusqu'à la faiblesse, proscrivait cette passion insensée avec autant de conviction que le fier marquis de Campo-Forte. Pourtant, elle sentait bien qu'elle pouvait briser son cœur, mais qu'elle ne pouvait le changer. — Sèche tes larmes et réjouis-toi, ma fille, — reprit le bonhomme Isaac; — je puis promettre un brillant avenir à ton protégé; il est brave, et comme l'argent ne lui manquera pas, il tardera peu à obtenir de l'avancement dans l'armée. Ah! tu m'as accusé d'ingratitude; eh bien! je veux te faire rougir de cette calomnie.

Judith sourit et murmura:

— Il n'y a pas moyen de vous résister, mon père. Je suis heureuse, croyez-le; bien heureuse!

En ce moment on entendit sonner.

Noémi courut ouvrir et revint, une lettre à la main.

Le vieillard examina le message avec une certaine défiance.

Après l'avoir retourné en tous sens, il en rompit enfin le cachet.

Mais à peine l'eut-il parcouru des yeux, qu'un nuage passa sur son front, qu'un tressaillement convulsif secoua tous ses membres, et qu'il arracha furtivement trois poils de sa barbe.

C'était la lettre de Diodato qu'Isaac tenait entre ses mains.

Le trouble qui venait de s'emparer de lui tout à coup n'échappa pas à Judith, et elle voulut le questionner. Mais lui, serrant lestement la lettre dans la poche de sa robe:

— Chère enfant, — dit-il, — une affaire imprévue, un devoir impérieux m'oblige de sortir sur-le-champ. Je cours à la synagogue, et de là chez l'un de nos rabbins, qui me mande en toute hâte.

En parlant ainsi, il avait attaché à son bras gauche un totaphorth ou thephilim, contenant quelques passages de la loi de Dieu, et jeté sur ses épaules son manteau, aux coins duquel pendaient des zizith aux couleurs bariolées.

— Vous sortez, mon père. — dit Judith, — et l'orage est près d'éclater. Voilà déjà de larges gouttes qui tombent.

— Mon manteau saura m'en préserver, — répondit Isaac.

En ce moment ce n'était pas l'orage qu'il redoutait; il aimait mieux affronter la pluie au dehors que le danger qui le menaçait au dedans.

— Reviendrez-vous bientôt, mon père? — insista Judith.

— Non, non! — s'écria le bonhomme. — L'affaire qui m'appelle me retiendra toute la soirée; peut-être même ne rentrerai-je que demain. Si quelqu'un vient me demander, par hasard, dites que je suis absent. — Et, se tournant vers la nourrice: — Noémi, — dit-il, — je t'ordonne de ne pas quitter ma fille d'un seul instant. Tu recommanderas de ma part à Samuel et à Jacob de ne pas mettre le pied hors du logis avant mon retour, sous quelque prétexte que ce soit. — Et, après avoir embrassé Judith: — Que le prophète soit avec vous! — dit-il. Puis il sortit aussi rapidement que le lui permettait son grand âge.

A peine dehors, Isaac alla saluer quelques voisins qui causaient sur le seuil de leurs portes, leur disant qu'il ne rentrerait que fort tard, quoiqu'il n'allât qu'à l'autre extrémité du quartier, et les priant de vouloir bien veiller sur sa maison.

Diodato, caché sous un porche voisin, éclata de rire en voyant avec quel empressement Isaac abandonnait son logis et lui cédait la place.

Il s'applaudissait du succès de sa ruse en songeant qu'il allait enfin se trouver seul avec la belle juive, et pouvoir exécuter sans obstacle le plan qu'il avait conçu, quand il aperçut Thadeo venant à sa rencontre.

— Eh bien! — demanda Diodato.

— Les sbires sont prévenus; ils me suivent.

— Tu leur as bien recommandé de laisser à l'homme en question le temps d'escalader la muraille?

— Oui, monsieur le marquis.

— Et quand une fois il aura franchi le mur?

— Vous en serez averti par trois coups de sifflet.

— C'est bien. Va l'embusquer avec les sbires, moi j'entre chez Isaac. A nous deux, maintenant, belle Judith.

II

UN AVEU D'AMOUR.

Diodato heurtait depuis longtemps, mais la porte ne s'ouvrait pas.

Il commençait à s'inquiéter du silence qui pesait sur la maison d'Isaac comme sur une tombe, quand un visage grimaçant et rechigné apparut derrière le guichet.

C'était la tête ridée de la vieille Noémi.

— Qui est là? — demanda-t-elle.

— Ouvrez sans crainte, bonne femme, — répondit le jeune homme de sa voix la plus flûtée, — je suis celui que votre maître attend.

Les petits yeux clignotants de la duègne examinèrent le mystérieux visiteur de la tête aux pieds.

— Vous vous trompez de porte, assurément, — dit-elle enfin de sa voix aigre comme une crécelle; — mon maître n'attend personne, car il est absent.

— Absent! — s'écria le Campo-Forte avec un étonnement joué à ravir d'aise un comédien; — c'est impossible! ne lui aurait-on pas apporté une lettre?

— Une lettre! en effet, il en a reçu une avant de sortir.

— S'il l'a lue, comment ne m'a-t-il pas attendu? c'est incompréhensible.

— Revenez plus tard, revenez demain, — murmura Noémi prise au piège et oubliant les recommandations de son maître.

— Plus tard! demain! c'est impossible, bonne femme. L'affaire qui m'amène ne souffre aucun retard. En l'absence de ce cher Isaac, je serai forcé de confier à sa fille mon secret.

— Vous ne pouvez parler à ma maîtresse, — dit sèchement Noémi.

— Il le faut pourtant, bonne femme, quand les douze tribus le défendraient, car il s'agit de la sûreté de son père; mais il ne me sied pas d'en dire davantage dans la rue.

En même temps il feignit de jeter des regards inquiets autour de lui.

— De la sûreté de son père! — s'écria la nourrice stupéfaite. — Dieu d'Abraham, ayez pitié de nous! Ne vous impatientez pas, seigneur étranger. Je cours prévenir ma jeune maîtresse. Quel nom dois-je lui annoncer?

— Mon nom n'est pas connu de la signora, — répondit Diodato.

Noémi partit aussi vite que le permirent ses vieilles jambes et revint du même pas.

— Suivez-moi, seigneur, — dit-elle en tirant les verrous.

Et, précédant le jeune homme, elle s'engagea dans un sombre corridor, à l'extrémité duquel s'ouvrait une chambre spacieuse, meublée de nattes, de coussins et de divans à la turque, et dont la haute fenêtre à vitraux coloriés donnait sur le jardin.

En pénétrant dans cette pièce, Diodato aperçut Judith, simplement vêtue du haïck algérien et enveloppée d'un albornoz blanc comme la neige; les traits de la jeune fille étaient empreints d'une vague inquiétude; mais à peine eut-elle reconnu le frère de Giovanni, que sa physionomie se contracta et prit une expression de terreur indéfinissable. Elle étendit la main pour le repousser, jeta un cri d'alarme et recula comme si elle eût voulu fuir.

Diodato l'arrêta d'un geste suppliant et s'inclina avec une parfaite courtoisie.

Noémi, effrayée, s'était placée au-devant de sa maîtresse, lui faisant un rempart de son corps.

— Signora, — s'écria le Campo-Forte en donnant à sa voix une intonation émue, — je vous en conjure, ne vous éloignez pas sans m'entendre! C'est un ami qui vient à vous. Ne vous l'a-t-on pas dit: il y va de la sûreté de votre père. Il y va de votre propre bonheur.

Judith fit un violent effort sur elle-même, et, les yeux baissés, la main appuyée sur son cœur, elle répondit après un moment de silence:

— Parlez, Excellence, je vous écoute.

— Vous n'êtes pas seule, — observa Diodato. — Et comme Judith semblait hésiter: — Vous vous défiez de moi, et j'ai mérité vos soupçons, signora; mais croyez à mon repentir et à la sincérité de mes paroles. Je ne suis entré ce soir dans la maison d'Isaac que pour le soustraire, ainsi que vous, à un péril contre lequel il est désarmé.

— Bonne nourrice, laisse-nous, — dit la juive à Noémi, mais elle ajouta à voix basse: — reste cependant à portée de ma voix.

La vieille s'éloigna lentement, comme à regret, puis elle souleva la portière, attacha sur le marquis un regard noir de défiance et disparut.

Quand Judith se vit seule avec Diodato, elle se sentit involontairement palpiter sous le regard effronté du jeune noble.

Le Campo-Forte resta calme et n'eut pas l'air de s'apercevoir de sa terreur.

— Je vais droit au fait, — dit-il froidement. — Signora, ce soir peut-être un proscrit, un assassin, un homme poursuivi par la loi, doit chercher un refuge dans cette maison.

— C'est impossible, Excellence, — interrompit la jeune fille en tressaillant, — mon père respecte la loi et il est incapable de donner asile...

— Le vieil Isaac est prudent et rusé comme le serpent de l'Écriture, — dit le Campo-Forte; — aussi l'assassin ne l'a-t-il pas prévenu de son projet, et c'est par escalade qu'il s'introduira chez vous.

— Mais si mon père est innocent... — s'écria Judith.

Diodato resta impassible.

— A mes yeux, oui, signora; seulement les sbires suivent et guettent le proscrit; si la fatalité permet qu'ils le surprennent dans le logis d'Isaac, Isaac, qui a déjà le tort d'être extrêmement riche, sera considéré comme complice. Le complice d'un proscrit est un homme jugé, condamné et pendu, fût-il dix fois chrétien. La loi est de fer pour quiconque donne asile à un assassin fugitif. — La juive essayait vainement de dissimuler l'excès de son angoisse; elle regardait fixement le jeune seigneur pour s'assurer qu'il ne s'amusait pas à l'effrayer. Diodato continua avec son merveilleux sang-froid: — Vous vous souvenez peut-être, signora, que, le mois dernier, un ami de votre père, le juif Daniel, oui, oui, son frère d'honneur! il s'appelait Daniel, comme votre prophète de la fosse aux lions, a été pendu pour s'être laissé rançonner par les proscrits du val de Noto. Grâce à sa rançon, ces diables incarnés ont pu se procurer la poudre et les balles qui commençaient à leur faire faute. On a soupçonné la poltronnerie de l'innocent Daniel de cacher quelque complaisance pour les proscrits, et on l'a sacrifié pour l'exemple...

— Vous avez raison, — murmura-t-elle en cachant sa tête dans ses mains, — mon pauvre père pourrait être victime à son tour d'une délation, d'un soupçon... Mais que dois-je faire, Excellence, il est absent du logis? Comment le prévenir? conseillez-moi!

Diodato s'avança vers la juive sans qu'elle y fît attention.

— Belle Judith, — répondit-il avec douceur, — le sort d'Isaac est entre mes mains. Je puis le perdre ou le sauver.

Ces mots réveillèrent la défiance instinctive de la jeune fille.

— S'il en est ainsi, nous n'avons plus rien à craindre, — dit-elle en le regardant comme si elle eût voulu lire au plus profond de son âme. — Loin de dénoncer mon père, vous proclameriez son innocence, vous le protégeriez, vous répondriez de lui ?

Diodato l'interrompit, et, d'un air embarrassé :

— Vous allez un peu vite, signora. Je suis fort l'ami du vieil Isaac ; mais je ne puis cependant pas me compromettre à ce point sans compensation.

Un vague sourire de dédain crispa les lèvres de Judith.

— Vous compromettre parce que vous direz la vérité ! N'importe, Excellence, cela mérite salaire en effet, quand il s'agit d'un juif ; mais, vous l'avez dit, mon père est riche, et il saura reconnaître un service aussi héroïque.

Le Campo-Forte la regarda avec une expression de tendresse fort peu équivoque.

— Ah ! nous sommes loin de compte, belle signora. Je ne suis pas un mendiant d'écus, mais un mendiant de sourires. Vous ne me connaissez guère si vous croyez que je me serais dérangé de mes habitudes pour empêcher votre honorable père d'être pendu. Je ne m'intéresse à lui que parce que vos yeux d'antilope m'ont rendu malade et fou d'amour.

— Excellence, ce sont là des discours qu'il ne me sied pas d'écouter plus longtemps et qui déshonorent la maison de mon père, — dit Judith en faisant un pas pour se retirer.

— Vous oubliez, chère signora, — reprit Diodato avec son impudence sardonique, — qu'une bonne fille ne doit pas laisser pendre son père quand elle peut l'empêcher, fût-ce en écoutant les folies d'un amoureux. — Judith resta immobile. — A la bonne heure, ma tigresse, vous faites de nécessité vertu ; peut-être ai-je appliqué le proverbe à tort et à travers. Excusez-moi, et croyez bien que je suis un parfait gentilhomme, incapable de m'écarter des bienséances à l'égard des dames ? Je disais donc que vous ne me connaissiez pas. Si j'aime les ducats, c'est pour les prodiguer en fêtes, en cadeaux, en bals et sérénades à l'honneur des dames. Est-ce un grand crime ? Pourquoi Dieu a-t-il créé les étoiles, les fleurs et les femmes, ces paradis animés et visibles, si ce n'est pour réjouir nos yeux, notre esprit et notre cœur ? Il ne m'a jamais plu de végéter comme un bourgeois dans sa boutique ou une huître sur son rocher. J'aime les émotions du jeu, j'aime les meubles et les bijoux de prix, j'aime les beaux chevaux ; il m'est doux d'écouter les cantatrices en prenant des sorbets dans ma loge de San-Carlo et de leur jeter des bouquets triomphans ; et je regarderais comme un bonheur suprême de me promener en barque avec vous, nonchalamment couchés sur une pile de coussins moelleux, bercés par les flots de cette Méditerranée attrayante et perfide comme une femme.

— Vous m'outragez, Excellence, — répliqua la juive, dont les yeux étaient gonflés de larmes. — Permettez-moi donc de rappeler Noémi.

Diodato fit un geste de dépit.

— Une princesse ne serait pas plus fière et plus rigide, signora ; vous vous offensez du plus innocent madrigal.

— Je ne suis qu'une pauvre juive, et n'ai point l'habitude d'être courtisée comme vos nobles dames de Naples et de Palerme, Excellence. Je vais donc vous parler franchement. Si vous avez cru avoir affaire à une coquette, détrompez-vous. Le malheur nous a asservies dès le berceau, nous autres filles de Moïse, à l'humilité et à la retraite. Quand tout à l'heure j'ai consenti à vous écouter, j'ai cru qu'un généreux sentiment vous guidait ; j'ai cru que vous vous repentiez du mal que vous m'aviez fait sans me connaître, et que vous vouliez noblement profiter de l'occasion offerte par le hasard pour réparer votre faute ; je me suis cruellement trompée, Excellence. J'avais toujours entendu dire : Noblesse oblige, il paraît que, pour vous, noblesse exempte.

Diodato fut frappé de la dignité simple avec laquelle la jeune fille répondait à son insolent aveu d'amour ; mais il n'était pas homme à reculer en si beau chemin. Il poursuivit :

— Vous n'êtes pas une sotte et crédule enfant, comme la plupart de nos jeunes dames élevées au couvent, signora, et je comprends que vous avez dû me juger bien coupable. Laissez-moi donc expliquer ma conduite et solliciter mon pardon. Je quitte ce ton léger qui n'est pas digne de vous, et je vais vous tenir un langage sincère. Je croyais vous haïr, belle Judith.

— Me haïr ! — dit la jeune fille surprise. — Et pourquoi ? Quel mal vous avais-je fait ? Je ne vous avais jamais vu !

Le Campo-Forte hésita un instant devant le regard clair et limpide de la juive, mais sa beauté lui causa une sensation si profonde que, emporté par un élan irrésistible, il reprit d'une voix sourde :

— Je croyais vous haïr, et je vous aimais. — Judith ne put entendre sans tressaillir ce cri de la passion dont son instinct de femme lui fit comprendre la sincérité. Le marquis avait enfin abdiqué son masque de Céladon et de Don Juan pour devenir un vrai galant Sicilien, fougueux et violent comme un Maure. Il la regardait attentivement, et, la voyant ainsi agitée : — Ma haine, — ajouta-t-il, — était tout simplement une jalousie que je ne m'expliquais pas. J'avais le secret pressentiment que votre cœur appartenait à un autre, que cet autre avait le droit de presser votre main dans les siennes, d'effleurer votre front de ses lèvres, qu'il vous entendait lui murmurer des paroles plus douces que la plus suave mélodie, et j'étais fou de désespoir.

Judith parvint à surmonter son trouble, et, le visage couvert de rougeur, elle s'avança vers la porte en disant d'une voix altérée :

— Vous m'avez choisie pour votre jouet, Excellence ; il vous a plu à vous, noble Sicilien, d'insulter une fille juive dans sa maison, en l'absence de son père ; vous riez de mes prières ; je vous demande grâce et je me retire.

Ce dédain absolu exaspéra Diodato, gâté depuis longtemps par de trop faciles conquêtes.

— Je ne me suis donc pas trompé, — s'écria-t-il brusquement en se plaçant entre la jeune fille et la porte. — Si vous repoussez mon amour, ce n'est point par excès de vertu, signora, c'est pour que vous aimez un autre galant plus heureux. — Et il ajouta avec un rire forcé : — Allons ! convenez-en sans hypocrisie !

— De quel droit me demandez-vous compte des secrets de mon cœur ? — dit Judith avec une agitation singulière.

— Oh ! je connais les femmes. Voyez, j'avais deviné juste, signora. Et voulez-vous que je vous dise quel est celui que vous me préférez... C'est mon frère... ce maudit bâtard ! — La juive tressaillit et devint pâle comme un linceul. Le Campo-Forte frappa le plancher du pied avec fureur, et, se promenant de long en large dans la chambre, les bras croisés : — C'est un triste choix que vous avez fait là, ma chère.... Giovanni est un rustre indigne de vous !

Judith ne songea pas qu'elle allait se trahir, et, attachant ses grands yeux de velours sur le marquis :

— Pourquoi donc le fils du marquis Pietro de Campo-Forte, — demanda-t-elle avec une sorte d'ironie amère, — est-il indigne de la fille du juif Isaac ?

Diodato, furieux, cherchait une réplique sanglante, lorsqu'un coup de sifflet perçant et prolongé vibra lugubrement au milieu du silence.

Le sourire étrange qui passa alors sur les lèvres du marquis fit un mal affreux à Judith.

— La colère est de mauvais conseil, — reprit le jeune noble, — et je crois vraiment que j'allais me mettre en colère. Par pur intérêt pour vous, du reste, signora. Je disais donc que Giovanni est indigne de vous. Pourquoi, mon Dieu ! parce qu'il n'a d'autres qualités que celles que votre imagination lui prête.

— Il m'a cependant défendue contre vous, Excellence. Ai-je fait un rêve ce jour-là ? Vous vous taisez. Oui, cet indigne Giovanni m'a publiquement donné une preuve irrécusable de son courage, et le courage, à mes yeux, est une vertu.

— Ce n'est parfois que l'abus de la force, quand le héros a de robustes épaules, de vigoureux poings, et que ses adversaires ne sont pas taillés en gladiateurs ou en portefaix.

— Vous calomniez la générosité de son cœur, Excellence.

— Hélas! je le connais mieux que vous ne le connaissez, signora; sa nature sauvage ne se soumet à aucun frein, à aucune loi; c'est un ces êtres ardens et passionnés qui n'acceptent d'autres guides que leurs instincts, et deviennent, selon l'impulsion du moment, des héros ou des assassins.

Judith, indignée, brava du regard le Campo-Forte et répondit vivement:

— Eh bien! je suis convaincue, moi, que la femme qui aimera Giovanni n'aura jamais à rougir de son amour.

Diodato s'arrêta devant elle:

— J'admire toujours la foi merveilleuse des femmes dans l'homme aimé; jamais fée n'a su douer son filleul au berceau de plus de mérites et de vertus qu'une femme son amant; mais laissons ce sujet, signora, et parlons de vous. Vous êtes courageuse et bonne, vous avez le cœur haut placé, vous êtes loyale et sincère, eh bien! vous serait-il possible d'aimer un lâche? — Judith sourit orgueilleusement, Diodato continua: — un homme capable de tuer, non pas son ennemi, mais un inconnu qui serait livré à ses coups sans défense?

— Je serais aussi vile que lui, — répliqua la juive.

— Et si ce misérable, — ajouta Diodato, — si ce lâche, poursuivi pour un crime si odieux, venait vous demander asile?

— Je le ferais chasser sans pitié!

— Bien, Judith! — s'écria le Campo-Forte. — Et ni ses prières, ni ses supplications ne pourraient émouvoir en vous cette faiblesse de pitié si naturelle à la femme?

— Mais où voulez-vous en venir? — murmura la jeune fille alarmée de cette étrange insistance. — Vos questions me surprennent et m'effrayent.

Diodato promena des regards sombres autour de lui. Il reprit avec une sorte de violence:

— Il est des hommes fanfarons de courage et de vertu, signora. Repoussez mon amour, je puis vous le pardonner, mais ne me préférez pas un de ces malheureux.

A ces mots, l'esprit de Judith s'illumina d'une lueur subite: elle aperçut l'image de Giovanni, pâle et morne, s'agiter comme dans un rêve sinistre, et la main de son amant, lourde et froide comme le marbre, s'appuyer sur son cœur. Elle pressa son front dans ses mains comme si elle n'eût pu en supporter le poids.

— Je ne vous comprends pas, Excellence! — balbutiat-elle.

Diodato la saisit par le bras.

— Eh bien! celui que vous aimez, Judith, celui dont vous vantez le courage s'est conduit comme un lâche.

Elle resta immobile, les yeux fixes d'horreur, mais elle répondit:

— Vous mentez!

— Celui que vous aimez est un assassin.

Des larmes brillèrent dans ses yeux, mais elle répéta:

— Vous mentez! — Et d'un geste impérieux, quoique pouvant à peine se soutenir, elle désigna la porte du doigt.

— Celui c'est vous, Excellence. Le calomniateur est un lâche. Sortez!

Le jeune marquis haussa les épaules et alla entr'ouvrir doucement la fenêtre à vitraux; puis il plongea sur le jardin un regard inquisiteur, au grand étonnement de la jeune fille.

En ce moment, deux nouveaux coups de sifflet retentirent, et Diodato vit distinctement une ombre s'arrêter devant une gracieuse fontaine de marbre antique, enveloppée d'un épais manteau de lierre, de myrte et de jas-

min depuis son soubassement jusqu'à l'urne qui en couronnait la vasque.

La colère du jeune débauché tomba aussitôt, et il prit galamment la main de la fille d'Isaac:

— Je ne sortirai pas, signora, — lui dit-il en souriant, — avant de vous avoir prouvé que je ne suis pas un calomniateur. Peut-être me croirez-vous quand vous entendrez celui que j'accuse avouer devant vous. Je vous jure qu'il n'osera pas me démentir. — Judith, éperdue comme si elle eût été le jouet d'une hallucination, se laissa entraîner dans le jardin; la nuit commençait à l'envelopper de ces ténèbres claires qui tombent des étoiles dans les pays méridionaux, et de loin la juive ne reconnut pas Giovanni qui portait un uniforme en lambeaux. Quand ils ne furent plus qu'à quelques pas de la fontaine, le Campo-Forte s'arrêta: — Vous voyez bien cet homme accroupi devant le bassin de votre fontaine, sous les guirlandes immobiles des lierres et des jasmins! Étanche-t-il sa soif? lave-t-il le sang de ses mains? je ne sais. Mais cet hôte forcé qui vient de s'introduire chez vous comme un larron, par escalade, qui vient demander un refuge à une femme que son amour aveugle, c'est mon frère.

— Giovanni! — s'écria la juive.

— Oui, Giovanni, — répéta avec un sourire railleur le marquis; — c'est le bâtard qui a déshonoré notre nom. c'est le déserteur qui a tué son capitaine par trahison, enfin c'est votre héros et votre chevalier, belle Judith! — Cependant, le fugitif s'était relevé en entendant le bruit de leurs pas faire crier le sable, il les avait reconnus, et, se croyant perdu, les bras croisés sur sa poitrine, le visage pâle, il regardait avec une secrète angoisse la fille d'Isaac que Diodato tenait encore par la main. — Que fait ici ce débauché? — murmura-t-il. — Ah! je me souviens; il m'avait promis de consoler Judith.

La juive s'était approchée de Giovanni, et le regardait fixement comme un juge, mais le fugitif restait calme.

— Giovanni, — dit-elle d'une voix stridente, — pourquoi êtes-vous venu ici? Ne me trompez pas: on vous accuse d'avoir tué un homme sans défense, mais je ne l'ai pas cru. Oh! dites-moi que c'est une calomnie, et que j'ai eu raison de croire en votre honneur.

— Judith, on vous a dit la vérité; j'ai tué le capitaine Palmieri.

— Oh! le malheureux! — murmura la jeune fille en laissant retomber sa tête pâle dans ses mains.

Diodato restait immobile devant Giovanni, dont la physionomie n'exprimait que la tristesse et le découragement, et, dominé par sa haine, il regardait son frère comme Caïn dut regarder Abel.

Au même instant, un bruit de pas et de voix confuses se fit entendre. Noémi entrait dans le jardin, et sur ses talons aboyait toute une meute de sbires.

III

LA FONTAINE.

En voyant les sbires envahir le jardin, Judith se jeta devant Giovanni, et lui dit à voix basse:

— Cache-toi, ou tu es perdu! — Et, d'un geste convulsif, elle poussa le jeune Sicilien sous cette chevelure touffue de lierre, de jasmin et de vigne vierge qui s'enlaçait autour de la fontaine; son sein palpitait; ses lèvres décolorées s'agitaient, et de son corps tremblant elle masquait le fugitif, tandis que son regard morne ne quittait pas les sbires qui venaient droit à elle. — Excellence, — murmura-t-elle, — Giovanni est coupable, mais c'est votre frère. Le livrerez-vous?

Diodato secoua négativement la tête; mais si elle eût

jeté les yeux sur lui, elle aurait lu dans l'expression cruelle de ses traits la condamnation du malheureux.

Les sbires, la carabine sur l'épaule, firent halte à quelque distance; leur chef seul, Gregorio Torella, s'approcha et s'inclina humblement devant le jeune marquis de Campo-Forte.

— Nous poursuivons un assassin, Excellence; il vient d'escalader, presque sous nos yeux, le mur de ce jardin; il ne pourra nous échapper, mais chacun doit nous prêter main-forte; j'espère que, loin de vous opposer à nos recherches, vous nous aiderez de tout votre pouvoir.

— Faites! — dit le jeune seigneur avec bienveillance; — mais nous n'avons rien vu.

— Nous n'avons rien vu, — répéta Judith d'une voix éteinte. Elle ajouta en faisant un effort suprême : — Noémi, accompagne ces braves gens et ouvre-leur toutes les portes.

Torella rejoignit sa bande. Il posa dans le voisinage de la fontaine deux sentinelles, qui se mirent à se promener en se croisant, puis il divisa le reste de son monde en deux groupes: l'un se répandit dans les sombres allées du jardin, fouillant les massifs d'orangers, d'arbousiers et d'alisiers aux pommes de corail, écartant avec les canons des fusils les buissons de roses, de myrtes, d'aloès et de cactus, effeuillant brutalement ses fleurs qui exhalaient d'enivrans parfums, brisant les jeunes branches, saccageant tout à plaisir; l'autre, précédé de la vieille nourrice, traversa le jardin, à l'extrémité duquel s'élevait un long bâtiment tapissé de vigne vierge, de chèvrefeuille et d'aristoloche aux feuilles larges comme des boucliers.

Ce bâtiment, divisé en trois parties à l'intérieur, servait de remise, d'écurie et de magasin à fourrages; il était percé d'une porte donnant sur une ruelle, et c'est par cette porte que sortait la lettiga de Judith.

Les sbires se livrèrent aux plus minutieuses recherches, éventrant les bottes de foin à coups de baïonnettes, soulevant jusqu'à la paille sur laquelle dormaient paisiblement les mules.

Cependant la jeune fille, toujours debout devant la fontaine, immobile et pâle comme la statue de la Peur, n'osait quitter sa place, dans la crainte de découvrir aux yeux des deux sbires placés en sentinelles le pauvre Giovanni, qu'elle avait contraint de se blottir sous le voile végétal qui enveloppait le bassin.

Deux bancs de marbre rose et de forme demi-circulaire se reliaient au socle de la fontaine.

Diodato s'était assis sur celui qui touchait à l'abri de son frère, et il invita Judith à prendre place à ses côtés.

La fille d'Isaac ne répondit pas; elle n'osait bouger dans la crainte de trahir la présence de l'assassin.

Alors le Campo-Forte, avec son plus gracieux sourire aux lèvres, la prit rudement par la main, et, la ployant jusqu'à lui, il la força de s'asseoir; la douleur arracha à la pauvre enfant un cri étouffé, et elle s'affaissa sur le banc.

Diodato attacha ses yeux sur un des sbires, qui se nommait Lorenzo Scalia, et leurs regards se rencontrèrent; il fut tenté de dire à cet homme par un signe : Celui que vous cherchez est là! mais, un reste de pudeur le retint. Il ne voulait pas être montré au doigt comme un Judas. Il ne voulait pas que toute la Sicile répétât qu'il avait lui-même livré son frère.

Et puis il se sentait maître de la situation. Ne tenait-il pas à la fois dans sa main Judith et Giovanni? Ne pouvait-il pas se procurer l'ineffable plaisir de les torturer à son aise? Il lui sembla de jouer avec ces deux cœurs comme un musicien avec son instrument.

Il se pencha donc vers la juive.

— Vous ne savez pas, chère signora, — lui dit-il doucereusement, — comme l'amour a le don de transformer complètement un homme. On me traite de débauché, de coureur d'aventures, de joueur effréné. Eh bien! auprès de vous j'oublie mes compagnons de plaisir qui m'atten-

dent, j'oublie les tables perfides où s'amoncèlent les piles de sequins, de ducats et de quadruples, j'oublie les festins nocturnes où brillent les diamans, les flacons et les verres, j'oublie toute ma vie passée pour ne songer qu'à un avenir plus enivrant dont vous seriez la déesse mystérieuse. — Judith regarda Diodato avec égarement; ces paroles sifflaient comme des vipères à ses oreilles, car Giovanni les entendait, et il devait souffrir un intolérable martyre. Mais le Campo-Forte, sans paraître s'apercevoir de son angoisse, sans se préoccuper du bruissement des feuilles qui cachaient son frère, continua avec un accent de tendresse passionnée :

— Oh! si vous vouliez m'aimer, Judith, votre amour serait pour moi l'ardent foyer au feu duquel viendraient se fondre et s'épurer toutes mes passions; ce baume divin me guérirait et me rendrait meilleur. Judith, il faudra que vous m'aimiez. — La malheureuse fille frissonnait de tout son corps; la voix se séchait dans son gosier; sarcasmes ou réalité, les aveux du marquis n'étaient que des mots confus pour son esprit terrifié, mais elle les sentait entrer comme des épées empoisonnées dans le cœur de Giovanni; quant au jeune fugitif, son sang sicilien s'allumait et bouillonnait dans ses veines, aussi ardent que la lave de l'Etna. Diodato poursuivit : — Que je suis heureux d'être assis là, près de vous, et que mes amis envieraient mon bonheur s'ils pouvaient me voir à cette heure. Pour un instant de cette joie, je donnerais dix années de ma vie, et ma vie tout entière pour un de vos baisers.

Le voile de lierre et de jasmin s'agitait comme s'il allait se déchirer.

— Oh! taisez-vous, Excellence! — murmura la juive d'une voix brisée par les larmes et les sanglots.

Diodato fut implacable.

— Il faudra pourtant que vous m'aimiez; je le veux, et ma volonté a toujours broyé tous les obstacles. Vous m'aimerez?

— Jamais! — dit-elle en se levant. Le Campo-Forte ne la retint pas, mais, avec son sourire railleur : — Prenez garde, — reprit-il, — partir, c'est vous livrer vous-même celui que tout à l'heure vous me suppliez de sauver! Songez-y, signora. — Judith leva vers le ciel ses grands yeux baignés de larmes, et se laissa retomber sur le banc.

— Je sais bien, — continua Diodato après un instant de silence, — qu'il est insensé à moi d'espérer qu'un semblable aveu sorte de votre bouche; mais ce que les lèvres n'osent dire, un regard, un serrement de main l'exprime. Et puis la nuit vient de laisser tomber sur nous son voile d'ombre et de parfums, la nuit, divinité propice aux amans, aux jeunes filles surtout, qui peuvent tout avouer, tout promettre, sans être obligées de rougir. Judith, ne me répondez pas, mais regardez-moi!

Tout le manteau de feuillage de la fontaine s'agita comme s'il eût été secoué par l'ouragan.

A ce bruit, l'un des sbires, Lorenzo Scalia, interrompit brusquement sa marche régulière et prêta l'oreille.

— Assez! assez, Excellence! — soupira la juive, — le supplice que vous m'imposez est au-dessus de mes forces.

— Suis-je donc un bourreau? — répliqua Diodato avec une sorte d'indignation. — Eh bien! si votre cœur ne vous appartient plus, si vous êtes convaincue que l'aveu de mon amour n'aura jamais d'écho dans ce cœur où s'est gravée l'image d'un méprisable rival, quittez-moi sans pitié. Il est vrai que si vous partez, — ajouta-t-il à voix basse, — Giovanni tombe aussitôt au pouvoir de ces dogues bien dressés qui rôdent autour de lui et auxquels nous avons fait perdre la piste. — Puis, élevant la voix : — Si au contraire vous consentez à m'entendre encore, c'est qu'il me sera permis d'espérer. — Judith mordit son mouchoir pour étouffer ses sanglots, mais elle n'osa pas se lever.

— Vous restez! — s'écria le Campo-Forte. — Oh! merci! merci!

Et, saisissant la main glacée de la jeune fille, il la

pressa sur ses lèvres, tandis que Lorenzo Scalia, le sbire, souriait malignement.

Le lierre de la fontaine frissonna avec un bruit étrange.

— Oh! pitié, Excellence, pitié! — murmura Judith. — Je ne vous demande pas grâce pour moi, mais pour ce malheureux.

— Malheureux! l'homme que vous me préférez! — répartit Diodato d'une voix amère. — Il ne souffrira jamais tout ce que je souffre, moi qui vous aime et qui vois se réaliser pour lui le bonheur que j'ai rêvé. D'ailleurs j'ai bien le droit de lui faire payer son salut, à lui qui est un traître et un assassin. — Puis, se rapprochant encore plus de la fille d'Isaac, transporté à la fois de haine et d'amour : — Laisse-moi, belle Judith, réchauffer de mes baisers tes joues pâles et froides, laisse-moi respirer le suave parfum de ta noire chevelure, et sentir contre ma poitrine les battemens de ton cœur.

En même temps il l'enlaça dans ses bras. Lorenzo Scalia, le sbire, s'éloigna discrètement.

La juive, épouvantée, se débattit, cherchant à se dégager de l'étreinte du marquis.

Le feuillage ne remuait plus, mais ce silence était terrible.

— J'ai peur! — dit Judith; — vous tentez Dieu, Excellence. Oh! tuez-moi plutôt. Ayez pitié de votre frère ; c'est le sang du marquis Pietro, après tout. S'il a tué un homme, ce n'est pas à vous à venger cet homme. Sacrifiez-moi, si vous voulez; je ne suis qu'une juive et mon honneur importe peu ; je passerai, s'il le faut, pour votre maîtresse, mais épargnez Giovanni et ne lui faites pas subir cette torture dégradante.

— Je vous ai dit que je ne le livrerais pas, — répliqua avec une sourde rage le Campo-Forte, — mais à condition que vous me permettrez de vous aimer. Qu'il s'en offense, et m'en soucie peu : n'êtes-vous pas libre de votre cœur? Le mépris qu'il doit maintenant vous inspirer ce misérable n'a-t-il pas tué votre amour? Son crime ne vous délie-t-il pas de vos sermens? — Giovanni, les dents serrées, les yeux rouges de sang, déchirait de ses ongles la chair de ses poitrine; sa force morale était épuisée; l'instinct seul survivait en lui; son cerveau ardait comme une fournaise. Diodato entendit les battemens de son cœur avec une joie farouche, et, s'emparant de la main de Judith, il lui dit : — Laisse-moi passer à ton doigt cet anneau, symbole de la chaîne d'amour qui doit nous unir dans une félicité suprême.

La juive, désespérée, mais abattue et réduite à un état de prostration absolu, n'eut ni le courage ni la force de dégager sa main. Elle regardait les sbires.

Mais en ce moment Giovanni déchira le manteau de lianes qui l'enveloppait, bondit comme un lion hors de sa retraite, arracha l'anneau du doigt de la jeune fille, le tordit avec rage entre ses dents, et en jeta les débris au visage de Diodato.

Le marquis voulut s'élancer sur lui, et tira son stylet. Le robuste bâtard lui saisit les poignets, et, le courbant agenouillé sur le sol :

— Ne mords pas, serpent, — dit-il avec mépris, — ou je t'écrase sous mon pied !

— A moi! à moi! — s'écria Diodato.

Lorenzo Scalia et son compagnon, témoins de cette scène inattendue, étaient accourus au secours du marquis, la carabine au poing :

— Rendez-vous, jeune homme, rendez-vous ou je vous tue à bout portant, — dit Lorenzo.

Giovanni jeta un regard rapide autour de lui, mais déjà toutes les issues étaient cernées. Les sbires, accourus à l'appel de Diodato, l'entouraient, et il était impossible à un fugitif épuisé, désarmé, de faire une trouée parmi eux.

Il lâcha le bras de son frère.

— Ce n'est pas l'amour qui tout à l'heure parlait par ta voix, fils de mon père, — reprit-il d'une voix mélan-colique, — c'était la haine. N'osant vendre ton frère, tu as voulu le forcer à se livrer lui-même. Eh bien ! que les sbires s'emparent de moi. Ton désir est exaucé ; sois content !

Judith, qui avait assisté à toute cette scène, muette et froide comme si elle eût été changée en statue de pierre, vit les sbires se jeter courageusement tous ensemble sur Giovanni et le garrotter étroitement; alors la pensée lui revint et la douleur avec la pensée ; elle poussa un cri déchirant, ses yeux se voilèrent, et, s'affaissant sur elle-même, elle tomba évanouie entre les bras de sa nourrice, qui était accourue à la suite des sbires.

IV

LE TEMPLE DE JUNON LACINIE.

Les événemens qui venaient de s'accomplir n'avaient fait qu'irriter encore la haine de Diodato pour son frère ; et cependant, s'il eût voulu descendre au fond de sa conscience, il eût compris qu'il n'aimait pas Judith ; un ardent désir de vengeance lui avait mis en tête un amour qui ne tenait par aucune racine à son cœur.

Mais ce semblant d'amour, irrité par les dédains de la belle juive, grandissant à ses propres yeux, avait fini par prendre toutes les proportions d'une passion véritable.

Il ne poursuivait la fille d'Isaac que parce qu'elle aimait Giovanni et qu'elle le repoussait, lui, avec une constante obstination. S'il eût rencontré Judith libre et de facile accès, peut-être n'eût-il jamais songé à elle. Giovanni était donc l'obstacle qui s'opposait à son bonheur. Cet obstacle il voulait le briser à tout prix.

Le fils de la Napolitaine, fiancé à une Calabraise, était traître à son sang sicilien. Comme les renégats, les espions et les esclaves, il était plus dur à l'opprimé que l'oppresseur naturel.

Par un raffinement inouï de méchanceté, il se chargea volontairement de l'odieuse mission de remettre lui-même le meurtrier du capitaine Palmieri entre les mains de ses chefs. Il craignait d'ailleurs que, pendant le trajet, Giovanni, qui était plein d'audace et de résolution, ne tentât de s'échapper. Le courage des sbires ne lui inspirait qu'une médiocre confiance, tandis qu'il comptait sur l'étrange prestige qu'il exerçait sur son frère pour mener lui-même cette affaire à bonne fin. Cependant ce prestige auquel il croyait n'existait pas. Giovanni avait pour Diodato cette sorte de compassion que les êtres qui ont la conscience de leur force éprouvent pour tout ce qui est impuissant et faible.

Le jeune marquis, à la tête d'une escorte de sbires, traversa sous un soleil ardent les rues sinueuses de Girgenti la moyenne, nichée sur le mont Camico, ce formidable piédestal de la citadelle bâtie par Dedalus.

La cité moderne qui porte le deuil de la magnifique Agrigente est un cloaque coupé de ruelles inégales et montueuses, hérissé de quartiers de rocs et semé de petites maisons aux portes basses et aux fenêtres étroites.

Giovanni, les mains liées et attaché lui-même à la queue du mulet qui portait les vivres, marchait à pied au milieu de l'escorte.

Ils sortirent par la belle porte moresque qui donne sur la mer, cube de pierre troué d'une grande ogive et encastré dans une ceinture de murailles dentelées.

Le dos tourné à la ville, Giovanni, de la cime de cet amphithéâtre de treize cents pieds de hauteur, qui descend par échelons jusqu'au bord de la Méditerranée pendant une longue lieue, contemplait la campagne témoin de ses jeux d'enfance.

Le torrent Agragas bondissait jusqu'à la mer, en se nouant comme une couleuvre au fond de son lit; à sa gauche, entre ses flots et ceux du San-Blazio, des roches colossales roulaient dans la plaine, trouant de leurs masses blanches des champs dorés, des buissons de myrtes et d'aloès énormes.

Le long de ces collines s'échelonnaient les ruines des temples de l'antiquité païenne, les uns gisant sur le sol blafard, les autres étendant au loin l'ombre propice de leurs colonnes. Au delà de la rude Athænea, toujours à gauche, se dressait la crête brune, pointillée de blanc, de ce faubourg d'Agrigente nommé Neapolis, que terminaient des cippes, des pyramides et des caveaux funéraires.

Ces terrains crayeux avec leur verdure sombre et leurs édifices rouges, ces roches basanées d'où s'élançait le palmier d'Orient, ces monts en amphithéâtre dont le ton fauve devenait lilas eu s'éloignant, tous ces accidens de la nature africaine ressortaient en relief de la bande jaune d'or qui les séparait de la mer, comme l'a si admirablement décrit monsieur Francis Wey, dans son *Voyage en Sicile*.

Nos voyageurs avaient sur leurs têtes un ciel blanc comme une coupole de zinc, d'où la lumière s'échappait par torrens. Le soleil ne paraissait pas dans cette zone brillante; plus enflammé que le reste de la voûte, noyé dans ses propres rayons, il luttait péniblement d'incandescence et de blancheur avec le dôme aérien.

Cette plage, où la nature est si vivace, appartient néanmoins tout entière au passé.

L'homme de ce siècle est si peu fait pour la terre des géans qu'il ne la peuple pas.

Les temples de la cité de Phalaris, qu'on voit des hauteurs de Girgenti, sont devenus longtemps des repaires et des coupe-gorge. On n'ose y descendre seul et sans armes.

Sans la renommée des ruines de Girgenti, petite ville espagnole, dévote, ignorante et cloîtrée, le monde en aurait oublié le nom, comme les Siciliens en ont oublié la route. De sorte que Girgenti expie dans un isolement profond le tort qu'elle eut de ne pas mourir avec Ségeste, Hyccare et Sélinonte.

Il y avait sur la route que suivait la cavalcade une petite fontaine presque tarie, dont l'eau, filet mince et intermittent, était recueillie dans une jarre.

Sans l'eau de cette fontaine, Girgenti ne vivrait pas, car les sources où puisaient les anciens n'existent plus. Chaque soir, les femmes descendaient avec leurs alcarazas jusqu'à cet endroit éloigné, où elles se rangeaient à la file, chacune attendant son tour. Les dernières rentraient à l'aube avec la provision d'eau potable nécessaire pour la journée. Ainsi ces malheureux, consumés sur des rochers par un soleil africain et par les vents du désert, n'ont pas même de quoi se désaltérer. Les seules eaux qu'ils se puissent procurer sont croupissantes et malsaines.

Un moine assis au bord de la source attendait patiemment que la jarre fût pleine.

Il était vêtu d'une robe de bure brune et rapiécée, qu'une corde serrait autour de ses reins robustes.

Une couronne de cheveux crépus et noirs comme de l'ébène entourait son crâne, aussi bleu que le bluet des champs. Une barbe touffue encadrait sa large face, que l'exubérance de la santé colorait des reflets éclatans du coquelicot.

En passant devant ce moine, les sbires se découvrirent et Diodato arrêta sa monture.

— Eh quoi ! c'est vous, digne père Garofalo, — dit-il en s'inclinant. — C'est la première fois que j'ai le plaisir de vous rencontrer depuis que, désespérant de votre élève, vous nous avez quittés sans nous faire vos adieux.

— Je suis parti un peu brusquement, en effet, — répondit le moine de sa puissante voix de basse qui vibrait comme du cuivre, — mais ce n'est pas à cause de Giovanni. Je l'aimais de tout mon cœur, ce cher enfant,

et nos études ne nous fatiguaient guère, je vous en r[épon]ds.

— Il avait la tête un peu dure, — répliqua Diodato, et vous avez prévu, convenez-en, qu'il vous serait impo[s]sible de lui jamais enseigner le latin.

— Eh bien ! oui, je l'avoue, — répondit Garofalo. il disait vrai, le digne homme; il avait compris qu'il serait fort difficile d'apprendre à son élève une lang[ue] qu'il ignorait lui-même et dont il n'avait retenu que qu[el]ques citations recueillies çà et là. — Mais, — se hâta-t[-il] d'ajouter, — ce n'est pas là le motif qui a déterminé m[on] départ.

— Pourquoi donc alors avoir abandonné le château [où] l'on vous regrette encore? — demanda le marquis.

— Voulez-vous que je vous le dise franchement ? repartit Garofalo, — c'est qu'il fallait se lever trop t[ôt] pour dire la messe à laquelle assistait régulièrement vo[tre] pieuse mère, ce qui est contraire à mes habitudes; et pu[is] souper un peu trop frugalement, ce qui est contraire [à] mon tempérament.

Diodato s'efforça de sourire, et, voulant donner un au[tre] tour à la conversation :

— Mon père, — dit-il en affectant une émotion qui éta[it] bien loin de son cœur, — il y a parmi nous un malheu[re]reux qui a grand besoin de votre bénédiction.

Sur un signe du Campo-Forte, les sbires ouvrirent leu[rs] rangs, et le moine aperçut Giovanni, à pied et les mai[ns] garrottées.

— Mon pauvre *Patito!* — s'écria-t-il en s'élançant ve[rs] lui, les bras ouverts. — Quel crime as-tu donc comm[is] pour qu'on te traite ainsi?

Le jeune Sicilien concentra dans le rayonnement de [sa] prunelle le regard étonné du moine, et tournant la tê[te] sur l'épaule il lui désigna son frère.

— C'est à lui qu'il faut vous adresser, mon père, — ré[s]pondit-il.

— Hélas ! — dit Diodato, — s'il avait voulu profiter [de] votre vertueux exemple, de vos sages conseils, il n'en se[rait] pas là. Hier, — continua-t-il, — il était soldat : il e[st] déserteur aujourd'hui.

— C'est qu'il a sans doute, comme quelques gens de m[a] connaissance, une répugnance insurmontable pour [la] discipline, — repartit Garofalo, faisant peut-être allusi[on] à celle qu'il ne s'administrait jamais.

— Le premier ordre qu'il reçoit comme soldat, — ajou[ta] le jeune marquis, — est de fusiller des proscrits, et, [au] lieu de tirer sur les condamnés, il a tué l'officier qui com[-] mandait le feu.

— Ce cher enfant se sera trompé, — répliqua le moi[ne] d'un accent plein d'émotion. — *Errare humanum est.*

— Hélas ! — soupira Diodato en essuyant une larm[e] absente, — mon pauvre père ne survivra pas au déshon[-] neur qui vient de frapper notre famille.

— Et vous, prévoyant qu'un châtiment terrible atten[d] le coupable, — interrompit Garofalo, — vous le recondu[i]sez vous-même à sa caserne, afin de le consoler en [le] faisant, et de ne vous séparer de lui qu'au dernier mo[-] ment. C'est d'un bon frère.

Diodato ne sut d'abord comment interpréter les parol[es] du saint homme. Étaient-elles l'expression d'une convic[-] tion profonde ou d'une amère ironie? Mais une voix s'é[-] leva du fond de sa conscience et lui fit monter la rouge[ur] au front; pour dissimuler son trouble, il voulut prend[re] congé du moine.

Garofalo l'arrêta.

— Absorbé par votre propre douleur, — dit-il, — vo[us] ne voyez pas que le visage de Giovanni est baigné [de] sueur, et que la soif le dévore.

Et soulevant la lourde jarre, pleine aux trois quart[s,] aussi facilement qu'il eût levé son verre, il l'approcha d[es] lèvres du prisonnier.

— Merci, mon père, — dit le jeune Sicilien, après avo[ir] bu longuement.

— Maintenant, — continua le moine en imposant s[es]

larges mains sur la tête de Giovanni, — je te bénis, mon fils, afin que le Dieu juste te soit clément, et que ceux qui t'aiment te viennent en aide : *Dixi!*

Alors les sbires se découvrirent de nouveau, Diodato s'inclina profondément sur le cou de sa monture, et le cortége se remit en marche, tandis que Garofalo reposait tranquillement sa jarre sous le filet de la fontaine.

La troupe qui cheminait en silence passa bientôt devant les ruines des temples d'Hercule, de la Concorde et des Géans.

Ce dernier s'écroula il y a environ huit cents ans et d'une manière étrange. Il paraît que les frontons se fendirent par le milieu, et que les colonnades, s'ouvrant en sens opposé, tombèrent symétriquement, en laissant vide l'intérieur de l'édifice. Ces masses s'enfoncèrent dans le sol, qui peu à peu les recouvre. Les bases ont sans doute été pulvérisées par la chute, car on n'en a pas revu trace, non plus que du bas-relief qui représentait le combat des géans.

Arrivé devant la longue file de colonnes trapues qui soutenait l'entablement du temple de Junon Lacinie, Diodato s'arrêta.

— La chaleur est intolérable, — dit-il en mettant pied à terre. — Reposons-nous un instant ici.

Chacun descendit aussitôt de cheval.

Thadeo, qui avait accompagné son maître, prit une manne pleine de vivres et de rafraîchissemens placée sur le dos du mulet et la posa à terre.

— Lorenzo Scalia, — continua le marquis en s'adressant au chef des sbires, — attachez solidement votre prisonnier à un de ces arbres.

— Mais, Excellence, — repartit en souriant celui-ci, — s'il reste là seulement une demi-heure sans bouger, le soleil est capable de lui faire éclater la cervelle.

— A sa place, il me serait complètement indifférent, je vous jure, que ma cervelle éclatât d'un coup de soleil maintenant, ou bien d'un coup de mousquet ce soir, — répondit le jeune marquis en haussant les épaules.

Giovanni se laissa lier au tronc du palmier sans proférer une plainte.

Pendant ce temps, Thadeo avait appelé Lippi, l'un des sbires, afin qu'il l'aidât à transporter la manne. Mais celui-ci, le voyant se diriger vers l'entrée du temple, l'arrêta brusquement.

— San Diavolo! où allez-vous donc? — demanda-t-il tout effaré.

— Sous ces colonnes, — répliqua Diodato, — et il a bien raison. Nous y trouverons au moins, nous et nos chevaux, un peu de fraîcheur et d'ombre.

— Mais, c'est là que niche la strega, — répliqua le sbire, demandez plutôt à Lorenzo.

— Silence ! — ajouta celui-ci en faisant les cornes sacramentelles.

— Ah çà ! — s'écria le jeune marquis, — auriez-vous peur d'une femme, et croiriez-vous par hasard à la sorcellerie ? C'est une folle, voilà tout, et vous êtes plus fous qu'elle si vous la redoutez.

— Bah! — dit Thadeo, — c'est une mendiante qui, pour mieux exciter la charité, se fait passer pour sorcière.

— On dit aussi qu'elle cherche des trésors sous ces ruines, — ajouta le sbire Paolo Guarneri.

— Qui sait si ce n'est pas plutôt la servante ou la trésorière d'une troupe de bandits, — interrompit Lorenzo Scalia.

Cette supposition ne parut pas rassurer les sbires, à qui les bandits inspiraient au moins autant de terreur que la strega elle-même, et ils jetèrent autour d'eux des regards pleins d'inquiétude et de défiance.

— Ah çà ! que craignez-vous ? — demanda Thadeo, — vous savez bien que la strega n'est pas méchante.

— Ne vous y fiez pas, — reprit Lippi en abandonnant décidément la manne. — Il ne faut jamais tenter le

diable, et il serait prudent d'aller chercher un gîte ailleurs.

— Lorenzo, — dit le jeune marquis en haussant les épaules avec un geste d'impatience, — faites donc entrer vos compagnons, afin qu'ils prennent avec nous leur part d'un pâté de venaison et de quelques flacons de vieux vin de Syracuse.

Cette proposition triompha plus promptement que ne l'eût fait le meilleur argument des dernières hésitations des sbires.

Et, prenant leurs chevaux par la bride, ils entrèrent tumultueusement sous les colonnes du temple de Junon Lacinie.

— C'est égal, — dit Lippi en attachant son cheval, — je vous préviens que, si la strega se montre, je m'en vais.

— Si elle se montre, — s'écria Diodato, — je bois à sa santé, j'en fais mon échanson, et je l'invite à déjeuner avec nous!

— Avec nous! — interrompit Lippi, — mais ce serait notre dernier repas.

— Nous la griserons, — interrompit le marquis, — et nous lui arracherons son secret.

— Prenez garde qu'elle ne vous entende, Excellence.

— Rassure-toi, Lippi, — ajouta Diodato, — la strega est sortie de son repaire. D'ailleurs elle n'est redoutable que la nuit, quand elle a affaire à quelque crédule paysan; mais avec nous autres elle redoute le grand jour et surtout les coups de fouet.

— Tu te trompes, marquis; la strega ne craint rien, — dit une voix stridente qui jeta l'épouvante au milieu des sbires.

Diodato seul releva la tête et essaya de grimacer un sourire.

LA BONNE AVENTURE.

La strega s'avança lentement à travers les ruines et s'arrêta devant eux, décharnée, pâle, solennelle.

Diodato fit un pas à sa rencontre.

— Si tu nous as entendus, — dit-il, — tu sais que je ne crois guère à tout ton grimoire?

— Tu ne crois pas, marquis de Campo-Forte?—répondit la Fabiana. Et élevant son index à la hauteur du visage du jeune homme, tandis qu'elle attachait sur lui son regard profond et presque fascinateur : — Ah ! tu ne crois pas, — répéta-t-elle, — et cependant je lis dans ton âme comme je lirais dans un livre ouvert, et la mienne est impénétrable pour toi. Je connais ta pensée, tes désirs, tes ambitions et tes haines; j'ai vu couver, j'ai entendu siffler tous les serpens qui te mordent le cœur, tandis que pour toi Fabiana est un sphinx, une énigme vivante. Je puis abaisser ton orgueil, ruiner tes espérances; toi, je te défie de me faire plus misérable que je ne le suis; si l'un de nous deux doit craindre l'autre, c'est à toi de trembler.

— Trève de verbiage! — interrompit Diodato d'un ton altier.

— Vous m'avez appelée, Excellence, je suis venue, — répondit la Fabiana;—vous avez dit que je vous verserais à boire, je suis prête.

Les sbires, groupés à quelques pas de la strega, la regardaient avec inquiétude ; leur nombre ne les rassurait pas contre la présence de cette femme, qui était seule et désarmée au milieu d'eux.

— Eh bien! puisque tu es venue,—interrompit le marquis en ricanant,—fais ton honnête métier, strega; dis-moi ma bonne aventure ou ma mauvaise... à ton choix.

— Tendez votre main. J'y lirai votre avenir,—répondit la Fabiana d'une voix sombre.

Enhardis par la curiosité, les sbires se rapprochèrent peu à peu et formèrent bientôt un cercle autour de la sorcière et du jeune marquis.

Giovanni, accroupi au pied de l'arbre auquel on l'avait attaché, regardait avec une douloureuse tristesse sa mère, qui semblait éviter de tourner les yeux de son côté.

— Allons, — dit Diodato d'un air railleur en tendant sa main à la strega,—montre-nous ton savoir.

La Fabiana prit la main du jeune marquis et en examina les lignes avec calme d'abord ; mais bientôt son sourcil se fronça, sa lèvre tressaillit, et, d'une voix inspirée :

— Mon Dieu ! mon Dieu ! — murmura-t-elle,—permettrez-vous que de tels malheurs s'accomplissent !

— Ah çà ! parleras-tu ? — s'écria Diodato en frappant impatiemment du pied.

— Excellence, — reprit la Fabiana, — vous avez tous les priviléges et toutes les joies de ce monde en partage, mais vous êtes insatiable et vous commettrez des crimes impies.

— Lis dans ma main si cette science t'est familière, mais n'invente pas ce que tu ne saurais y lire, — interrompit Diodato.

— Je vous le répète, — poursuivit la Fabiana, — le malheur est sur vous, parce que vous êtes l'esclave de vos passions, l'oppresseur des faibles, l'envieux des déshérités.

— Je ne crois pas un traître mot de ta prédiction, sorcière maudite !— dit Campo-Forte visiblement troublé.

— Vous m'avez interrogée et vous avez peur de m'entendre, pourtant vous m'écouterez jusqu'au bout, — fit la Fabiana avec une fermeté qui décontenança le marquis.— Vous n'avez pas encore été éprouvé par le malheur, — continua-t-elle,—et vous l'avez appelé sur la tête de ceux que vous deviez aimer et défendre ; mais le ciel est juste, et ces lignes qui se croisent me révèlent que vous mourrez de mort violente.

Diodato éclata de rire.

— Ah ! tu lis tout cela dans ma main, — dit-il.—Tu es, en vérité, une hardie commère, et j'ai grande envie de te faire châtier pour te punir de tes effrontés mensonges.

— Je te l'ai dit, — reprit la Fabiana,—tu ne peux rien sur moi, car mon heure n'est pas venue.—Toi, ce sont tes passions qui te dévoreront comme le feu brûle le bûcher. Débauché, tu souffriras par l'amour ; joueur, tu te ruineras par le jeu ; spadassin, quoique lâche, tu périras par l'épée.

— J'ai en ma puissance deux talismans qui sauront me protéger contre tes pronostics : je suis noble et je suis riche, —dit le jeune Campo-Forte en relevant orgueilleusement la tête.

— Ce n'est ni avec des parchemins ni avec de l'or qu'on obtient l'amour d'une femme, qu'on triomphe de la mauvaise veine ou que l'on tue son adversaire, — répondit la Fabiana. Puis, s'avançant plus près de Diodato, elle écarta les sbires et continua à voix basse : — A moins d'avoir recours à certains moyens qui te sont familiers, noble et riche Diodato ; la jeune fille qui résiste, on l'enlève ; on corrige hardiment la fortune par quelques tours d'adresse, et l'on se débarrasse de son adversaire par une boîte secrète, n'est-ce pas ? Souviens-toi d'Anunziata que tu as déshonorée, de Domenico Foschini que tu as ruiné, et d'Angelo Varisano que tu as tué par surprise.

Le jeune Campo-Forte devint d'une pâleur livide, et une sueur froide inonda son front.

— Misérable ! — s'écria-t-il d'une voix tremblante de colère, en portant par un geste machinal la main à son poignard, — quel traître t'a livré mes secrets ?... qui t'a dit ?...

— Tu avoues donc ?— observa froidement la Fabiana.— Calme-toi, va, je ne te dénoncerai pas ; je respecte encore en toi le sang de ton père. Mais il est temps de te corriger, Diodato, et de faire un retour sur toi-même. Veux-tu que je t'offre l'occasion de racheter noblement les erreurs de ta jeunesse ? veux-tu t'épargner un remords éternel ? aime et sauve ton frère.

— Ah ! c'est donc là que tu voulais en venir ? — s'écria Diodato avec un éclat de rire strident.—Espérant avoir bon marché de moi, tu as voulu me faire accroire que tu tenais mes secrets dans ta main. Je ne suis pas de ces hommes qui se laissent intimider aisément. Mais quoique tes prétendues révélations ne soient que des mensonges auxquels personne ne voudrait ajouter foi, ne t'avise jamais de les répéter, même au dernier de nos paysans, car alors toute ta sorcellerie ne saurait te protéger contre mon ressentiment.

La Fabiana le regarda avec un sourire de mépris. Elle voyait nettement qu'en lui révélant des secrets que lui seul croyait posséder, elle venait de lui jeter le trouble au fond du cœur, et que, malgré le calme et la forfanterie qu'il affectait, il était sous l'empire d'une sorte de crainte superstitieuse contre laquelle il cherchait vainement à lutter.

— Ce n'est pas tout, marquis de Campo-Forte, — continua-t-elle, — tu écouteras ma dernière prédiction : ta lâche cruauté envers ton frère a un sens mystérieux et profond que je lis dans l'avenir. Tu es Sicilien, quoique le sang de ta mère napolitaine ait mélangé ton sang ; eh bien ! tu entendras des cris de désespoir et de malédiction s'échapper du cœur des opprimés, tu verras ces malheureux tendre vers toi leurs bras suppliants, tu pourras les sauver et pourtant tu seras sourd à leur appel et tu trahiras tes frères.

La terreur avait presque rendu au jeune marquis son audace.

— Si tu n'étais pas une pauvre folle, — dit-il en se mêlant aux sbires, — je te ferais arrêter pour ta témérité ; mais j'en ris et j'ai pitié de toi. — Et poussant vers la Fabiana, pour se donner une contenance, Lorenzo et ses compagnons : — Allons ! à votre tour, mes braves.

Les sbires se sentirent involontairement frissonner sous l'œil ardent de la strega. Ils auraient eu bonne envie d'esquiver la prophétie que Diodato venait de solliciter en leur faveur, mais la honte les retint, et aucun d'eux n'osa retirer sa main.

Thadeo fut celui par qui la strega commença.

— Thadeo, — dit-elle après quelques instants d'examen, — tu mourras le même jour que ton maître.

— On vit très vieux dans l'illustre famille des Campo-Forte, — repartit l'ancien pêcheur, légèrement troublé ; — j'ai donc le temps de me préparer à la mort.

— Peut-être !—fit la Fabiana en secouant lentement la tête. Le maître et le valet échangèrent involontairement un coup d'œil furtif. — Quant à vous autres,—continua-t-elle après s'être un instant recueillie,—un même sort vous attend. Lorenzo Scalia, tu tomberas un jour au milieu d'une bande de proscrits qui, à leur tour, te feront prisonnier. Toi, Paolo Guarneri, on découvrira que tu reçois de la main droite l'argent de l'État pour arrêter les larrons, et de la main gauche ta part des vols qu'ils ont commis. —Paolo regarda son chef et devint rouge jusqu'aux oreilles.— Toi enfin, Lippi, — continua la Fabiana, — tu te lasseras un jour du honteux métier de sbire et tu te feras bandit.

— Et gagnerai-je au change ? — demanda timidement Lippi.

— Tu y gagneras en considération,—répondit la strega ; — aucun de vous ne mourra dans son lit, vous serez pendus tous les trois.

La révélation de cette mort verticale déconcerta les sbires.

Le silence remplaça les bravades et les sarcasmes, et une vague épouvante s'empara de ces cœurs superstitieux.

Diodato s'irrita de l'influence que la strega semblait exercer sur les sbires.

— N'écoutez pas plus longtemps cette folle, — dit-il,—

et remettons-nous en marche. Tiens, voilà ton salaire, strega.

Et il lui jeta quelque menue monnaie que celle-ci ne daigna pas ramasser.

Le jeune marquis ne s'éloignait qu'à regret; il lui coûtait de partir sans s'être vengé de la Fabiana. Mais l'occasion lui manquait. Cependant il eut une lueur d'espérance.

— Tu trouves sans doute le denier trop mince?' — lui demanda-t-il en revenant sur ses pas. — Veux-tu gagner une bonne récompense? cela dépend de toi.

La Fabiana leva sur le jeune marquis ses yeux clairs et limpides.

— J'accepte l'aumône, même du vaniteux et du méchant, — dit-elle, — car il y a beaucoup de malheureux, et à tous elle peut être utile.

— Strega, — continua le Campo-Forte, — toi qui as de bons yeux et d'excellentes oreilles, toi qui vas sans cesse errant dans les sentiers des plaines et des montagnes, peu de choses doivent échapper à ton espionnage et tu dois en savoir long.

— Je crois t'en avoir donné la preuve, noble marquis, — répondit la Fabiana.

Diodato fit une légère grimace, mais il reprit avec son expression sardonique :

— On dit que la campagne est infestée de proscrits; cherche-les, strega, dénonce-nous-les, on te les achètera.

— Chacun son métier, Diodato; moi, je ne suis pas un sbire.

— Mais tu dois rencontrer souvent de ces hommes errans, n'est-ce pas? — La Fabiana ne répondit pas. — Prends garde. Si, sachant en quel endroit ces misérables ont leurs repaires, tu ne le révélais pas, il pourrait t'arriver malheur; la police n'aurait pas la faiblesse de respecter comme moi les priviléges de ton métier, strega.

— Je ne suis pas un sbire, — répéta la Fabiana.

Les yeux de Diodato s'allumèrent d'une joie sinistre, il avait enfin trouvé le prétexte qu'il cherchait.

— Vous le voyez, — dit-il, — elle connaît la retraite des proscrits et elle ne veut pas l'avouer; mais je sais un excellent moyen de faire parler les muets. — Les sbires bégayèrent un rire incomplet, et la Fabiana haussa dédaigneusement les épaules. — Ah! tu nous braves, sorcière, — s'écria-t-il en avisant dans la manne quelques torches que Thadeo avait emportées à tout hasard ;—allumons un feu de joie, et, en lui brûlant un peu de résine et de poix sur le ventre, nous la forcerons bien à faire des aveux.

Alors la strega s'avança vers lui.

Diodato recula effrayé de la majesté de cette figure calme et méprisante.

— Saisissez-la, Lorenzo, — dit cependant le marquis ;— qu'on la dépouille, Paolo; et toi, Thadeo, apporte-nous les torches.

La Fabiana, les bras croisés, promena autour d'elle des regards étincelans.

— Malheur à celui qui touchera à un cheveu de la jettatrice!—dit-elle avec emphase.

Aucun des sbires n'obéissait.

— Ne m'avez-vous pas entendu? — reprit Diodato, frémissant de colère. — Faudra-t-il donc que je me charge moi-même de cette besogne?

— Celui qui en aura la peine en aura l'honneur et le profit, — murmura la strega dans sa pose indignée et menaçante. Puis voyant que les sbires hésitaient toujours :

— Ah! vous faites bien, malheureux, de ne pas obéir aux ordres iniques de ce jeune fou. Ah! vos maîtres ont mis à prix la tête des proscrits! Ah! vous trafiquez, vous, du sang et de la vie de vos compatriotes! Vous ne croyez qu'à la force et à la fortune; mais la force et la fortune sont changeantes. N'avez-vous donc pas compris à mon insouciance que je ne vous craignais pas et que je me savais en sûreté au milieu de vous. A cette heure je pourrais, usant de représailles, mettre aussi vos têtes à prix, vous jeter à mes pieds garrottés et tremblans. — Puis, s'animant et s'exal-

tant peu à peu : — Je pourrais donner en pâture aux corbeaux ces misérables sbires, qui enlèvent au nom du roi les femmes et les filles du pauvre, qui bâillonnent et torturent les pères, qui s'adjugent les biens de ceux qui ne peuvent se défendre contre leurs dénonciations.

— Vous l'entendez et vous ne bougez pas! — s'écria le jeune marquis hors de lui.

La Fabiana s'approcha, visage contre visage.

— Quant à toi, jeune coq, — dit-elle, — il me serait facile de couper ta crête brillante. Fils du Campo-Forte, je puis te faire emmener dans la montagne, et demander pour ta rançon toute la fortune de ton père.

— Ces menaces ne peuvent rester impunies, — répliqua Diodato. Et il la saisit brutalement par le bras.

La Fabiana ne parut pas s'irriter : elle se dégagea, comme un chasseur secoue la chenille tombée sur son habit, et elle eut un triste sourire.

— Toujours le même! courageux seulement contre les femmes, aimant à faire métier de sbire. Aveugle, la fatalité te pousse!

Lorenzo et ses compagnons, plus expérimentés, étaient effrayés de ce calme suprême.

Le premier, en sa qualité de chef, s'approcha du marquis et lui dit à voix basse :

— Soyez prudent, Excellence, la strega doit avoir des intelligences avec les proscrits ou les bandits. Elle ne serait pas audacieuse à ce point si elle ne se sentait pas protégée par une puissance invisible pour nous. Elle n'est pas seule, et dans ce coupe-gorge nous ne sommes pas en sûreté.

— Bah! — reprit Diodato, — en plein jour, sous ce soleil éclatant, au milieu de ce silence profond, que pouvons-craindre?

Cependant il jeta un regard inquiet sur les ruines des temples païens.

La strega souriait toujours, tandis que les chevaux, sans cause apparente, commençaient à hennir et à se cabrer.

Lorenzo les montra du doigt au marquis étonné.

— Insensés! — reprit la Fabiana d'une voix solennelle, — parlez, puisque je vous fais grâce; mais hâtez-vous, car l'ouragan menace, la mer bouillonne sous son calme miroir d'azur, les entrailles de la terre se gonflent et palpitent comme les nuages ardens du ciel.

— Quelle jonglerie! — fit Diodato.—Tu veux rire à nos dépens, fine commère! Jamais le ciel et la terre n'ont été plus splendidement sereins.

— La fatalité le veut! — répéta la strega. — L'ouragan les atteindra avant qu'ils n'aient pu se sauver, et leur prisonnier leur échappera.

— Mon prisonnier! — s'écria le jeune marquis en jetant un regard haineux sur son frère, qui était accroupi au pied de l'arbre, — non, par Dieu! il ne m'échappera pas, quand la terre devrait s'entr'ouvrir pour nous engloutir vivans tous les deux.

Cependant Thadeo et les sbires burent à la hâte quelques gorgées de vin, puis ils allèrent à leurs chevaux, essayant de boucler les harnais et de resserrer les courroies des sangles; mais les pauvres bêtes faisaient des soubresauts qui rendaient cette besogne, sinon impossible, du moins fort difficile.

En ce moment Garofalo apparut à l'entrée du temple.

VI

LE SIROCCO.

Le bon moine, voyant les chevaux qui se cabraient, déposa sa lourde jarre à terre, et pénétrant dans l'intérieur des ruines, il alla flatter de la main les nobles bêtes.

Les sbires le laissèrent agir à sa guise et s'éloignèrent de quelques pas avec tous les signes du plus profond respect, car le révérend Garofalo passait, dans Girgenti et ses environs, pour connaître à fond la race chevaline.

Il avait porté le mousquet dans sa jeunesse et commandé une troupe ou comitiva des bandits de la Santa-Fede.

Mais tout en caressant la croupe des chevaux d'une main, de l'autre Garofalo coupa lestement les sangles, et après cette petite opération il s'approcha de Diodato.

— Mon fils, — lui dit-il, — votre frère est un grand coupable.

— Je partage votre avis, mon père.

— Et il est grand temps qu'il se repente.

— Son repentir n'expiera pas son crime.

— Sans doute ; mais il le préparera à comparaître devant son juge suprême, notre Père éternel. Qu'il me soit donc permis de l'exhorter à la mort.

— Qu'il soit fait ainsi que vous le désirez, révérend Garofalo, — répondit le jeune marquis ; — mais hâtez-vous, car nous allons partir.

Le moine s'inclina et se dirigea vers le palmier qui servait de pilori au jeune Sicilien.

Giovanni, exténué de fatigue, le front ruisselant, venait de céder un instant au sommeil.

Le moine lui posa sa lourde main sur l'épaule, et le secouant rudement :

— Réveille-toi, mon fils, — lui dit-il de sa voix de stentor.

— Ah ! c'est vous, mon père, — répondit le prisonnier.

— Et soulevant sa paupière alourdie : — Pourquoi me rappeler à la réalité? je faisais de si doux rêves!

— Je viens te parler de Dieu, — interrompit le moine ; — agenouille-toi donc, car le temps presse.

— Je ne puis, mon père ; je suis si étroitement lié qu'il m'est impossible de faire le moindre mouvement.

Le moine défit le nœud de la corde qui attachait Giovanni au tronc de l'arbre.

Alors celui-ci se mit à genoux.

— Fais le signe de la croix et récite ce que tu sais de tes prières.

— Je ne puis, mon père; les liens qui me serrent les poignets m'empêchent de vous obéir.

— C'est juste,—répondit le moine ; et il dénoua la corde qui liait les mains du jeune Sicilien, comme il avait dénoué celle qui le retenait au palmier. Alors Giovanni se signa et récita les prières que Garofalo répétait à voix basse. Après lui avoir donné l'absolution, il se pencha à son oreille et lui dit:—Il ne te reste plus maintenant qu'à suivre le conseil du sage Salomon : « *Erue quasi damula de manu, et quasi avis de manu ancipis.* »—Et comme Giovanni le regardait avec l'étonnement d'un homme qui écoute sans comprendre : — Ce qui veut dire, m'a-t-on affirmé : « Sauve-toi comme un daim qui s'échappe de la main et comme un oiseau qui fuit d'entre les doigts de l'oiseleur. » *Dixi!* Seulement attends que je sois parti. — Puis imposant une dernière fois les mains sur la tête de Giovanni : — Je te bénis, ô mon fils ! en priant Dieu de nous réunir bientôt ; non pas en l'autre monde: qu'il nous préserve quant à présent de la jouissance du céleste séjour! mais sur cette terre de douleurs où, en définitive, on est tout aussi bien qu'ailleurs.

Et il regagna le temple, laissant appuyé le long du palmier son gros bâton noueux.

Il était à peine entré qu'un phénomène singulier se produisit dans l'atmosphère (1). L'air changea soudainement de densité; le sol pâlit, comme s'il se fût couvert d'un linceul ; la nuance des montagnes s'éteignit dans des tons d'amiante; les colonnades du temple de Junon brillèrent comme un feu de sarmens à moitié voilé par sa blanche fumée ; la mer verdit, puis devint glauque et disparut sous

(1) Lire l'excellent ouvrage de M. Francis Wey sur la Sicile ; *Scilla e Caridsi*, auquel nous devons de précieux renseignemens.

une vapeur épaisse ; les feuilles s'agitèrent un instant et devinrent raides comme du marbre ; le soleil sembla se noyer dans un ciel lourd, abaissé, fuligineux, avec des trouées rougeâtres ; de brûlantes émanations s'exhalaient de la terre ; des torrens de flammes semblaient tomber du ciel, des feux invisibles tourbillonnaient en tous sens.

La strega, les bras croisés et le sourire aux lèvres, regardait Diodato et les sbires qui, immobiles et pâles, n'osaient avancer ni reculer. La sueur collait leurs cheveux à leurs tempes, leur respiration était sifflante et saccadée. Une douleur aiguë martelait leurs crânes et leurs gorges se serraient comme pour repousser la brûlure de cet air émané des sables ardens du grand désert de l'Afrique.

— C'est le sirocco ! — s'écria le moine.

— Oui, oui, c'est le sirocco ! — dit la strega avec un éclat de rire que les échos du temple répétèrent lugubrement. — Je vous l'avais prédit, et pas un de vous ne m'a voulu croire.

— Enfans, prosternez-vous la face contre terre,—ajouta le moine de sa voix puissante,—et implorez la miséricorde divine.

Tous s'agenouillèrent, la tête pieusement inclinée vers le sol.

Profitant de cet instant, Garofalo, en un tour de main, enleva les sabres des sbires qui étaient déposés non loin de là, et les ayant cachés sous sa robe il sortit. Puis il enleva sa jarre d'une main et la posa sur son épaule. Mais en passant devant les carabines appuyées à un fût de colonne tout à l'entrée du temple, Garofalo fit un faux pas. Une nappe d'eau jaillit de la jarre et alla s'engouffrer dans les canons des carabines.

Le moine, sans retourner la tête, continua sa route, alla chercher un abri sous les ruines de l'un des temples voisins, et disparut bientôt.

En ce moment la terre trembla comme près de s'entr'ouvrir. Les colonnes en furent ébranlées et frémirent sur leurs bases avec un bruit étrange.

Diodato et ses compagnons se levèrent épouvantés.

— En selle ! en selle ! — cria le jeune marquis ; — prenons nos armes et ne restons pas une minute de plus ici.

Les sbires coururent en tumulte à l'endroit où ils avaient déposé leurs sabres; mais ils ne trouvèrent que des fourreaux vides.

— Trahison ! — s'écria Lorenzo Scalia ; — on nous a désarmés pendant que nous écoutions cette infernale strega.

— Maudite créature, — dit Diodato ;—si tu es coupable, malheur à toi !

— Ai-je bougé? — reprit la strega ; — et croyez-vous que j'aie caché dans les plis de ma robe ces outils de rapine et de meurtre ?

— Oh ! je te sais une habile jongleuse, — continua le jeune marquis, — mais je ne suis pas un de ces sots paysans qui croient à tes sortilèges et ont peur de tes propheties. Non, je ne serai pas ta dupe. Pendant que tu nous amusais à tes billevesées, tes complices se sont emparés de nos armes. Si tu ne nous les fais pas rendre, tu nous suivras avec notre prisonnier, et tu payeras cher ce tour d'adresse.

— Je vous suivrai si l'ouragan vous permet de vous mettre en route vous-mêmes, ce dont je doute, — repartit la strega en secouant la tête.

— A cheval donc ! — fit Diodato.

Les sbires voulurent enfourcher leurs montures, mais toutes les selles tournèrent et ils tombèrent pêle-mêle sous les pieds des chevaux.

— C'est encore un de tes tours ! — s'écria le marquis furieux.

Et s'élançant vers la strega, il la frappa de son fouet au visage.

La Fabiana poussa un cri de colère et de douleur.

Ce cri alla retentir jusqu'au fond du cœur du jeune Sicilien. Secouant ses cordes et s'armant du lourd bâton de Garofalo, arme terrible entre ses mains, il franchit en deux bonds la distance qui le séparait de sa mère, puis, se ruant sur Diodato, il le ploya dans ses bras comme un roseau et le renversa sous lui.

Le frêle marquis, cloué au sol, s'épuisait en efforts impuissans sans parvenir à se dégager.

— A moi! — cria-t-il d'une voix étouffée.

L'ancien pêcheur Thadeo accourut, mais il recula devant le bâton de Giovanni.

Et la strega, échevelée, la prunelle sanglante, disait au Sicilien:

— Pas de pitié pour le fils de la Napolitaine! — Giovanni l'entendait, mais il hésitait à broyer dans sa robuste main ce chétif et venimeux rejeton de sa race, l'héritier du chef de la famille. — Tue ce lâche qui a frappé une femme au visage, qui t'a volé le cœur de ton père, et qui, si tu n'es pas là pour la défendre, un jour déshonorera Judith.

Ce nom jeté entre les deux frères, en leur rappelant qu'ils étaient rivaux, raviva cette ardente jalousie qu'allume le regard seul d'une femme aimée dans ces cœurs embrasés de lave. Et Diodato recommença la lutte, se tordant avec une folle fureur sous le genou de son frère.

Le chef des sbires avait enfin rallié ses hommes, et tous, la carabine au poing, accouraient pour mettre un terme à cette lutte insensée.

— Lorenzo! — s'écria le jeune marquis à bout de forces; — vous répondez de votre prisonnier sur votre tête, faites feu sur lui plutôt que de le laisser échapper.

Les sbires n'hésitèrent pas; ils abaissèrent leurs carabines à la hauteur du front de Giovanni.

La Fabiana poussa un cri terrible, et se jetant devant son fils elle l'enlaça dans ses bras.

Tout à coup les pierres s'abattirent sur les platines, des étincelles en jaillirent, mais aucune détonation ne se fit entendre.

Les sbires stupéfaits jetèrent loin d'eux leurs armes, qu'ils croyaient enchantées par le magique pouvoir de la strega.

Alors Diodato, qui s'était relevé, courut à son cheval, arracha de ses fontes un pistolet et fit feu sur Giovanni, qui pourtant l'avait si généreusement épargné.

La balle, dirigée par une main mal assurée, passa sans même effleurer le jeune Sicilien.

Mais la commotion fut si violente, qu'une des colonnes, ébranlée déjà par les oscillations réitérées du sol, s'écroula avec un horrible fracas, en brisant tout ce qu'elle rencontra dans sa chute.

Alors un spectacle inattendu s'offrit aux regards épouvantés du jeune marquis et des sbires.

La colonne en s'écroulant venait de découvrir l'entrée d'un caveau qui servait de refuge à toute une bande de proscrits.

Ivres de terreur, Diodato et son escorte reculèrent, cherchant à se frayer un passage à travers les décombres.

Les proscrits, qui se tenaient debout sur les premières marches, étaient armés de carabines. Ils couchèrent en joue le jeune de Campo-Forte qu'ils venaient de reconnaître, mais les sbires l'entraînèrent dans leur fuite; les proscrits allaient faire feu, quand du bout de son bâton Giovanni détourna les carabines, qui partirent sans atteindre aucun des fuyards.

— De quel droit, — s'écria l'un des fugitifs, — m'as-tu empêché de tuer ce Campo-Forte qui est notre plus mortel ennemi?

Et il s'élança sur Giovanni un poignard à la main; la Fabiana l'arrêta d'un geste, et posant sa main sur l'épaule du jeune Sicilien:

— Mes frères, — dit-elle d'une voix éclatante, — je vous ai promis longtemps de vous donner un chef digne de vous, eh bien! voilà mon fils, le bâtard de Campo-Forte, et c'est lui que je vous ai choisi.

TROISIÈME PARTIE.

I

LA PARTIE DE DÉS.

Une année s'est écoulée, et pendant le cours de cette année, de grands changemens sont survenus dans la famille de Campo-Forte.

Diodato n'avait pas tardé à oublier le chemin de la maison d'Isaac, car tout y était clos pour lui: le cœur de Judith, la bourse du vieux juif, tout, jusqu'à la porte du logis.

Et comme un malheur n'arrive jamais seul, ses créanciers, dont il avait lassé la patience par de vaines promesses, s'étaient mis à le poursuivre avec un acharnement inquiétant pour son crédit et sa réputation. Il se demandait, dans ses heures de découragement, si ce n'était pas assez du mal inouï qu'il s'était donné pour leur arracher leur argent, sans qu'ils le tourmentassent encore pour l'obliger à le leur rendre. Enfin, à bout de ressources, repoussé par la fille d'Isaac, Diodato se souvint qu'il avait par delà du détroit une jeune fiancée qui attendait en soupirant le jour des épousailles.

Suzanna de Martorano était sinon la plus belle, du moins la plus riche héritière des Calabres.

La régularité de ses traits, le feu de ses grands yeux noirs, la blancheur de ses dents rachetaient amplement ce qu'avait de disgracieux son excessive maigreur. C'était une véritable planche de salut pour Diodato, disaient ses amis; aussi se hâta-t-il de conclure ce mariage.

Alors il paya ses dettes, rompit avec ses anciens compagnons de débauche et vécut dans son intérieur.

Cette vie calme et retirée ne pouvait convenir longtemps à sa nature ardente et corrompue. La solitude, loin d'épurer son âme, ne fit que réveiller ses mauvaises passions. Elle lui pesait, parce qu'elle le mettait sans relâche face à face avec lui-même, et qu'il avait besoin d'oublier.

Les terribles prédictions de la strega, dont il avait ri d'abord, lui revinrent peu à peu à l'esprit, puis bientôt le poursuivirent jusque dans son sommeil.

Voulant échapper à cette incessante pensée, il évoqua le souvenir de Judith; mais ce souvenir, en lui rappelant son frère, attisa le feu de sa haine encore mal étouffée dans son cœur.

Son imagination enfantait mille projets insensés d'amour ou de vengeance, qui tous venaient échouer devant son impuissance.

Pour faire enlever Judith, qui vivait recluse et sous bonne garde dans la maison de son père, ou pour aller s'attaquer au jeune chef des proscrits, qui s'était retranché dans les montagnes, au milieu de ses bandes, Diodato manquait de moyens d'action, et il le comprenait. Le gouverneur de la province de Girgenti vint à mourir. Le jeune marquis conçut aussitôt la pensée de faire solliciter par son père cette charge importante. Le vieux Campo-Forte, vaincu par les instantes prières de son fils, mit tous ses parens et amis en campagne et ne tarda pas à obtenir de la faveur du roi le gouvernement de la province.

Cette nomination mettait aux mains de Diodato le puissant levier qui jusqu'alors lui avait manqué pour agir; et sachant bien qu'il pourrait exploiter à son gré la faiblesse du vieillard, il jura de s'emparer de Judith et de faire aux proscrits une guerre d'extermination.

Le château du vieux marquis Pietro de Campo-Forte prit un aspect nouveau.

Le bonhomme avait fait tailler ses arbres et ses orangers

et arracher l'herbe qui encadrait symétriquement chaque pavé de la cour d'honneur; mais Diodato ne s'en tint pas là. Il renouvela les tentures des appartemens, remplaça par un ameublement nouveau les meubles vermoulus de l'antique salon et les reléguer sous les combles.

La noblesse de Girgenti, les parens de Campo-Forte et les anciens amis de Diodato furent convoqués à de grands galas, et pendant tout un mois le château fut en liesse. Une nuit, vers deux heures du matin, pendant l'une de ces fêtes, Diodato et le jeune prince Gregorio de San-Caraldo, l'un de ses partenaires habituels, jouaient aux dés dans un petit salon où quelques tables avaient été dressées. Irrité par les pertes constantes qu'il avait essuyées depuis huit jours, et qui représentaient des sommes considérables, Diodato s'acharnait au jeu avec une frénésie qui tenait du délire.

L'âpre soif du gain le clouait devant cette table couverte d'or et de billets.

A sa pâleur livide, aux tressaillemens des muscles de son visage, qui se contractait hideusement à chaque coup décisif, il était évident qu'il ne jouait plus que pour gagner, et que d'un coup de dé dépendait sa fortune. Avidement penché sur son cornet, sa physionomie mobile exprimait tour à tour les phases d'une joie folle ou d'une horrible torture, selon que la chance lui était favorable ou contraire.

Le prince de San-Caraldo, par un contraste frappant, avait ce calme insouciant qui caractérise le beau joueur. Il ne jouait que pour jouer; mais certes il eût cent fois mieux aimé perdre que de ne pas jouer.

Vers la fin de la nuit, en moins de dix coups, qui se succédèrent avec une rapidité prodigieuse, Diodato vit disparaître la réserve qu'il avait devant lui, et fouillant ses poches, il s'aperçut avec stupeur qu'il ne lui restait pas le plus modeste enjeu.

— Tu es à sec, tant mieux ! — dit San-Caraldo en se levant; — je suis las de gagner.

— Allons donc ! — reprit le jeune marquis, dont le front pâle était baigné de sueur, — tu es trop beau joueur pour quitter la partie en faisant charlemagne.

— Tu ne te doutes pas de l'heure qu'il est, mon cher. Tout ton monde est parti depuis longtemps.

Diodato jeta autour de lui des regards étonnés. Les invités s'étaient en effet retirés un à un, les salons étaient complétement déserts, il ne restait plus que les valets qui, assis à l'entrée des portes, dormaient profondément. Les bougies s'éteignaient et ne jetaient plus qu'une lueur indécise et blafarde.

— N'importe, — dit Diodato en passant sa main dans ses cheveux humides, — tu ne partiras pas sans me donner ma revanche.

— Tu n'es pas en veine ce soir. T'obstiner à jouer, c'est vouloir perdre à coup sûr.

— Je te propose quitte ou double.

— Avec tout autre j'accepterais sans hésiter, mais je ne veux pas ruiner un ami.

— Tu as peur peut-être qu'il ne me reste pas de quoi te payer? — San-Caraldo haussa les épaules. — N'ai-je pas encore des terres? faut-il que je t'apporte comme enjeu les diamans de ma femme? Quitte ou double, te dis-je.

— Va pour quitte ou double! — répondit le prince en prenant nonchalamment un cornet. — Quand je gagne toujours, le jeu m'ennuie et ne me procure plus aucune des émouvantes émotions que je lui demande. D'ailleurs, — ajouta-t-il en bâillant, — je tombe de fatigue et de sommeil. — Diodato devint d'une pâleur livide. Saisissant les dés à son tour, il les secoua d'une main frémissante et renversa sur le tapis son cornet, sous lequel les cubes d'ivoire restèrent captifs pendant quelques secondes. Le malheureux ne se sentait pas la force de découvrir ces dés sur lesquels sa destinée était écrite en points noirs : ou sa fortune était reconquise, ou sa ruine était consommée; mais en ce moment suprême il préférait encore le doute,

uelque terrible qu'il fût, à l'implacable réalité. — Eh bien ? — demanda le prince.

Diodato découvrit lentement son jeu, et aussitôt un frisson secoua ses membres. Il tordit entre ses doigts crispés son cornet, et le portant à ses lèvres frangées d'écume, il le déchira dans ses dents pour étouffer le rugissement qui râlait dans sa gorge.

Il avait sept comme point.

San-Caraldo se sentit ému d'une profonde pitié devant le désespoir de son ami. Il ramassa comme à regret l'or épars sur la table, serra les billets dans son portefeuille, et prenant entre ses deux mains tièdes la main de Diodato, aussi froide que celle d'un cadavre, il la lui serra doucement, et, le cœur tout attristé, il prit le chemin de sa villa.

Le jeune marquis, l'œil hagard, la lèvre pendante, resta un instant immobile et frappé de stupeur. Mais relevant bientôt la tête, il tendit vers le ciel son poing fermé avec un geste effrayant de menace, puis il s'élança dans la direction de l'appartement qu'il habitait avant son mariage, et quelques minutes après il sortit avec précaution du château par une petite porte secrète qui donnait sur les champs.

II

LE MASQUE.

San-Caraldo suivait un chemin pavé de lave qui se déroulait à travers la campagne comme un gigantesque serpent. Les chênes verts qui bordaient ce chemin lui faisaient un dôme de leur verdure épaisse et sombre. Le jeune prince marchait lentement, aspirant à pleins poumons l'air frais de la nuit, tendant à la brise son front encore brûlant des fatigues du jeu, et il se sentait heureux de traverser cette solitude pleine de silence et d'ombre au sortir d'une fête bruyante où manquaient l'air et l'espace.

Mais il fut brusquement arraché à ses douces rêveries. Un homme caché derrière un quartier de roche s'élança sur le milieu du chemin et lui barra le passage. San-Caraldo, par un mouvement instinctif, tira son stylet, et reculant d'un pas, il se mit résolument en défense.

L'homme qui se tenait debout devant lui était enveloppé d'un long manteau, un loup de velours cachait tout le haut de son visage, et il tenait une épée nue à la main. On voyait ses yeux étinceler dans l'ombre à travers les trous de son masque, et sa respiration était bruyante et saccadée comme celle d'un homme qui vient de faire un long trajet au pas de course.

— Oh ! oh ! — pensa San-Caraldo, — voilà un bandit qui pourrait bien être l'un des nobles convives le vieux marquis de Campo-Forte. Il aura entendu parler de ma veine et il ne serait pas fâché de m'enlever d'un coup d'épée ce que j'ai gagné d'un coup de dé à mon pauvre ami Diodato. — Puis élevant la voix : — Vous, respectable coureur de nuit, à qui je ne sais quelle autre qualité donner, puisque je ne vous connais pas, vu que votre masque m'empêche de vous reconnaître, sachez que si, par aventure, j'avais fait la rencontre d'un honnête homme à qui une poignée de ducats eût pu faire plaisir, je la lui aurais donnée de grand cœur, tant cette nuit je me sens enclin à la libéralité. Mais vos façons d'aller par les chemins l'épée nue à la main et le masque au visage ne me préviennent pas en votre faveur. Je vous déclare donc que transiger avec un coquin de votre espèce me paraîtrait une lâcheté. Vous aurez tout ou rien; tout, si c'est vous qui me tuez; rien, si c'est moi qui vous tue. Maintenant livrez passage ou attaquez; mais, par sainte Rosalie, finissons-en.

L'homme masqué releva de sa main gauche sa manche et les plis de son manteau, afin de laisser à son bras droit toute sa liberté d'action, puis il marcha pas à pas sur San-Caraldo.

Celui-ci, qui n'avait pour toute arme qu'un stylet, attendit néanmoins son ennemi de pied ferme, le bras tendu en avant et la poitrine effacée.

Le bandit hésitait à engager la lutte, tant il comprenait que celui qu'il allait attaquer était bien résolu à faire coup pour coup. Aussi tourna-t-il pendant quelques instans autour de San-Caraldo, cherchant un joint, ou, comme on dit, sa belle.

Tout à coup il se ramassa sur lui-même, et se ruant sur le prince avec l'agilité d'un jaguar, il lui enfonça son épée en pleine poitrine.

San-Caraldo oscilla sur lui-même et tomba en entraînant le manteau de son adversaire, dans les plis duquel la lame du stylet s'était engagée.

L'assassin, craignant sans doute que la blessure ne fût pas mortelle, frappa d'un second coup d'épée le prince, qui était étendu sans mouvement sur l'herbe qui bordait le chemin, puis se penchant sur lui il se mit en devoir de le dévaliser.

Sa main touchait déjà le portefeuille quand un ricanement strident, semblable à celui qu'on prête aux damnés, retentit avec un éclat sinistre au milieu du silence de la nuit.

L'assassin se leva d'un bond, et il aperçut, non sans une terreur indicible, debout à la cime du rocher, une forme humaine qui se découpait nettement sur l'azur du ciel et le montrait du doigt.

Cette ombre, c'était celle de la strega.

Le bandit jeta un cri d'épouvante, ramassa son épée et s'enfuit à travers champs.

La Fabiana descendit alors par un étroit sentier à peine frayé dans le roc, et vint s'agenouiller à son tour auprès du corps inanimé de la victime. Elle lui posa la main sur le cœur, et, sentant qu'il battait encore, elle s'empressa d'examiner les blessures.

Celle de la poitrine était peu profonde et n'offrait aucun caractère grave. Quant au second coup d'épée qui aurait dû traverser San-Caraldo de part en part et le clouer au sol, il n'avait fait qu'effleurer les chairs. La lame, rencontrant le portefeuille, l'avait percé d'outre en outre et s'était brisée.

La Fabiana fit du mouchoir du prince un tampon qu'elle appliqua sur sa blessure au moyen de larges bandes qu'elle déchira de son tablier, et, cueillant des feuilles toutes trempées de rosée, elle lui en humecta les tempes.

Alors San-Caraldo rouvrit les yeux et se souvint. Il porta rapidement la main à la place où se trouvait son portefeuille, non par un sentiment de cupidité, mais pour savoir si le bandit avait profité de ses dépouilles, ce qui l'eût infiniment contrarié.

Mais voyant qu'il était encore en possession de son trésor, il respira plus librement; puis, se soulevant à demi et regardant la strega toujours agenouillée à ses côtés.

— Merci de votre charité, brave femme, — dit-il en s'efforçant de sourire. — San Diavolo, vous êtes arrivée à propos il me semble.

— Vous dites vrai, prince Gregorio, car une minute plus tard le meurtrier vous volait ce portefeuille et l'or que vous portez sur vous.

— Comment, tu me connais ? — dit le prince étonné.

— Et vous me connaissez sans doute aussi, Excellence.

— Ton nom, bonne et digne femme, — demanda le prince en serrant avec effusion la main de la Fabiana dans les siennes.

— On m'appelle la strega.

San-Caraldo lâcha la main qu'il tenait et fit une légère grimace.

La Fabiana sourit tristement.

— C'est égal, — repartit le prince en se levant avec un douloureux effort. — Fusses-tu le diable en personne, tu peux compter sur ma reconnaissance ! — Et tendant à la strega une poignée de ducats : — Prends d'abord ceci comme à-compte.

— Je refuse cet or, Excellence, — dit-elle. — Mais si un jour il nous advenait malheur à moi ou aux miens, j'irais vous demander aide et protection.

— Si ce n'est que lorsque le malheur t'aura frappée que je dois te revoir, viens le plus tard possible, pauvre strega, mais ce jour-là tu ne viendras pas en vain.

— J'y compte, Excellence. Et maintenant appuyez-vous sur mon bras je vais vous conduire.

— Voilà ce qui s'appelle ne pas faire les choses à demi, et j'accepte d'autant plus volontiers ton offre obligeante que je me sens d'une faiblesse extrême.

— Venez donc, Excellence.

Et ils se mirent en route.

— Ah çà ! — dit San-Caraldo en s'arrêtant, — quel chemin me fais-tu prendre ? Ce n'est pas celui qui mène à ma villa.

— Vous n'auriez pas la force de faire ce trajet, Excellence, et ce serait d'ailleurs vous exposer encore à quelque mauvaise rencontre.

— Mais si je ne vais pas chez moi, où diable veux-tu que j'aille chercher un gîte à pareille heure ?

— Ne sortiez-vous pas tout à l'heure de la fête donnée cette nuit par le nouveau gouverneur de Girgenti ?

— Corpo di Bacco ! tu dis vrai.

— Eh bien ! c'est au château de Campo-Forte que je vous conduis, Excellence.

— Je m'abandonne aveuglément à toi, car tu dois être de bon conseil, — dit le prince ; et, s'appuyant sur le bras de la strega, ils reprirent ensemble la route pavée de lave.

Arrivée à quelques pas du château la Fabiana s'arrêta, et, présentant à San-Caraldo un fragment de lame long de quatre pouces, qu'elle avait arraché elle-même du portefeuille au moment de poser l'appareil sur la blessure du prince :

— Excellence, — dit-elle, — gardez précieusement ce tronçon d'épée ; peut-être vous servira-t-il bientôt à découvrir celui qui vous a si lâchement frappé cette nuit. Adieu.

Et elle s'éloigna rapidement, pendant que le prince Gregorio, fort intrigué de ses dernières paroles, se faisait introduire auprès du vieux marquis.

III

LE TRONÇON D'ÉPÉE.

Quand San-Caraldo entra, Pietro de Campo-Forte allait se mettre au lit.

— Que vous est-il arrivé, mon ami, — s'écria le brave seigneur, effrayé de la pâleur du prince.

— En sortant de chez vous, — dit Gregorio qui serra la main que lui tendait le vieillard, — à un quart d'heure de chemin de votre château, j'ai été victime d'un guet-apens de la part d'un homme qui en voulait à ma bourse. Heureusement, — continua-t-il en souriant, — j'en ai été quitte pour un coup d'épée.

— Seriez-vous dangereusement blessé ? — demanda le vieillard avec anxiété.

— Je ne le suppose pas, quoique ma blessure me fasse horriblement souffrir en ce moment ; peut-être même aurais-je pu continuer ma route, mais redoutant quelque nouvelle attaque, j'ai préféré rebrousser chemin et venir vous demander l'hospitalité.

— Et vous avez bien fait, prince Gregorio. Dès que le jour sera venu, je veux mettre toute une escouade de sbires et de gendarmes à la poursuite de ce coquin-là.

Et si vous pouvez nous renseigner sur son compte afin de faciliter nos recherches...

— Je ne puis vous donner la moindre indication, car je n'ai pas vu les traits de son visage ni entendu le son de sa voix.

— Cependant, — continua le vieux marquis, — quand vous serez remis de l'émotion que cet événement a dû vous causer, s'il vous revenait à l'esprit quelques circonstances, quelques détails qui pussent nous mettre sur la trace de ce misérable, communiquez-les moi sur-le-champ, à quelque heure de la nuit que ce soit, sans crainte de troubler mon sommeil. L'étroite amitié qui unit nos deux familles et les devoirs de ma nouvelle charge m'imposent l'obligation de ne rien négliger pour découvrir le coupable. Tout en parlant ainsi, le marquis de Campo-Forte avait sonné et son valet de chambre venait d'entrer. — Pachiarotti, — dit-il, — conduis le prince à l'ancien appartement de mon fils, et veille surtout à ce qu'il ne manque de rien.

San-Caraldo prit alors congé de son hôte, et, précédé du valet de chambre qui portait un candélabre chargé de bougies, il entra chez son ami Diodato.

Le valet venait de se retirer, laissant les bougies brûler sur la table, et le prince s'était jeté tout habillé sur le lit. Ses regards erraient à l'aventure, comptant les fleurs des tentures, le nombre des tableaux accrochés à la muraille, lorsqu'ils s'arrêtèrent enfin sur un meuble inondé de lumière. On y avait jeté une draperie dont la couleur sombre lui rappela le manteau du bandit. Alors, s'abandonnant aux caprices de son imagination, il vit une déchirure dans ce manteau, et, s'échappant de ses plis, un objet noir qui représentait assez nettement un masque. San-Caraldo riait de cette singulière vision, à laquelle sa raison refusait de croire et dont cependant il ne pouvait détacher ses yeux. Pour échapper à cette espèce d'hallucination, il se leva dans l'intention d'éteindre les bougies, mais en s'approchant du meuble il reconnut avec stupeur que ce qu'il avait pris pour une vision était une réalité.

Comment ce masque et ce manteau se trouvaient-ils dans la chambre à coucher du jeune marquis? était-ce par quelque inexplicable combinaison du hasard? le coupable était-il l'un des serviteurs du château? San-Caraldo se perdait en conjectures: tout à coup un soupçon, vague d'abord, lui traversa l'esprit. Il se souvint qu'il avait laissé Diodato en proie au plus sombre désespoir. Ce désespoir aurait-il enfanté en lui la pensée d'un crime? Ce malheureux, dans son égarement, étouffant le cri de sa conscience, foulant aux pieds tous sentiments d'honneur, aurait-il cédé à la fatale tentation de ressaisir violemment sa fortune perdue en un dernier coup de dé?

Mais bientôt son noble cœur se révolta contre cette pensée, et il se demanda de quel droit il osait accuser un ami d'un crime quand il n'avait, pour appuyer son jugement, aucun indice certain. Cependant, il avait beau le chasser, ce soupçon lui revenait incessamment à l'esprit. Il résolut alors d'aller trouver son hôte et de lui communiquer, sinon ses doutes, du moins l'étrange découverte qu'il avait faite dans la chambre de Diodato.

Emportant donc le masque et le manteau, il s'engagea dans le long couloir qui conduisait aux appartemens du vieux marquis Pietro de Campo-Forte.

Il n'avait pas fait vingt pas qu'il aperçut Diodato venant lentement à sa rencontre, un flambeau à la main. Il avait la tête nue, les cheveux en désordre, la cravate à demi-dénouée et l'habit dégrafé. Du reste, il portait encore son costume de fête, seulement sa chaussure de bal était remplacée par de longues bottes, et son épée de parade par une épée de combat. Absorbé dans ses pensées, il effleura du coude San-Caraldo qui marchait dans l'ombre et passa sans le voir.

Celui-ci lui posa la main sur l'épaule.

À ce contact, Diodato se retourna brusquement et, portant le feu de son flambeau au visage de l'homme qui l'arrêtait avec tant de familiarité, il se trouva face à face

avec San-Caraldo. Ses traits prirent soudainement une expression de terreur indicible. Les cheveux hérissés sur le front, la bouche entr'ouverte sans qu'aucun cri s'en échappât, il recula pas à pas comme devant un spectre.

Tous les vagues soupçons du prince se résumèrent aussitôt en une certitude irrécusable et flagrante : il était en présence de son assassin.

— San-Caraldo! — murmura le jeune marquis d'une voix étranglée.

— Tu ne m'attendais pas sitôt, n'est-ce pas?

— C'est vrai, — répondit Diodato en passant sa main sur son front avec un geste d'épouvante. Il cherchait à rappeler sa raison égarée.

— En sortant de ton château, — reprit Gregorio, — j'ai été assailli par un homme qui, pour me voler plus sûrement, m'a logé deux fois son épée dans le corps.

Diodato, la prunelle horriblement dilatée, écoutait le prince sans pouvoir le quitter du regard.

— Et, quoique blessé, — dit-il enfin, — tu as pu venir jusqu'au château?

— Une femme m'a ramassé sur le chemin; elle a pansé mes blessures et m'a conduit elle-même ici.

— Et cette femme?

— C'est la strega.

— La strega! — répéta Diodato, dont les dents claquèrent d'effroi.

— Ah! c'est une bonne et charitable créature celle-là — Diodato ne répondit pas. Au seul nom de la strega, il sentit le sang bouillonner à ses tempes, ses yeux volèrent et le frisson secoua ses membres. — Mais, adieu Diodato, — dit le prince.

— Où vas-tu donc? — lui demanda le jeune marquis en cherchant à lui barrer le passage.

— Je vais causer avec le gouverneur de Girgenti de ce guet-apens, — répondit le prince; et, écartant Diodato de la main, il entra chez le vieillard.

Le marquis l'y suivit.

— À quoi bon réveiller mon père? — insista-t-il en baissant la voix. — Je me charge, moi, de découvrir le coupable si tu veux me confier ce soin. Mais tu es souffrant et tu dois avoir besoin de repos. Je vais faire atteler et te conduire moi-même à ta villa.

— Toi! — s'écria le prince d'un accent empreint de tant de défiance et de raillerie que le jeune marquis se troubla et devint d'une pâleur livide.

— Douterais-tu de mon zèle en toute occasion? — continua-t-il en faisant un violent effort sur lui-même.

— Moi? — repartit San-Caraldo, — il faudrait en vérité que je fusse bien ingrat pour douter de ta sincère amitié.

Diodato baissa la tête, et son front se colora d'une vive rougeur.

— Un seul mot, — dit-il en attachant sur le prince un de ces regards profonds qui semblent vouloir fouiller jusqu'au fond de la pensée. — Si je te livrais le coupable, le reconnaîtrais-tu?

— Non, — répondit San-Caraldo, — car il avait eu la précaution de se masquer le visage et de se cacher tout entier sous les plis d'un simple manteau.

Diodato respira, et le prince, qui l'observait attentivement, le vit tout à coup relever audacieusement la tête.

— Je crois savoir d'où vient le coup, — dit-il. — Le coupable doit être un de ces proscrits à la tête desquels marche Giovanni. Qui sait, mon Dieu! si ce n'est pas ce misérable lui-même qui a osé...

— Oh! n'accuse pas ce pauvre garçon d'une telle infamie, — interrompit sévèrement le prince. — Celui qui m'a attaqué ne lui ressemble en rien, ni par le cœur, ni par la taille.

— En es-tu bien sûr? — demanda Diodato en baissant de plus en plus la voix.

— Ce misérable, loin de ressembler à Giovanni, avait plutôt ta tournure et ta taille.

— Ce qui ne manque pas d'être excessivement flatteur pour moi, — répondit le jeune seigneur en s'inclinant.

— A travers le masque dont il s'était lâchement couvert le visage, j'ai vu briller ses yeux comme étincelaient les tiens cette nuit à chaque coup de dés que tu perdais.

— Singulière comparaison ! — reprit Diodato en s'efforçant de grimacer un sourire.

— Son épée, — continua San-Caraldo, — tremblait dans sa main comme ton cornet frémissait tantôt dans la tienne, et voici le masque et le manteau de cet homme; je viens de les trouver dans ta chambre, — ajouta-t-il en mettant brusquement le masque et le manteau sous les yeux du marquis, qui recula devant ces deux preuves accablantes.

Mais, cachant sa terreur sous une feinte colère :

— Oserais-tu me soupçonner ? — s'écria-t-il le sourcil froncé et les dents serrées. — Ce serait une insulte qui ne pourrait se laver que dans le sang.

Et il porta la main à la poignée de son épée avec un geste menaçant.

— Si ce n'est point une vaine menace, tire-la du fourreau et alors seulement je croirai que tu as encore du cœur.

Le marquis se laissa prendre à ce piège et dégaina.

— Viens donc, — dit-il d'une voix sourde en essayant d'entraîner, hors de la chambre du vieillard endormi, San-Caraldo qu'il eût voulu pouvoir tuer dans les jardins du château.

Le prince se mit à rire d'un rire étrange, et, lui montrant du doigt sa lame sanglante et rompue par le bout :

— Qu'as-tu fait de la pointe de ton épée, Diodato ? — lui demanda-t-il.

Le marquis demeura un instant frappé de stupeur.

— Puisque tu parais l'ignorer, je vais te le dire, — reprit San-Caraldo ; et, passant la main sous son habit, il en tira le tronçon d'épée que lui avait donné la Fabiana.

— La voici ! — dit-il. Diodato tressaillit de la tête aux pieds : il lui sembla que le prince venait d'arracher ce débris de fer de l'une de ses plaies béantes. — Et maintenant, assassin, oses-tu nier ton crime ?

— Oh ! plus bas, plus bas ! — murmura le marquis d'une voix suppliante. — Grâce !

— Pas de grâce pour toi !

— Par pitié, épargne-moi ! — continua Diodato en se traînant aux pieds du prince.

— Non, serpent !

— Que ce soit au moins pour mon père !

San-Caraldo regarda le vieux marquis endormi.

— Pauvre homme ! — dit-il ému jusqu'aux larmes ; — lui qui n'a jamais su transiger avec l'honneur, être à jamais flétri, déshonoré jusque dans le dernier rejeton de sa race !

— Non, tu n'auras pas l'affreux courage de lui révéler ma honte, ce serait lui porter au cœur une blessure mortelle, — reprit le marquis toujours agenouillé devant le prince.

— Cependant je ne puis me contenter du simple aveu de ton crime, — répondit San-Caraldo. — Je te connais, mon maître ; cette nuit tu ferais disparaître les preuves convaincantes qui se dressent contre toi, et demain tu nierais effrontément. Il me faut des garanties. Et lui désignant de la main une table où se trouvaient une écritoire, des plumes et du papier. — Assieds-toi là, je vais te dicter. Écris :

« Je soussigné, Diodato, marquis de Campo-Forte, dé-
» clare avoir attaqué cette nuit, à main armée et le visage
» masqué, le prince Gregorio de San-Caraldo, mon ami,
» que je savais armé seulement d'un stylet pour toute dé-
» fense.... »

— Mais c'est mon déshonneur complet ! — murmura Diodato ; — je n'écrirai pas cela... plutôt mourir !

— Écris, te dis-je, ou je révèle tout à ton père.

Le jeune marquis ramassa la plume qu'il avait jetée loin de lui.

— « ...L'avoir traîtreusement frappé de deux coups d'é-
» pée, » dicta San-Caraldo, « dans le dessein bien arrêté

» de lui voler les trente mille ducats qu'il m'avait loyale-
» ment gagnés au jeu, et m'être enfui le laissant pour
» mort. Signé, Diodato, marquis de Campo-Forte. »

— Non, non, je ne signerai jamais cela de mon nom !
— dit le coupable en se levant. Mais San-Caraldo, impassible et grave, lui montra d'un geste impérieux la place où il lui convenait qu'il apposât sa signature, tandis que, de l'autre main, il lui désignait le vieillard, qui s'agitait sur son lit comme s'il eût été sous l'influence de quelque cauchemar horrible. Diodato jeta un regard suppliant sur le prince, mais celui-ci fut inflexible. Le marquis retomba sur son siége, étouffa un sanglot et signa. Alors San-Caraldo prit le papier, le lut attentivement des yeux, corrigea deux fautes d'orthographe, serra ce titre curieux dans son portefeuille et fit un pas vers la porte.

— Tu me quittes sans un mot d'adieu, sans un mot de pardon ? Ainsi la haine a remplacé pour toujours dans ton cœur notre amitié d'autrefois !

— Je ne te hais pas, Diodato. — dit le prince en sortant ; — si je te haïssais je te tuerais, mais je te méprise et je te pardonne.

Malgré les instantes prières du jeune marquis, San-Caraldo était parti seul, redoutant moins l'attaque des bandits, qu'il s'exposât à rencontrer sur sa route, que la douteuse protection de Diodato et de ses gens.

Il regagnait donc sa villa, suivant péniblement la voie pavée que nous avons décrite, lorsque, de loin, il aperçut la strega debout sur un quartier de roc, et paraissant interroger d'un regard profond l'immense campagne qui se déroulait sous ses pieds.

En passant, le prince la héla.

— Tu ne sais pas, strega, — lui cria-t-il en souriant, — que sans t'en douter tu m'as fait découvrir l'homme qui m'a attaqué cette nuit ?

La Fabiana fit quelques pas, et, du haut de son observatoire, se penchant vers le prince :

— L'avez-vous dénoncé à la justice ? — demanda-t-elle avidement.

— J'ai fait mieux, — reprit San-Caraldo, — je l'ai contraint d'avouer son crime dans une lettre que j'ai là.

— Aussi imprudent que lâche ! — murmura la Fabiana, en étouffant le cri de joie près de lui échapper.

San-Caraldo ne remarqua pas l'étrange agitation de la strega. Il lui fit de la main un signe d'adieu tout amical et continua sa route.

Mais après un quart d'heure de marche, épuisé par la perte de son sang et plus encore peut-être par la lutte morale qu'il venait de soutenir contre le jeune Campo-Forte, il sentit ses jambes fléchir sous lui, son cœur battre violemment et une sueur abondante et glacée inonder tout son corps. Il comprit qu'il était à bout de forces e hors d'état de faire un pas de plus. La surexcitation fébrile qui l'avait soutenu jusqu'à ce moment venait tout à coup de s'éteindre.

Alors il regarda en arrière, chercha la strega des yeux et voulut l'appeler. Mais ses paupières alourdies se fermèrent, la voix expira sur ses lèvres, et, s'affaissant sur lui-même, il tomba sur le bord du chemin.

Quand San-Caraldo revint à lui, il était douillettement couché dans son lit, et deux de ses serviteurs veillaient à son chevet.

— Comment suis-je ici ? — demanda-t-il en se frottant les yeux.

— Vous avez été transporté ce matin dans votre palais par une troupe de bandits qui vous ont trouvé évanoui dans la campagne, — répondit un des valets.

— Et voilà, — dit l'autre, — l'or et les billets qu'ils ont trouvés sur vous et qu'ils nous ont remis sans vouloir accepter la moindre récompense.

San-Caraldo se prit à rire.

— Singuliers bandits, — dit-il, — qui affectent des manières de grands seigneurs ! Après tout, pourquoi pas ? Les grands seigneurs font bien le métier de bandits.

Cette réflexion évoqua naturellement en lui le souvenir

de Diodato, et il voulut se procurer le plaisir de relire la lettre du jeune marquis de Campo-Forte.

Mais il la chercha vainement parmi tous les papiers contenus dans son portefeuille ; elle avait disparu.

IV

D'UNE BAIGNOIRE QUI VAUT SON PESANT D'OR.

Suzanna avait donné un fils à Diodato.

Trop délicate pour nourrir elle-même son enfant, elle le confia aux soins d'une belle et vigoureuse Calabraise, qui l'allaita en même temps que le sien, sous les yeux de la comtesse de Martorano.

La jeune mère souffrit douloureusement de cette séparation ; ni le tourbillon du monde, ni les fêtes splendides au milieu desquelles l'entraînait Diodato, ne purent dissiper la sombre mélancolie qui absorbait son âme.

Toutes ses pensées, tous les vœux de son cœur se tournaient vers la Calabre. Elle aspirait ardemment au retour de l'enfant qui manquait à son bonheur.

Diodato ne tarda pas à s'alarmer de cet état de langueur qui commençait à faner la beauté de Suzanna et menaçait de compromettre sans retour sa débile santé.

Les jours de sa femme et de son fils lui étaient chers. Il ne pouvait penser sans inquiétude que s'il venait malheureusement à les perdre, il lui faudrait rendre compte aux Martorano d'une dot dévorée depuis longtemps.

Il résolut donc qu'on ferait le voyage de Calabre et qu'on en ramènerait la nourrice et l'enfant.

Cette décision combla de joie la pauvre mère. Comptant les jours et les heures, elle fit elle-même ses préparatifs de départ avec un fiévreux empressement.

Le marquis Pietro de Campo-Forte, qui avait quelques comptes à régler avec les Martorano, voulut être de la partie. Mais, le matin même du départ, Diodato se trouva subitement indisposé.

Qu'il fallait se mettre en route sans lui, ou reculer le jour de ce voyage si impatiemment attendu. — Suzanna ne se sentit même pas le courage d'hésiter. — Les yeux baignés de larmes, elle embrassa son mari, le recommanda aux bons soins de ses vieux serviteurs et, s'élançant dans sa litière où s'était installé déjà le vieux seigneur de Campo-Forte, elle partit en promettant d'être de retour avant quinze jours.

Diodato les accompagna du regard, et, dès qu'ils eurent disparu du chemin, il se dépouilla lestement du ridicule accoutrement dont il s'était affublé et recouvra tout à coup la santé.

— Thadeo, — dit-il à l'ancien pêcheur, — va de ma part annoncer au vieil Isaac que je l'attends dans une heure pour conclure le marché dont nous sommes convenus. Et, rappelant le valet qui s'éloignait déjà : — N'oublie pas que tu dois l'introduire par la petite porte du nord.

— Tout est prêt pour le recevoir selon vos ordres, Excellence.

— C'est bien, — reprit le marquis en souriant.

Thadeo sortit. Quand Diodato fut seul, il poussa les verrous, tira de sa poche un trousseau de vieilles clefs rouillées et ouvrit le meuble dans lequel Suzanna serrait son coffret à bijoux. Il en crocheta la serrure avec la dextérité du plus adroit filou ; puis il versa pêle-mêle sur la table toutes les richesses qu'y étaient contenues.

Parmi les pierreries apportées par Suzanna de Martorano, et qui constituaient une partie de sa dot, étincelaient les diamans que, six mois avant son mariage, lui avait légués sa pieuse mère en mourant.

Le vieux marquis Pietro serait mort de faim devant ce trésor qu'il n'avait jamais fait figurer dans son actif.

Depuis des siècles, ces diamans, d'un prix considérable, se transmettaient religieusement dans la famille de père en fils, héritage inaltérable et sacré auquel se rattachaient tous les glorieux souvenirs de la maison de Campo-Forte.

Mais Diodato les avait offerts à Suzanne de Martorano le jour de son mariage, et la jeune marquise, afin de pouvoir s'en parer, avait fait monter toutes ces reliques, d'une enchâssure antique, en bagues, pendans d'oreilles, colliers, bracelets et diadème, en une parure complète, enfin.

Depuis son enfance, Diodato connaissait par cœur l'histoire et la valeur intrinsèque de chacun de ces diamans ; il lui fut donc aisé, malgré leur métamorphose, de se rendre un compte exact de la somme à laquelle ils s'élevaient. En effet, après examen, il acquit la conviction qu'ils représentaient vingt-cinq mille ducats au plus bas mot.

En y joignant ses propres bijoux et les pierreries de sa femme, il pouvait réaliser trois mille autres ducats. Mais ces deux sommes réunies étaient encore insuffisantes. Pourtant il voulait s'acquitter envers San-Caraldo dans le plus bref délai, et il lui manquait deux mille ducats ; or, ces deux mille ducats il les lui fallait à tout prix. — Alors il eut un frémissement de colère et il promena ses regards avides sur les objets de valeur qui ornaient le salon : Quærens quem devoret. — Ne voyant rien à sa convenance, il ne recula plus devant une infamie pour s'acquitter d'une dette d'honneur.

Il força les meubles du vieux marquis, fouillant les tiroirs un à un, bouleversant, renversant tout ce qui s'y trouvait avec un emportement furieux. Il ne s'arrêta dans sa cupide recherche que quand il eut découvert l'objet de sa convoitise. C'était le portrait de sa mère dont le médaillon était enrichi de diamans.

Le sacrilège vola ce pieux souvenir que le pauvre vieillard, dans ses heures d'abattement et d'amer chagrin, aimait à contempler.

En ce moment, on frappa rudement à la porte.

Par un mouvement instinctif, Diodato cacha le médaillon dans sa poche.

— Qui va là ? — demanda-t-il d'une voix tremblante d'émotion.

— Excellence, — dit à travers le trou de la serrure un valet que Thadeo avait placé en observation, — je viens d'apercevoir le juif Isaac sur la route. Il sera ici avant un quart d'heure.

— Descends, je te suis, — répondit le marquis. — Quand le bruit des pas du valet se fut éteint, il ramassa ses bijoux à la hâte et les remit dans le coffret qu'il emporta sous son bras. Puis, en sortant, il ferma prudemment la porte à double tour, afin que nul ne pût voir le désordre de cette pièce qui portait toutes les traces de dévastation que laissent après eux les voleurs.

Pendant que Diodato se promenait à grands pas dans la salle basse, la petite porte du nord s'ouvrait mystérieusement, et le vieux juif Isaac pénétra dans le château.

Il était suivi de l'un de ses serviteurs, car Judith, reconnaissant en Thadeo le pêcheur qui, à la tête d'une bande de gueux et de mendians, avait autrefois arrêté sa lettiga, s'était jetée aux genoux de son père en suppliant de ne pas aller à ce rendez-vous.

Diodato et l'homme choisi par lui, comme messager, lui inspiraient une égale défiance.

Mais Isaac allégua pour raison qu'ayant donné sa parole, il ne pouvait honnêtement y manquer, c'est-à-dire qu'il flairait un marché d'or et qu'il ne voulait pas le laisser échapper. D'ailleurs, n'était-il pas protégé par la présence du noble marquis Pietro de Campo-Forte, nouveau gouverneur de la province, et par celle de la jeune marquise.

Alors Judith, désespérant de détourner l'obstiné vieillard

de son dessein, exigea qu'il se fît au moins accompagner par le plus hardi de ses valets.

Isaac, pour complaire à sa fille et calmer ses terreurs, lui promit d'emmener Daniel.

Ce dernier, qui avait aussi reconnu Thadeo, ne parut pas très flatté de la préférence que lui accordait son maître.

Cependant il fit contre fortune bon cœur, et suivit Isaac en emportant sous son bras une petite boîte en peau de chagrin contenant une loupe, un trébuchet et des poids, de la justesse desquels nous nous garderons bien de parler.

Thadeo, qui marchait en avant, venait donc d'ouvrir la petite porte du château et d'introduire le vieux juif et Daniel dans un vaste verger, à l'extrémité duquel s'étendait un fossé où croupissait une eau verdâtre et stagnante.

En travers de ce fossé, on avait jeté une longue planche qui reposait d'un bout sur le sol, et, de l'autre, sur deux gros pieux enfoncés dans la vase.

Thadeo franchit le premier ce pont volant, et Isaac s'engagea sans hésiter sur les pas de son guide.

Mais à peine eut-il accompli la moitié du trajet que les deux pieux, tirés violemment par quelque cordage invisible, disparurent sous l'eau. En même temps, la planche chavira et le pauvre juif, perdant l'équilibre, tomba dans la vase où il entra jusqu'à la ceinture d'abord.

Chaque effort désespéré qu'il faisait pour se tirer de ce bourbier l'y enfonçait davantage.

Bientôt, malgré sa haute taille, il sentit la pointe de sa barbe blanche effleurer cette eau fangeuse. Alors il rejeta la tête en arrière et poussa un long cri de détresse.

Daniel accourut et joignit ses lamentations à celles de son maître, lui tendant de loin les bras et l'aidant de ses vœux.

Mais Thadeo, mieux inspiré, s'était emparé d'un croc que la Providence semblait avoir placé là tout exprès. Il harponna le vieillard par la ceinture, et, grâce à sa force herculéenne, il l'arracha de ce fond glaiseux qui le happait peu à peu et menaçait de l'engloutir entièrement.

Diodato arriva d'un air empressé, afin de s'informer de la cause de tout ce tumulte, et il aperçut Isaac étendu sur le revers du fossé. L'infortuné était dans un état de prostration complète, et l'on devinait qu'il devait être blanc comme un linge sous la couche de vase gris d'ardoise qui lui couvrait le visage.

— Daniel, —dit le marquis, —hâte-toi d'aller annoncer à Noémi le déplorable accident survenu à ton maître, et recommande-lui d'apporter quelques cordiaux qui nous manquons en ce moment au château. Le pauvre Isaac est bien malade, mon pauvre Daniel, tu n'as pas une minute à perdre.

Le valet, qui ne demandait qu'à s'en aller, confia son coffre à Diodato et partit à toutes jambes.

— Bien joué, je crois, — continua mentalement le marquis en souriant. — Faire appeler Noémi, c'est décider la belle Judith à venir elle-même à la place de l'horrible vieille. Qu'elle vienne donc et elle apprendra à ses dépens, la cruelle, qu'on entre plus aisément ici qu'on n'en sort.

Thadeo fit transporter Isaac dans l'une des chambres de l'étuve où son maître prenait ses bains à la turque. Il dépouilla le vieillard de ses vêtemens infects, lui présenta un bassin d'argent afin qu'il se lavât les mains et le visage, et lui donna pour vêtement une chaude robe de cachemire écarlate, et pour chaussure des babouches de cuir de Cordoue brodées d'arabesques d'or.

Le marquis, qui venait d'entrer, versa dans deux grands verres de pur cristal de Bohême tout le contenu d'un flacon de vin de Chypre. Le vieux juif repoussa le verre en détournant la tête.

— Buvez ce vin généreux, cher Isaac, — dit Diodato, — c'est de grand cœur que je vous l'offre, et je vous assure qu'il ne vous en coûtera pas une obole de plus. — Alors

le juif porta son verre à ses lèvres et se sentit ranimé. Pendant ce temps, Thadeo préparait une baignoire. — C'est pour vous qu'on fait chauffer ce bain, cher Isaac, — dit le marquis.

— Pour moi ! — s'écria l'Israélite. — Je ne consentirai jamais à vous donner cet embarras.

— Pourquoi ? quand l'accident qui vous est arrivé est indépendant de votre volonté.

— Oh ! oui, bien indépendant ! — reprit Isaac en levant ses mains au ciel comme pour le prendre à témoin de la sincérité de ses paroles.

— Donc, vous m'obligerez en le prenant, — continua le marquis. Le vieillard fit un geste d'assentiment, et, comme le bain était prêt, Thadeo se retira discrètement.

— Maintenant que nous voilà seuls, — reprit Diodato, — laissons un peu l'eau s'attiédir et parlons de notre affaire.

— Alors il étala sur la table de marbre qui occupait le milieu de cette chambre tous les bijoux de son coffret. Isaac ouvrit aussitôt sa boîte en peau de chagrin, en tira ses poids et son trébuchet, puis, s'armant de sa loupe, il examina les bijoux en silence, démonta quelques-uns des plus beaux diamans et les pesa avec une scrupuleuse attention. A l'exception de ses pommettes osseuses, qui se coloraient peu à peu d'une vive rougeur, rien dans sa face impassible et froide ne pouvait laisser deviner ce qui se passait en lui. — Mon cher Isaac, — dit Diodato en rompant le silence, — vous vous rappelez en quoi consiste le marché que je vous ai proposé ?

— Oui, vous voulez vous défaire de vos bijoux inutiles, remplacer certaines pierres par de fausses, et tous vos diamans par des cailloux du Rhin. Ça se fait tous les jours. La misère est si grande parmi la noblesse.

— Et vous m'avez assuré qu'il faudrait l'œil d'un lapidaire pour s'apercevoir de la métamorphose que vous vous chargez de faire subir à ces bijoux ?

— L'illusion sera complète.

— Vous savez qu'il faut que ce travail soit terminé avant huit jours.

— Il le sera.

— Que j'ai besoin des fonds pour ce soir.

— Vous les aurez, quoique j'aie fort peu d'argent comptant chez moi ; mais j'ai vu à la synagogue quelques-uns de mes frères, et ils ont mis leur petite fortune à ma disposition.

— Rien ne nous empêche donc de conclure cette affaire sur-le-champ ?

— Absolument rien. — Isaac reprit sa loupe et examina de nouveau les pierreries. Puis, après un quart d'heure de silence : — Combien voulez-vous de tout cela ? — demanda-t-il tout à coup.

— Vous plaisantez sans doute, — repartit le marquis en riant. — Vous n'avez pas la prétention de m'acheter ces bijoux en bloc, comme de la vieille ferraille.

— En bloc ou en détail, c'est la même chose. Mon estimation est faite, je sais jusqu'à quelle somme je puis monter.

— Comme la vôtre, mon estimation est faite, et je sais jusqu'à quelle somme je puis descendre, — répondit Diodato. Et, désignant une magnifique pierre enchâssée dans le diadème de Suzanna : — Le diamant que vous voyez là... — dit-il.

— Pardon, Excellence, — interrompit Isaac, — ce n'est point un diamant, c'est un brillant rosette.

— Vous croyez ?

— Il est taillé à facettes par-dessus et plat par-dessous.

— Eh bien ! ce brillant fut donné à l'un de mes ancêtres, Angiolo-Gennaro, par Pierre, roi d'Aragon, pour avoir ourdi avec Jean de Procida, qui était aussi de notre famille, la révolte qui éclata au premier coup de vêpres, le jour de Pâques de l'an 1282.

— Il est fort beau. C'est grand dommage qu'il ait perdu de son éclat, en passant par quelque incendie, sans doute.

— Notre quatrième aïeul en a cependant refusé 5,000 du

cats, que lui offrait un grand d'Espagne, gouverneur de Naples ou de Messine, en 1655.

— Votre aïeul a eu tort. Il n'en trouverait pas ce prix-là aujourd'hui. Il y a en ce moment une dépréciation considérable sur le diamant.

— Enfin combien estimez-vous celui-ci?

Le vieux juif pesa la pierre et la retourna longtemps sous sa loupe.

— 4,250 ducats, — dit-il, les yeux toujours fixés sur le diamant.

Diodato réprima un geste de colère, et, d'une voix calme e résignée:

— Ecrivez 4,250 ducats, et passons à un autre, — dit-il. — Celui-ci a été gagné sur un champ de bataille, conquis à la pointe de l'épée par mon trisaïeul Salluzo, en 1674, quand la Sicile, lasse de la domination des Aragonais, se donna volontairement à Louis XIV.

— Il est d'une belle eau, — interrompit Isaac.

— Je le crois bien. Il figurait à l'inventaire pour une somme de 4,000 ducats.

— Il vaut plus.

— Ah! ah! — fit Diodato en se frottant les mains.

— J'en donnerais 4,500 ducats... s'il n'avait pas cette rayure, imperceptible à l'œil nu, mais qu'on voit parfaitement en se servant de la loupe. Regardez plutôt.

— De sorte que rien qu'à cause de cette rayure?...

— Je ne puis vous en offrir que 3,000 ducats.

— En conscience?

— Est-ce vous que je voudrais tromper?

— Ecrivez 3,000 ducats. — Pendant qu'Isaac alignait ses chiffres, Diodato lui présenta un troisième diamant. — Comment trouvez-vous celui-ci?

— Magnifique.

— Il fut laissé à mon bisaïeul pour 20 onces d'or (1) par un officier de la flotte de Ruyter, en 1677. Cet homme, qui avait été fait prisonnier par les gens de Duquesne, eut notre château pour prison. Une nuit, il s'enfuit en volant à mon bisaïeul les 20 onces d'or en question, mais en nous laissant ce diamant qu'il avait apporté des Indes. C'était une compensation.

— Jamais pareille chance ne m'est arrivée, à moi.

— Un joaillier de Florence l'a estimé 2,000 ducats.

— Je le crois sans peine. Par malheur il a été confié à un ouvrier maladroit, qui, en le sertissant, y a fait cet éclat. Regardez plutôt.

— Est-ce que ce petit accident diminue de beaucoup la valeur de la pierre?

— Non... à peine de moitié.

— Ainsi, vous n'en donnez que 1,000 ducats.

— Parce que c'est vous. Autrement je n'en voudrais pas pour 800 ducats.

— Merci, honnête Isaac. Ecrivez donc 1,000 ducats.

— Et celui-ci? — demanda le vieux juif, en montrant au marquis de son doigt crochu un diamant de moyenne grosseur, dont les facettes scintillaient au milieu des pierreries.

— Oh! quant à celui-ci, nous n'aurons pas à en débattre le prix. Vous l'offrirez de ma part à votre charmante fille Judith.

— Je vous remercie pour elle, Excellence, — dit Isaac dont le petit œil gris étincela.

Et aussitôt il serra dans sa boîte ce diamant, qui ne faisait plus partie du marché.

— Mais comme je le remarque, — reprit Diodato, que mon éloquence ne vous fait pas hausser votre prix d'un écu (2), je laisse le tout à votre appréciation personnelle. Faites votre compte comme vous l'entendrez. Je m'abandonne à votre probité bien connue.

— Et vous avez raison, Excellence, c'est le moyen de ne pas être trompé.

(1) 275 francs.
(2) 5 francs 10 centimes en sicile.

Diodato se mit à se promener de long en large, et Isaac se plongea dans les calculs les plus ardus.

Après une demi-heure de concentration profonde, il essuya son front ruisselant de sueur, et présenta au marquis le résultat de son travail.

Sur cette feuille, hérissée de chiffres, Diodato ne chercha et ne vit que le total.

— Donc, vous estimez le tout 15,000 ducats? — dit-il avec un calme parfait.

— Oui, Excellence.

— J'avais espéré en tirer 30,000. Mais puisque vous m'affirmez qu'ils n'en valent que quinze, je m'incline devant cette déclaration et j'accepte le marché. — Isaac tressaillit d'aise et salua profondément. — Il est bien convenu que les fausses pierreries et la main-d'œuvre sont à votre compte, — dit le marquis.

— Je n'ai qu'une parole, Excellence.

— Et que le tout me sera livré sous huitaine.

— Je mettrai ce travail en vingt mains différentes s'il le faut.

— Et que j'aurai les fonds ce soir même?

— Vous les aurez, Excellence.

— C'est bien. Maintenant, mon bon Isaac, vous pouvez prendre votre bain.

— Est-ce bien utile, Excellence?

— Très utile. Vous exhalez, cher ami, une odeur de marécage dont il faut vous débarrasser.

Diodato sonna, et deux grands laquais, espèce de sbires qui avaient le sabre au côté, parurent aussitôt.

— Réchauffez le bain de mon vieil ami et déshabillez-le.

— Isaac, par pudeur, voulut faire quelque résistance; mais les deux robustes laquais le mirent aussi nu qu'un ver, et, l'enlevant entre leurs bras, ils le plongèrent dans l'immense baignoire. Isaac jeta un cri déchirant. Son corps se tordit comme celui d'un serpent; et ce qui lui restait de dents s'entrechoqua bruyamment. Le bain était complétement froid.

— Peut-être le préférerais-tu plus chaud. C'est facile. Cependant tu aurais tort: rien n'est plus énervant qu'un bain trop chaud.

— Je préférerais n'en pas prendre du tout, Excellence, — répondit Isaac en grelottant de tous ses membres.

En ce moment, un jet d'eau bouillante s'échappa d'un robinet, et le vieillard, pour ne pas être brûlé vif, n'eut que le temps de se replonger dans son bain.

Le robinet se ferma, et une douce et tiède chaleur enveloppa Isaac et lui procura un instant de bien-être ineffable.

— Ah! je me sens mieux! — dit-il.

— C'est une bonne chose qu'un bain, n'est-ce pas?

— Ma foi oui, Excellence, surtout quand on n'en a pas l'habitude, et puis cette baignoire est vaste et commode.

— Vous plairait-elle, Isaac? — demanda perfidement Diodato.

— Ah! — repartit le juif avec un geste plein de modestie; — elle me plairait que ce ne serait pas une raison pour vous en priver, Excellence. Je dis qu'on y est à son aise, voilà tout.

— Isaac, puisque vous ne voulez pas l'accepter, je vous la vends.

— Vous voulez rire, Excellence?

— Non, sur mon honneur!

Isaac réfléchit qu'une baignoire était un objet dont on pouvait se défaire aisément, rien qu'il ne risquait rien en se prêtant de bonne grâce à la singulière fantaisie du marquis.

— Je l'achète donc pour vous faire plaisir, — dit-il enfin.

— Ainsi, c'est marché conclu.

— Oui, Excellence.

— La feras-tu prendre, où te la ferais-je porter?

— Je ne veux pas vous donner cette peine, je l'enverrai chercher à la première occasion.

— Et l'argent, comment me feras-tu parvenir?

— J'en ai probablement assez sur moi pour vous le solder sur-le-champ, — dit Isaac en souriant.

— J'en doute, — repartit Diodato.

Isaac devint inquiet, son sourire disparut.

— En effet, — dit-il, — nous avons oublié d'en stipuler le prix, ce qui est toujours une imprudence en affaire.

— Combien vaut-elle, d'après ton estime ?

— Vous êtes vendeur, Excellence, c'est donc à vous d'en fixer le prix.

— Tu as raison. J'ai accepté ton estimation tout à l'heure, il est juste qu'à mon tour je t'impose la mienne.

— Je m'en rapporte à vous, seigneur Diodato.

— Eh bien ! je te la donne pour quinze mille ducats.

— Quinze mille ducats! — s'écria Isaac, qui, oubliant cette fois toute pudeur, voulut s'élancer hors du bain.

Mais les deux vigoureux valets lui posèrent les mains sur les épaules et le contraignirent de se rasseoir, et, tout en le maintenant ainsi, tournèrent légèrement le robinet d'eau bouillante.

— Pourquoi faut-il, hélas ! — s'écria le vieillard, — que ce malencontreux caprice vous soit venu à l'esprit ? nous étions d'un accord si parfait jusque-là.

— Ce n'est pas un caprice, bon Isaac, — répondit le marquis d'une voix empreinte de douceur et de persuasion. — Je ne voudrais certes pas vous offenser, mais cette baignoire est souillée par votre contact, je dois l'avouer. — Isaac poussa un profond soupir. — Moi, je n'y regarde pas si près, — continua Diodato, — mais aucun de mes serviteurs ne consentirait à s'en servir après vous.

— Voulez-vous que je la fasse étamer à mes frais, — demanda le vieillard d'une voix tremblante.

— Il y a de ces souillures, Isaac, que ni l'eau, ni le feu ne sauraient enlever, — répondit le marquis, — et c'est pour cela que je vous vends ma baignoire.

— Je consentirais encore à la prendre si vous m'en demandiez un prix raisonnable, mais quinze mille ducats une baignoire en cuivre! Elle serait en argent massif qu'elle ne vaudrait pas cette somme.

— J'ai été de bonne composition tout à l'heure, je t'ai cédé pour quinze mille ducats des pierreries qui en valent le double. Il faut faire comme moi, Isaac.

— C'est impossible, Excellence, ce serait consentir à ma ruine.

— Allons, tu as assez gagné sur le premier marché pour accepter le second sans qu'il t'en coûte un écu.

— Jamais! — s'écria le vieillard.

La température du bain s'élevait peu à peu, et Isaac voulait absolument en sortir.

Alors les deux sbires tirèrent leurs sabres, et, à chaque tentative que faisait le juif pour s'élancer hors de l'eau, ils effleuraient à tour de bras les bords de la baignoire de leurs lames fraîchement affilées.

Toute la peau d'Isaac se colorait à vue d'œil.

— Est-ce marché conclu ? — demanda Diodato. Le vieillard ne répondit pas. Habitué à vivre dans des transes continuelles, Isaac était préparé à tout, parce qu'il s'attendait à tout. Il accepta la torture que lui faisait endurer le jeune de Campo-Forte sans ressentir cette terreur soudaine qui, en énervant les forces de l'âme, anéantit la volonté. Il était essentiellement doué de cette opiniâtreté qui caractérise sa secte et de cette résolution que rien ne saurait abattre. Tout son corps était rouge comme une écrevisse, et cependant le malheureux ne proférait pas une plainte. — Voyons, mon bon Isaac, — ne soyez pas si dur à vous-même.

— Tuez-moi, — s'écria le vieux juif, — tuez-moi, libre à vous, vous êtes sûr de l'impunité; mais, par le bienheureux Abraham! je ne donnerais pas plus de vingt écus de votre maudite baignoire; mais quinze mille ducats! quand l'argent est si rare !...

— Vous avez le droit de payer en or, Isaac.

— En or! — hurla le vieillard, — où voulez-vous que je le vole ? J'aurais cette somme que je ne la donnerais pas, — continua-t-il en s'agitant convulsivement au fond de sa baignoire, au-dessus de laquelle les deux lames des valets se croisaient toujours en sifflant. — Non, non, je ne donnerai pas quinze mille ducats, — s'écria-t-il avec exaspération. — Je ne consentirai jamais à réduire à la mendicité ma fille bien-aimée, elle qui a été si heureuse jusqu'à ce jour. Je saurai mourir sans me plaindre, pour lui épargner cette douleur, pour lui conserver sa vie heureuse et pure.

Diodato écarta d'une main les deux valets, et, de l'autre, il souleva le rideau d'une fenêtre à hauteur d'appui, à travers laquelle on distinguait la grande avenue du jardin.

— Isaac, — dit-il d'un ton railleur, — quelle est donc cette jeune et belle fille que je vois là-bas, pâle et les yeux brillans de larmes ? ne semble-t-elle pas adresser à mains jointes une prière à mes laquais, qui rient, les drôles ?

— Judith! — s'écria le vieux juif. — Elle ici ! que tous les saints patriarches de ma nation me soient en aide!

— Meurs maintenant si tu veux, juif cupide, qui as l'audace de ne pas payer quinze mille ducats, — s'écria-t-il, quinze mille ducats sur un seul marché. Meurs, j'ai promis à Giovanni, l'amant aimé de la chaste fille, de consoler Judith de son absence; je te promets, à toi, de la consoler de ta mort. Ta fille est en mon pouvoir, elle ne sortira pas d'ici.

— Grâce! grâce pour elle ! — hurla le vieillard effrayant de désespoir, — j'achète votre baignoire quinze mille ducats; mais rendez-moi mon enfant.

Diodato dévorait du regard la fille d'Isaac. Jamais elle ne lui avait semblé plus belle. Il eut un instant l'infernale idée de ne pas payer San-Caraldo et de garder Judith ; mais il se souvint de la lettre que le prince lui avait fait signer, et le besoin d'or l'emporta sur la frénésie qui venait de s'emparer de ses sens.

— Isaac, lève-toi, — dit-il au vieillard. L'Israélite ne se fit pas répéter cet ordre. La chaleur de son bain était intolérable. Les deux valets l'enveloppèrent dans la robe de cachemire, écarlate comme la peau de son corps, et lui mirent ses babouches aux pieds. — Assieds-toi là et écris à ta fille, — continua Diodato. — Dis-lui que ton accident n'a pas eu de suites fâcheuses; que l'importante affaire qui t'amenait est heureusement terminée; qu'elle s'empresse de te faire parvenir, par les soins des amis que tu lui désigneras, trente mille en lettres de change payables chez les frères de Sicile. Et ajoute, si tu le trouves bon, qu'elle t'attende en ton logis, où tu espères être de retour avant la nuit.

Isaac traça d'une main tremblante ce billet, qu'un valet alla porter à Judith.

Quelques heures après, Isaac, en compagnie de Moïse, Jacob et Cahen-Lévi, trois de ses coreligionnaires, qui s'étaient empressés d'apporter les traites exigées, regagnait tristement son logis, tenant soigneusement cachées sous son manteau les pierreries de la famille de Campo-Forte.

Mais il n'avait pas emporté sa baignoire.

V

QU'UN MESSAGER TROP ZÉLÉ PEUT DEVENIR UN CONVIVE INDISCRET.

Le jeune marquis de Campo-Forte ne se pardonnait pas d'avoir eu la folie de laisser Judith s'échapper à travers les mailles du filet dans lequel il avait espéré l'envelopper.

Décidément il avait manqué de présence d'esprit ou d'audace. Aussi aspirait-il impatiemment à l'heure qui lui permettrait de prendre une revanche éclatante. L'inexplicable amour de la belle juive pour Giovanni lui torturait le cœur et le poursuivait jusque dans son sommeil.

Il ne pouvait comprendre par quel caprice étrange elle lui préférait ce rustre, et souvent il était tenté de croire.

non par superstition, mais par vanité, que c'était à quelque philtre de la strega que le bâtard devait le bonheur d'être aimé de Judith. Pour être aimé ainsi, il eût volontiers changé son sort contre celui de son frère, sa vie de luxe et de mollesse contre la vie de misère et de privations du malheureux proscrit.

Deux jours après le départ de Suzanna de Martonaro et du vieux marquis de Campo-Forte pour les Calabres, Diodato, abusant de blancs-seings laissés par son père, convoqua tous les sbires de Girgenti et leur ordonna de purger la province des bandes qui la désolaient, promettant dix scudi par tête de proscrit, et, sans leur signaler spécialement Giovanni, dix scudi à celui qui s'emparerait du chef auquel obéissaient ces bandes.

L'appât du gain réveilla le zèle assoupi des sbires, et, dès le lendemain, au point du jour, ils ouvrirent la campagne.

Giovanni parcourait en ce moment les environs de Caltanissetta, où il organisait de nouvelles bandes.

En partant, il avait confié le commandement à Carini et aux frères Guerrazzi. Mais, surpris à l'improviste, traqués dans leurs retraites, les proscrits, mal armés, affaiblis par la fatigue et le manque de vivres, entravés dans leurs marches par les enfans et les femmes, furent bientôt forcés sur tous les points.

Ce fut pendant cinq jours une effroyable boucherie.

On mutila les hommes, on éventra les femmes enceintes, on égorgea les enfans cramponnés aux mamelles desséchées de leurs mères.

Le dernier jour, cinquante proscrits blessés dans cette lutte fratricide tombèrent au pouvoir des sbires.

On les tortura avec une cruauté sauvage, on inventa des supplices pour leur faire avouer en quel endroit s'était réfugié leur chef, et comme aucun d'eux ne voulut le révéler, on assomma à coups de crosse de fusil ces malheureux, qui tombèrent pêle-mêle, et l'on fit de leurs corps sanglans un monceau que l'on couvrit de branches et de feuilles sèches auxquelles on mit le feu.

Ceux qui avaient encore un reste de force s'élançaient, à demi grillés, hors de cette fournaise ardente, mais les sbires les recevaient à coups de baïonnettes et les refoulaient jusqu'au milieu du brasier, où ils disparaissaient dans un épais nuage de fumée.

Puis, quand le dernier gémissement se fut éteint avec la dernière flamme, sbires et gendarmes abandonnèrent ce champ de carnage et retournèrent à Girgenti, pour annoncer au jeune marquis de Campo-Forte l'heureux résultat de leur expédition.

Cependant, devant ce désastre, Carini et les frères Guerrazzi, deux hardis braconniers qui avaient fait dans cette lutte sanglante des prodiges de bravoure, comprirent qu'il ne leur restait plus qu'à faire les débris de leurs bandes et à rejoindre celles qu'organisait Giovanni dans la province de Caltanisetta.

Ce pays, hérissé de hautes montagnes boisées et de difficile accès, leur promettait un refuge que désormais ne leur offrait plus Girgenti.

Il fut décidé qu'on partirait dès le lendemain après le coucher du soleil. Mais ce départ ne pouvait s'effectuer sans de grands dangers. De nombreux détachemens de sbires gardaient toutes les routes, afin d'empêcher l'émigration des proscrits, qu'on espérait amener à se rendre à discrétion en les prenant par la famine.

On ne pouvait donc franchir les lignes gardées sans engager une nouvelle lutte; et cette lutte menaçait d'être encore plus fatale aux malheureux proscrits, qui étaient inférieurs en nombre et n'avaient plus ni poudre, ni balles.

Le moine Garofalo, qui s'était volontairement fait le médecin et l'aumônier de ces infortunés, avait passé tout le jour à les visiter dans leurs derniers refuges, pansant les blessures des uns, ranimant le courage abattu des autres.

Vers minuit, après avoir achevé la pieuse tâche qu'il s'était imposée, il regagnait tristement son humble cabane, monté sur une vigoureuse mula, lorsqu'en traversant une petite voie, pavée il entendit distinctement le pas d'un cheval qui semblait être déferré.

Garofalo arrêta brusquement sa monture et prêta l'oreille.

En effet, un cavalier démonté venait à sa rencontre.

Quoiqu'il fût minuit, on pouvait parfaitement voir un homme à vingt pas, car dans ces régions méridionales les ténèbres ne sont profondes que pendant la première heure qui suit le coucher du soleil.

— Qui que vous soyez, là-bas, arrêtez! — s'écria le cavalier.

— Eh, mais! — repartit le moine de sa voix de Stentor, — c'est ce brave Lippi, si je ne m'abuse?

— Quoi! c'est vous, révérend Garofalo! — dit le sbire avec embarras.

— Je suis heureux de te rencontrer, mon fils, car les chemins ne sont pas sûrs à cette heure, et nous allons faire route ensemble.

— Hélas! ne vous félicitez pas trop de ma rencontre, révérend père.

— Et pourquoi, cher Lippi?

— Parce que je vais être forcé, quoi qu'il m'en coûte, de vous emprunter votre mule pour continuer ma route.

— Hélas! mon pauvre ami, — soupira le moine, — elle ne te mènerait pas loin. Je viens d'administrer un mourant à trois milles d'ici, et, ma mule et moi, nous sommes sur les dents.

— Elle me mènera toujours plus loin que mon cheval, qui est déferré et fourbu. Il faut d'ailleurs que je sois à Girgenti cette nuit même, et j'y serai, dussé-je crever votre mule.

— Tu n'aurais pas grand'peine; la pauvre bête est à moitié crevée déjà, tant de fatigue que de faim. Pour le repos de ton honnête conscience, Lippi, je ne te laisserai pas commettre ce meurtre inutile.

— Je vous répète, révérend Garofalo, — insista le sbire, — qu'il faut absolument que je sois à Girgenti cette nuit même.

— Ce que tu as de mieux à faire, mon ami, si les heures te sont comptées, c'est de poursuivre ton chemin, et moi je vais prier Dieu de te faire rencontrer quelque chevaucheur mieux équipé que moi.

— Je doute que Dieu exauce votre charitable prière; les voyageurs sont rares la nuit, par le temps qui court, Depuis San-Cataldo jusqu'ici, je n'ai pas rencontré corps d'âme. Résignez-vous donc, mon révérend père, à me céder de bon gré votre monture, afin de m'épargner la douleur de vous la prendre de force.

— S'il en est ainsi, viens donc la chercher, — répliqua Garofalo avec l'accent de la résignation, mais tout en caressant cependant de sa large main l'énorme gourdin qu'il portait en guise de houssine.

Il y avait si peu d'harmonie entre la voix calme du moine et son attitude menaçante, que le prudent Lippi s'en alarma. Sautant lestement sur ses fontes, il saisit ses pistolets, dont il fit jouer bruyamment les deux chiens, espérant ainsi faire partager à Garofalo l'effroi qu'il éprouvait lui-même.

— Exécutez-vous de bonne grâce, et surtout n'avancez pas, ou si non je fais feu sur vous, — balbutia Lippi en ajustant le moine d'une main mal assurée.

— A la façon dont tu me vises, — dit Garofalo, — je parie que tu vas me manquer et tuer cette pauvre mule qui n'est pour rien dans l'affaire?

— Ah! n'allez pas me porter malheur, — répliqua Lippi, n'osant plus tirer, quoique le moine avançât toujours, tant il craignait de voir se réaliser la prédiction du saint homme. — Comprenez donc ma position, révérend Garofalo; je suis chargé de porter à monseigneur Diodato, marquis de Campo-Forte, un message par lequel sa femme lui annonce son retour pour demain, et le prie d'envoyer une escorte à sa rencontre. — Garofalo dressa 'oreille et fit un sombresaut sur sa mule. — Par malheur, non cheval est déferré, poursuivit le sbire, — et, si vous ne me confiez pas votre monture, la jeune marquise arrivera certes avant sa missive.

— Comment, Lippi, mon ami, il s'agit d'être utile à la noble maison des Campo-Forte, à cet honnête et excellent Niodato que j'ai connu tout enfant, et tu ne me le disais pas tout de suite, — s'écria Garofalo. Il jeta loin de lui son bâton et mit aussitôt pied à terre. — Prends, prends ma mule, fidèle serviteur, et accomplis sur-le-champ ton message. — Le sbire, par un geste de reconnaissance, porta la manche du moine à ses lèvres et voulut sauter n'selle, mais Garofalo l'arrêta dans son élan. — Commençons d'abord par lui donner sa mesure d'avoine; mon egis n'est heureusement qu'à cinquante pas d'ici.

— Et vous croyez qu'elle n'irait pas jusqu'à Girgenti dans cela? — demanda l'impatient Lippi.

— Je vois bien que tu ne la connais point, mon ami, quand elle n'a pas mangé son picotin, elle marche à reculons.

— À reculons! — s'écria le sbire.

— Oui, Lippi, et ni le fouet, ni l'éperon ne peuvent lui faire changer cette ridicule allure.

— Elle est entêtée?

— Comme une mule qu'elle est.

— Puisqu'il en est ainsi, allons jusqu'à votre logis, mon père.

Lippi passa son bras dans la bride de son cheval éclopé et suivit le moine en soupirant, qui lui montrait le chemin.

Après cinq minutes de marche, Garofalo s'arrêta devant une cabane, ou plutôt une cahute entièrement construite en chaume. Un appentis couvert en joncs y attenait, et le tout était enclos d'une haie de bois mort.

Le moine ouvrit une petite porte à claire-voie, remisa la mule et le cheval sous le hangar, donna à chacun une mesure d'avoine avec un seau d'eau mêlée de son, et conduisit enfin Lippi sous son toit.

Dans ce réduit, il y avait pour tout mobilier une table et deux escabeaux rustiquement scellés en pleine terre; dans un coin, un sac de grosse toile rembourré de feuilles sèches et rien de plus.

Garofalo alluma une petite lampe de fer de forme antique, et la posa sur la table.

— Mon pauvre Lippi, — dit-il, — je regrette de ne pouvoir t'offrir ni une modeste pizza, ni même une tranche de comero. Lo méllónaro, hélas! ne vient pas débiter sa marchandise si loin des villes.

— Qu'à cela ne tienne, — repartit le sbire, — je me contenterai à la rigueur d'un fiasco d'asprino d'Aversa, révérend Garofalo.

— Quoique ces amorces du démon de gourmandise soient inconnues dans mon misérable logis, j'ai cependant de quoi satisfaire amplement et la faim et la soif du voyageur que Dieu m'envoie.

— Puisqu'il en est ainsi, — dit le sbire, — je me mets à table sans façon.

— Fais comme chez toi, mon fils, — repartit le bon moine en posant sur la table une vaste écuellée de pois gris cuits à l'eau et la grande jarre de grès que nous lui connaissons.

Mais les pois sentaient affreusement le brûlé et l'eau de la jarre était aussi chaude qu'un potage.

Lippi repoussa doucement l'écuelle en dissimulant de son mieux, par égard pour son hôte, un geste de dégoût. Il comprit d'instinct le jeûne austère du cloître. La vue seule d'un pareil repas devait en inspirer la pieuse pensée.

Pendant que l'estomac de Lippi se livrait à cette réflexion peu consolante, Garofalo s'était agenouillé dans l'un des coins de la cabane, et avait soulevé une dalle de deux pieds carrés qui servait de trappe à un caveau peu profond.

Le sbire le vit alors tirer silencieusement de ce trou des bouteilles cachetées de diverses couleurs, que l'une après l'autre il aligna symétriquement sur la table.

En procédant du connu à l'inconnu, on pouvait favorablement augurer du contenu, rien qu'à l'inspection du contenant, dont le goulot s'encapuchonnait sous une couche de respectable moisissure.

À l'aspect de ces bouteilles, le sbire éprouva une violente ardeur au pharynx, et sa soif redoubla. Mais quand le moine, toujours silencieux, eut déposé sur la table une volaille merveilleusement dorée et une douzaine d'alouettes fort appétissantes, Lippi sentit l'eau lui venir à la bouche et toutes les papilles de sa langue se hérisser douloureusement.

— Eh! eh! — fit-il en se frottant les mains, — voilà un souper qui sort de terre comme par enchantement.

Garofalo ne répondit pas; mais, se dirigeant vers la porte: — Je vois que ma mule est en état de se mettre en route, — dit-il, — et je vais m'en assurer, car je sais que tu es pressé, mon fils.

— Bah! j'ai attendu patiemment qu'elle achevât son avoine, — repartit le sbire, — j'espère qu'elle me permettra bien de souper à mon tour. Je meurs de soif et de faim.

— Tu as soif? bois donc, cher Lippi, — dit le moine en saisissant la jarre, ce n'est pas l'eau qui manque ici. — Et, après lui avoir rempli sa tasse jusqu'aux bords: — Quant aux pois, ne t'en prive pas pour moi, je ne mangerai pas ce soir, et demain ils seraient gâtés.

— Comment, vous ne mangerez pas! — interrompit le sbire;—pour qui donc alors avez-vous préparé ce succulent souper?

Garofalo prit gravement sa besace, dans laquelle il glissa d'abord une première bouteille.

— Voudrais-tu parler de ces provisions, mon fils, — demanda-t-il.

— Oui, mon révérend père.

— Ce sont des aumônes que je suis chargé de distribuer à de pauvres malades de la part de quelques pieuses châtelaines des environs.

— Et vous allez leur porter tout cela?

— Ils sont si nombreux! C'est d'ailleurs un devoir dont je m'acquitte chaque jour avec bonheur.

— Révérend Garofalo, au nom du ciel! mettez-moi, pour ce soir seulement, au nombre de vos malades; je tombe d'inanition, et vos pois ne me ragoûtent pas du tout.

— Mon fils, ma conscience s'oppose à ce que je détourne ces aumônes de leur destination.

— Elles seraient pourtant bien placées, je vous assure. Il me semble qu'une larme de ce vieux vin me remettrait des fatigues du voyage.

— Si tu es réellement souffrant, Lippi, je t'autorise à boire un doigt de vin. Bonum vinum lætificat juventutem... Pendant ce temps, je vais aller mettre le harnais de ton cheval sur le dos de ma mule. — Et Garofalo sortit. Quand Lippi fut seul, il fit lestement sauter le goulot de l'une des bouteilles et but modestement un doigt de vin d'abord. Quand le moine revint, après une demi-heure d'absence, le sbire avait la face rouge comme une écrevisse et les yeux clignotans. Le malheureux achevait sa troisième bouteille et le poulet avait complétement disparu, sauf les pattes. — Mon fils, tout est prêt; tu peux partir quand tu voudras, — dit Garofalo sans pouvoir s'apercevoir de la formidable brèche faite à ses provisions.

Lippi se leva tout chancelant et retomba lourdement sur son escabeau, qui par bonheur était scellé.

— J'ai soif, — balbutia-t-il.

— Pourquoi ne pas avoir bu un doigt de vin, — reprit le moine; — je ne l'aurais pas trouvé mauvais.

— Je ne l'ai pas trouvé mauvais non plus, — reprit le sbire en passant ses lèvres sur sa langue épaissie par l'ivresse. — Et la preuve, la voilà! — continua-t-il en montrant de la main trois bouteilles vides rangées de front devant lui.

— Comment! tu as bu tout cela! — s'écria Garofalo en reculant d'un pas.

— Mais oui, — répondit Lippi entre deux hoquets. Et,

tendant sa tasse : — Allons, mon révérend père, versez-
moi le coup de l'étrier, et je vous dis adieu.

— Mais, malheureux, tu es ivre mort!

— Vous m'étonnez! A peine si j'ai bu trois bouteilles, et
j'ai encore une soif effroyable. Est-ce qu'il n'y a pas un
aquajato dans les environs? Je boirais bien quelques verres
d'eau glacée... acidulée par une tranche de citron par-
fumée de quelques gouttes de sambuco... Et vous, respectable moine?

— Moi, je ne bois jamais que de l'eau pure, mon fils.

— Pouah! fit Lippi. Et, voulant montrer les cornes à
la jarre, il perdit l'équilibre et roula sous la table.

Garofalo le prit par sa ceinture et le remit sur ses pieds.
Puis, le secouant vigoureusement pour l'arracher au
sommeil qui commençait à le gagner.

— Lippi! lui cria-t-il aux oreilles, — il est impossible
que tu ailles à Girgenti dans l'état où tu es, mon ami.

— C'est aussi mon avis, — balbutia le sbire. — D'ailleurs,
voilà tout qui tourne autour de moi; attendons, peut-être
bien que Girgenti va passer tout à l'heure.

— Ce que tu as de mieux à faire, c'est de dormir une
heure ou deux en attendant.

— Et mon message, qui le porterait donc si je dor-
mais?

— Mon Dieu! le premier venu.

— Ah! si vous vouliez vous en charger vous-même...

— Pour te faire plaisir et rendre service aux Campo-
Forte, il n'y a rien que je ne fasse, mon fils.

— Eh bien! le voilà, bon Garofalo; arrangez le tout
pour le mieux, moi je vais m'évanouir à l'heure.

Le moine prit la lettre et la serra précieusement dans
la poche de sa robe.

— Dors tranquille, mon fils, ton message sera remis
entre bonnes mains, — dit-il, et, enlevant le sbire entre
ses robustes bras, il l'étendit sur le lit de feuillage.

Quand il se fut bien assuré que Lippi dormait profondément, il prit son bâton, enfourcha sa mule, qui était toute
sellée, et, tournant le dos à Girgenti, il partit au galop.

Les chefs des proscrits, réunis en conseil dans une
étroite clairière, cherchaient entre eux par quels moyens
ils pourraient assurer la retraite de leurs hommes, lorsqu'une des sentinelles qui veillaient autour du bois entra
précipitamment dans la clairière et signala Garofalo, qui
arrivait de toute la vitesse de sa mule.

Redoutant quelque nouveau danger, les chefs se levèrent en tumulte et coururent à leurs armes.

— Rassurez-vous, mes enfans, — dit aussitôt le moine
en mettant pied à terre, — je viens tout simplement vous
demander un service.

— N'est-ce que cela? — interrompit Carini. — Ordonnez, mon père, vous savez bien qu'il n'y a pas un seul
d'entre nous qui ne vous soit dévoué corps et âme.

— Merci, mes enfans, et, en deux mots, voici le fait :
J'ai rencontré à quelques pas de ma cabane un pauvre
diable de sbire venu tout exprès des Calabres pour porter
un message à Diodato de Campo-Forte. Il était exténué
de fatigue et son cheval était déferré. Je lui ai donné l'hospitalité.

— Vous, révérend Garofalo, à un sbire! — s'écria Carini. Et un murmure s'éleva parmi les chefs.

— Mes frères, — interrompit le moine en les calmant
du geste, — souvenez-vous que tous ceux qui souffrent
sont égaux devant Dieu. Je l'ai donc fait asseoir à ma
modeste table.

— Puisse ce souper être son dernier repas! — grommela
Guerrazzi.

— Hélas! mes pauvres amis, — dit le bon moine en se
signant avec onction, — Dieu, d'avance, a presque exaucé
ce vœu peu charitable. Lippi est bien malade en ce moment, au point que, se trouvant hors d'état de porter son
message, j'ai dû, pour le tranquilliser, me charger de le
faire parvenir moi-même à Diodato.

— Vous, révérend Garofalo, vous avez consenti à faire
le métier de ce sbire?

— Oui et non, — repartit le saint homme, — car je n'ai
mis depuis bien longtemps le pied chez les Campo-For
seulement j'ai compté que l'un de vous consentirait v
lontiers à aller jusqu'à Girgenti pour moi.

— Mais, mon père, — interrompit Carini, — ce Diod
est le bourreau des nôtres.

— Rendons le bien pour le mal, mon fils, et Dieu n
bénira, — dit Garofalo les yeux modestement baissés;
une bonne action porte toujours avec elle sa récompen

— Et, tirant de sa poche la lettre que Lippi lui avait
mise :—Voici le message en question. Cherche parmi vo
autres un homme de bonne volonté, et tu m'obligeras

— Vous savez bien, mon père,—répliqua Carini com
défaite; — que chacun de nous a besoin de ménager
forces pour la pénible route que nous allons entrepren
ce soir.

— N'est-ce que cela? — interrompit Garofalo, —
homme trouvera à une portée de mousquet d'ici, en
puyant à sa droite, cinq ou six mulets qui paissent tra
quillement dans un pâturage, sous la garde d'un jeu
pâtre. Dis-lui de choisir le meilleur pour faire plus rapi
ment le trajet, et que, si c'est un péché, je l'en absou
d'avance. — Puis, s'approchant de Carini comme pour
parler confidentiellement à l'oreille :— Mon fils, —con
nua-t-il de sa voix grave et sonore, — je te recommand
le plus profond secret à celui à qui tu confieras cette i
portante missive. Il ne faut pas que tes frères sachent q
la marquise de Campo-Forte, qui revient des Calabres av
son jeune fils, va passer tout à l'heure par ici, accomp
gnée seulement de quelques serviteurs. — A cette révé
tion, Carini et les Guerrazzi échangèrent un coup d'
étincelant. — Ils ont tant souffert, nos malheureux pro
crits, — continua le moine, — qu'ils seraient capables
s'emparer de la mère et de l'enfant et de les faire ma
cher malgré vous dans leurs rangs pour assurer le
retraite! — Les deux chefs, sans quitter Garofalo
regard, se serrèrent la main avec une expressive énerg

— Je puis donc, — continua le moine, — compter sur
discrétion du messager que tu choisiras, n'est-ce pas?

— Bien fin sera celui qui lui arrachera son secret, —
Carini avec un sourire dont Garofalo ne parut pas co
prendre le sens.

— Donc, — continua le saint homme, — je puis m
retourner et dormir tranquille?

— Oui, dormez en repos, mon père, — répliqua Gue
razzi, — votre message est entre bonnes mains, je vo
le garantis.

— Bonne nuit, mes enfans, — ajouta le moine, —
vois avec plaisir que je n'ai pas prêché dans le désert.

Et, ayant donné sa bénédiction à ceux qui l'ento
raient, il enfourcha sa monture et partit au trot.

Alors l'un des frères Guerrazzi appliqua son oreille
la mousse de la clairière et écouta, puis, quand il n'e
tendit plus le bruit des pas de la mule, il se leva d'un bon
brisa le cachet de cire qui scellait le message, et, ap
l'avoir parcouru des yeux sous les pâles rayons de
lune :

— Amis, — dit-il, — la femme de ce damné Camp
Forte demande qu'on lui envoie une escouade de sbi
pour la protéger contre nos bandes. Tout le monde d
bout, afin qu'à défaut de sbires qui ne viendront pas, e
ait au moins les proscrits pour escorte.

VI

COMMENT LA MARQUISE DUT SERVIR D'ÉGIDE AUX PROSCRITS.

Il était environ dix heures du matin; le disque rouge du soleil projetait ses rayons enflammés sur la campagne déserte, d'où s'élevaient des bouffées d'air d'une chaleur étouffante. Aucun souffle de vent n'agitait le maigre feuillage des oliviers. Quelques chétives rizières grillaient au bord des marécages; et, à l'exception des sauterelles qui criaient dans l'herbe desséchée, aucun bruit ne troublait le silence de cette solitude profonde.

Un enfant, qui arrivait en courant du côté de San-Cataldo, déboucha brusquement de Sarra di Falco (ou chemin de la Trahison), et, se faisant un porte-voix de ses deux mains, il poussa un croassement semblable à celui d'une bande de corbeaux en voyage.

A ce cri, le feuillage des arbres, les buissons poudreux, les rizières, tout, jusqu'aux joncs flétris des marécages voisins, s'agita comme secoué par le joug puissant de la tempête, et la solitude se peupla tout à coup d'êtres humains dont un voyageur n'aurait pu soupçonner la présence un instant auparavant.

Ces hommes, qui surgissaient ainsi de tous les côtés, étaient des proscrits que Carini avait eu l'idée de travestir en honnêtes mendiants, afin qu'ils inspirassent à ceux qui les rencontreraient plus de pitié que de crainte.

Leurs traits amaigris, leurs blessures et les haillons qui les couvraient à peine, rendaient cette métamorphose facile. Chacun d'eux, en acceptant une apparente infirmité, avait échangé ses armes contre un bâton, éteint le feu de son regard, et imprimé à sa physionomie farouche cet air de placide insouciance qui caractérise le mendiant de profession; celui-là, en effet, est toujours sûr de son pain du lendemain. Il peut mourir d'indigestion, mais jamais de faim.

L'enfant fut aussitôt entouré par cette foule déguenillée :

— Eh bien! — lui demanda Carini.

— Quand j'ai quitté San-Cataldo, — répondit le jeune éclaireur, — la lettiga de la marquise de Campo-Forte était encore dans la cour d'une hôtellerie. Elle ne passera point par ici avant une demi-heure, mais quatre sbires sont partis pour explorer la route, et, quoique j'aie couru tout le long du chemin, je n'ai pas un mille d'avance sur eux.

Tous les yeux se tournèrent du côté de San-Cataldo, et les proscrits virent dans le lointain les sbires qui arrivaient au pas de leurs chevaux.

Peu désireux de se trouver sur leur passage, le groupe s'ébranla, mais Carini les arrêta du geste :

— Ne bougez pas, compagnons, — leur dit-il brusquement, — car ces suppôts de Satan nous voient de là-bas comme nous les voyons d'ici. Les éviter, c'est éveiller leurs soupçons. — Puis, fouillant du regard la troupe qui l'entourait : — Où est Bombecco de Messine? — demanda-t-il.

— Présent! — répliqua en se faufilant à travers les groupes un petit homme mince et frétillant comme une anguille.

Carini continua.

— Allons, Bombecco, toi qui as été autrefois l'un des plus célèbres improvisateurs du Môle, je te charge de justifier la présence de tant de pauvres diables dans ce vallon, qui ne devrait être hanté que par le démon de midi. Raconte-nous une de ces légendes qui transportaient de joie les lazzaroni et les pêcheurs de Naples, l'histoire

de Merlin l'enchanteur ou le sanglant poëme des *Vêpres siciliennes*.

Bombecco se hissa de son mieux sur une souche de bois mort et se recueillit un instant.

Les faux mendians firent cercle autour de lui, les uns debout, les autres couchés, chacun prenant une attitude en harmonie avec l'infirmité qu'il s'était choisie. Alors l'improvisateur leur récita d'une voix nasillarde, accompagnée d'une profusion ridicule de gestes, ce passage de l'*Orlando furioso* de l'Arioste, que nous traduisons textuellement :

« Il y avait longtemps que Roland aimait la belle Angélique, lorsque, après avoir, par mille exploits immortels, rendu son amour célèbre dans la Perse, dans les Indes et la Tartarie, il se rend avec elle en Europe. Il arrive aux pieds des Pyrénées, dans une plaine où l'empereur Charlemagne, à la tête des Français et des Allemands, se disposait à punir Agramant et Marsile de leur témérité. Mais, hélas! que les projets des hommes sont incertains. Celle que Roland avait conduite depuis l'extrémité de l'Orient jusqu'aux lieux où le soleil se couche, cette jeune femme pour laquelle il avait livré une infinité de combats, lui fut enlevée dans son propre pays, au milieu de ses amis, et sans qu'il pût faire le moindre effort pour la sauver. »

Pendant que Bombecco déclamait sa tirade, qui n'était pas sans analogie avec les événemens prochains, les sbires débouchèrent par la route et s'arrêtèrent fort étonnés de voir si loin de la ville tant de mendians se réunir autour d'un improvisateur et l'écouter, bouche béante, en plein soleil.

— Ah çà! quelle tarentule vous a piqués? — demanda l'un d'eux.

— Honnête cavalier, — répondit humblement Carini au nom des siens, — Bernardino Lanza, le gros sonneur d'Alicata, que vous devez connaître, nous a avertis que l'évêque de Girgenti, ce saint et généreux prélat, doit passer ce matin par ce vallon pour retourner dans son diocèse; nous sommes donc venus au-devant de lui pour avoir part à ses bénédictions et à ses aumônes.

— Si c'est avec ces largesses que vous comptez payer votre improvisateur, le pauvre hère risque fort de ne pas souper ce soir : *E meglio un nuovo haggi, che domani una gallina*, — ajouta le sbire en riant.

Et ils poursuivirent leur route.

Bombecco, tout en les regardant s'éloigner du coin de l'œil, reprit son fil et réunit sa foule au point où il l'avait laissé; mais Carini l'interrompit du geste :

— Compagnons, — dit-il à voix basse, — la femme du Campo-Forte va paraître; allons donc à sa rencontre, afin de lui épargner au moins un bout de chemin. Il faut être courtois avec les belles dames.

Les proscrits le suivirent en souriant silencieusement et s'échelonnèrent, en une double haie, sur la route de San-Cataldo.

A peine eurent-ils disparu qu'un léger carillon de clochettes d'argent retentit dans le lointain, mais ce bruit ils ne purent l'entendre, car le vent, qui commençait à s'élever, semblait l'apporter de Favara.

C'était la lettiga de la fille d'Isaac, attelée de deux petites mules que conduisait un robuste lettighiere et escortée de fidèles serviteurs qui marchaient la carabine sur l'épaule, elle suivait au pas le chemin de la Trahison, après avoir fait halte à Favara.

Arrivé sur le bord d'un torrent ombragé de lauriers, de calamenhes, d'azéroliers et principalement de lentisques et de myrtes, deux arbrisseaux inséparables qui ne fleurissent jamais loin l'un de l'autre, Judith ordonna au lettighiere d'arrêter ses mules et d'ouvrir la portière.

Enveloppée dans son albornoz de soie blanche, la belle juive mit aussitôt pied à terre, et, se faisant un garde-vue de sa petite main, elle explora du regard la campagne. Mais tout était silencieux et désert autour d'elle.

La pauvre fille étouffa un soupir et se promena tristement à l'ombre des lentisques; en vain cherchait-elle des yeux Giovanni, en vain l'appelait-elle de tout l'élan de son cœur; ce proscrit, traqué comme un loup, n'avait pu se rendre à son appel. Depuis un mois elle ne l'avait pas vu, et elle enviait le sort de ces femmes qui avaient le droit de suivre leurs maris et leurs amans dans les sentiers impraticables des montagnes, sous le soleil aveuglant du jour, sous la bise aiguë de la nuit, qui portaient leurs vivres, qui chargeaient leurs fusils, qui pansaient leurs blessures et qui ne préféraient jamais une plainte. Elle se reprochait comme un crime sa vie indolente de femme juive, parquée à l'ombre solitaire du logis; sa richesse stérile qui ne pouvait payer la rançon de Giovanni, son amour filial qui la retenait captive loin de ces angoisses et de ces périls qu'elle eût voulu partager. L'âme torturée de doutes et de pressentimens sinistres, elle avait envoyé la Fabiana au jeune chef des proscrits pour le supplier de ne pas prolonger une absence qu'il était au-dessus de ses forces de supporter, et il avait promis de venir à ce court et dangereux rendez-vous. Judith était donc là, sur cette route de mauvais renom, attendant avec une dévorante inquiétude le vaillant jeune homme, et se demandant, non sans terreur, si le secret de ce rendez-vous n'avait pas été surpris et épié par les ennemis du proscrit, et si l'heure de leur rencontre ne serait pas l'heure du guet-apens.

Elle craignait que son amour ne fût le piége où devait succomber le bâtard de Campo-Forte.

Ne pouvant contenir plus longtemps son impatience, elle ordonna à Daniel de ne pas s'éloigner du torrent où elle devait attendre Giovanni, et, se faisant suivre de sa lettiga, elle se dirigea vers la voie pavée de San-Cataldo, par laquelle, selon toute probabilité, il devait arriver.

Au moment de tourner le coude que faisait là route, elle entendit un bruit de fouets et de grelots éclater tout à coup, et vit avec étonnement la double haie de mendians étranges qui masquait les broussailles et les roches calcinées.

Ils paraissaient attendre le passage d'une lettiga qui s'approchait escortée d'une dizaine de serviteurs, en tête desquels chevauchaient le sbire Lorenzo Scalia et quelques-uns des siens.

Judith hésita un instant, ne sachant si elle devait avancer ou reculer, et le souvenir des insultes qu'elle avait eues à subir de la canaille de Girgenti couvrit son visage d'une pâleur mortelle; cependant, bientôt rassurée par le silence et le bon ordre qu'observaient ces gueux tatoués par le soleil, elle eut honte de son hésitation, fit ranger ses mules sur l'un des côtés du chemin, et continua à marcher en avant.

La seconde lettiga et son escorte qui, s'étaient aussi engagées dans la haie vivante que formaient les mendians, en furent soudainement enveloppées comme dans un réseau.

Alors s'éleva de cette bande en guenille un lamentable concert de prières et de supplications, et toutes les mains se tendirent à la fois comme des serres noires d'oiseaux de proie vers la noble dame de Campo-Forte.

Judith se sentit émue d'une douloureuse pitié, tant ces voix brisées accusaient de misères et de souffrances. Si la menace sourde frémissait sous la supplication, elle n'y prenait pas garde. La plaie saignait sous ses yeux et elle comprenait l'irritation du patient.

Mais Suzanne détourna la tête avec dégoût et, cachant son fils dans les plis de sa robe, elle commanda à Lorenzo d'écarter cette foule hideuse à voir et hideuse à entendre.

Lorenzo Scalia n'hésita point à repousser les mendians à coups de fouet, et ses compagnons, encouragés par ce bon exemple, se mirent à frapper impitoyablement tous ceux qui se trouvaient à portée de leurs bras héroïques. Le fouet cinglait les visages et les épaules; les horions bosselaient les crânes et les vieux feutres; les haillons des gueux se compliquaient de trous nouveaux et se festonnaient de déchirures imprévues.

Effrayées de tout ce bruit, les mules de la marquise eurent l'insolence de se cabrer; la jeune femme eut peur pour son fils, et, ouvrant précipitamment la portière, se jeta hors de la lettiga en entraînant avec elle la nourrice calabraise, qui venait de prendre l'enfant dans ses bras.

Les faux mendians, pour échapper aux coups des sbires et des serviteurs, se ruèrent autour des deux femmes et s'accrochèrent à leurs vêtemens, tout en les conjurant avec des cris affreux d'avoir pitié de leur intolérable misère.

Ce fût alors seulement que Judith reconnut la jeune marquise de Campo-Forte.

Émue de la terreur instinctive de cette noble dame que son escorte était impuissante à protéger, elle se glissa dans le groupe tumultueux, et, ouvrant sa bourse, elle distribua aux mendians, une à une, toutes les pièces d'or et d'argent qui la gonflaient.

— Bonnes gens, — s'écria-t-elle de sa voix douce, — vous effrayez sans le vouloir une femme qui a droit à votre respect: soyez humbles devant elle et sa charité chrétienne vous viendra en aide, mais vos prières sont violentes comme des menaces; baissez la voix, baissez les yeux, elle entendra mieux vos plaintes, elle verra mieux vos haillons. Ne touchez pas à ses mains blanches et ses mains vous verseront l'aumône.

Et, en même temps, ayant épuisé le petit trésor de sa bourse, elle détacha vivement ses bagues, son collier, ses bracelets, et les abandonna aux mendians qui se pressaient autour d'elle. L'un disait: « La chrétienne se conduit comme une juive et la juive comme une chrétienne! » Un autre: « La fille d'Isaac se dépouille de ses bijoux que nous ne lui demandions pas, et cette marquise, que nous supplions d'avoir pitié de nous, veut nous fermer la bouche avec les fouets de ses sbires! » Un troisième: « Judith est belle comme une madone et la Campo-Forte comme le mauvais ange! »

Cependant les gueux paraissaient insatiables. Après s'être partagé l'or et les bijoux qu'ils tenaient de la générosité de la jeune fille, ils s'attroupèrent furieusement autour de la marquise, en proférant des insultes et des vociférations, tandis qu'ils lui montraient avec une sorte de défi sauvage ces bijoux et cet or.

Carini lui toucha le bras:

— Tenez, noble dame, si personne ne vous a enseigné la charité jusqu'à cette heure, voici un bon exemple à suivre. Il est temps de renoncer à un luxe insolent qui ferait la richesse de vingt pauvres familles et de racheter vos péchés par l'exercice de la charité.

La marquise, indignée de cet excès d'audace qu'elle ne pouvait comprendre, et voyant les sbires percer la foule pour venir la dégager, repoussa le proscrit avec un geste de mépris suprême:

— Insolens mendians, me livrerez-vous enfin passage? — s'écria-t-elle. — Votre façon de demander l'aumône par bandes sur le grand soleil, en plein soleil, veut exciter la pitié. C'est un acte de violence et de folie qui mérite la prison et le fouet. Vos prières sont des insultes; ma charité serait une faiblesse, une épouvante, une lâcheté. Vous avez voulu faire peur à une femme et la voir trembler devant vos bâtons. C'est vous qui allez trembler devant cette femme et lui demander grâce à genoux et le front dans la poussière.

— Du pain! du pain! — hurlèrent les faux mendians.

La marquise se tourna froidement vers Lorenzo Scalia, qui venait de pénétrer jusqu'à elle au milieu du tumulte:

— Me laisserez-vous plus longtemps insulter par ces porteurs de guenilles? — dit-elle avec une expression de dédain suprême:

— On voit bien, madame, — murmura Carini à son oreille, — que vous n'avez jamais souffert de la faim.

Les sbires et les serviteurs avaient rejoint Lorenzo et entouraient la jeune dame.

— Finissons-en, — dit-elle. — Emparez-vous de cet homme qui a osé porter la main sur moi et de deux ou trois des plus braillards ; attachez-les à vos arçons, et continuons notre route. Le marquis décidera de leur sort et leur pardonnera s'il lui plaît de laisser outrager sa femme par cette plèbe immonde.

Les faux mendians, à ces paroles, affectèrent une terreur profonde.

— Grâce ! grâce ! — crièrent-ils avec un ensemble merveilleux.

Plusieurs se prosternèrent dans la poudre du chemin. D'autres tendirent leurs bonnets effiloqués et leurs feutres troués et leurs mains noires pieusement jointes vers l'orgueilleuse marquise.

— Voilà bien cette race vile, — s'écria-t-elle, — la menace ou l'humble prière aux lèvres, le poing levé ou le genou plié, cruelle et lâche à la fois ! Lorenzo, j'ai dit, obéissez.

— Sus aux mendians ! — dit le sbire. Et, l'épée nue à la main, il chargea la bande à la tête des siens.

Mais aussitôt sbires et valets, renversés de leurs chevaux, disparurent au milieu de cette foule hurlante. Il y eut un instant d'effroyable tumulte, et quand Suzanna chercha des yeux ses défenseurs, qui s'étaient éparpillés dans la mêlée, elle les revit tous solidement garrottés aux arbres du chemin.

Ce dénouement inattendu glaça d'effroi la fière marquise ; Judith était restée muette d'étonnement.

— Ah ! je vois bien maintenant que vous n'êtes pas des mendians ! — s'écria Suzanna en se jetant au-devant de son fils. — Mais qui que vous soyez, misérables, vous n'échapperez pas à ma vengeance, et elle sera terrible. Je suis la marquise de Campo-Forte.

A ce nom elle croyait voir les agresseurs frissonner. Carini s'avança tranquillement vers elle :

— Ah ! vous êtes la marquise de Campo-Forte. Je ne vous en fais pas mon compliment, signora. Vous avez un triste mari, en vérité ; il est méchant comme un chien enragé ; mais, en revanche, il est brave comme une poule.

— Ah ! je suis tombée aux mains d'une troupe de bandits, de voleurs, de gens sans cœur et sans pitié ! — murmura la jeune femme en se tordant les mains avec désespoir. — Vous insultez mon mari parce qu'il n'est pas présent ; vous m'insultez parce que je suis une femme.

Carini haussa les épaules et la regarda fixement :

— Nous ne sommes pas des bandits, signora, mais des proscrits, et si vous en doutez regardez la marque de nos chaînes. — Il continua en étendant vers elle ses bras meurtris. — Vos titres de noblesse, à vous autres, sont tracés sur parchemin, les nôtres sont imprimés dans nos chairs.

Guerrazi s'approcha, et montrant la plaie de son cou qui saignait encore :

— Voilà le collier dont vos amis m'ont décoré ! — ajouta-t-il.

Suzanna baissa les yeux et reprit plus doucement :

— Ce n'est pas à moi que vous devez demander compte de vos tortures. Si vous avez été enfantés par une femme, vous aurez pitié d'une mère et de son enfant, qui tous deux sont innocents de ces malheurs.

Carini éclata de rire.

— Vous parlez de pitié, signora, mais c'est là un mot traître et déloyal dans la bouche de la marquise de Campo-Forte. Est-ce que votre mari a eu pitié de nos femmes et de nos filles ? En vain elles ont prié pour leur liberté, pour leur honneur, pour leur vie. Les ordres du Diodato étaient impitoyables. Vos sbires les ont enlevées, car nous n'étions plus là pour les défendre avec nos couteaux, avec nos mains, avec nos poitrines ; vos sbires les ont déshonorées, car nous ne pouvions entendre leurs cris et leurs gémissemens ; enfin, vos sbires les ont égorgées, car ils étaient las de voir les yeux mornes de ces pauvres créatures les suivre comme un remords, car ils avaient peur d'écouter ces râles qui pouvaient dénoncer leur crime à notre vengeance !

— Qu'ai-je de commun avec les excès des sbires ? — interrompit Suzanna en pressant son fils contre sa poitrine.

— Je ne savais rien ; je ne pouvais rien.

Carini continua avec une expression farouche :

— Les caves de votre château servent de cachots à nos frères. Avez-vous jamais eu pitié de ces infortunés ? Direz-vous que vous n'entendiez jamais, dans le silence de la nuit, leurs plaintes et leurs lamentations troubler votre sommeil ? Les nuits sont longues pour ceux qui gémissent entassés dans des souterrains infects, courbés sous leurs fers ; elles sont courtes pour ceux que le plaisir réunit et enivre. Vous n'y avez jamais songé, n'est-ce pas ? Des diamans au front, des diamans au cou, des diamans aux doigts, des fleurs au sein, vous dansiez sans avoir souci de ces douleurs dont la musique étouffait le cri plaintif comme une note fausse dans la joyeuse harmonie. Le bruit éclatant de vos fêtes descend jusqu'aux malheureux proscrits manquant d'eau et de pain, mais leurs gémissemens ne montent jamais jusqu'à vous, n'est-ce pas ? Au-dessus de leur tête c'est le paradis, avec toutes ses joies. Sous vos pieds c'est l'enfer, avec ses damnés. Et vous osez parler de pitié !

La marquise de Campo-Forte recula de quelques pas, humiliée et irritée de ces sévères reproches.

— En vérité, — dit-elle sèchement, — j'ai honte de m'être abaissée jusqu'à vous supplier.

— Il faut d'abord avoir honte pour les tiens, qui, hier encore, ont lâchement fusillé un jeune pâtre, presqu'un enfant, — s'écria Carini. — Il est vrai qu'ils l'avaient surpris au moment où il venait de partager sa ration de pain avec nous au lieu de lancer à nos talons ses chiens de garde.

— Il faut aussi avoir honte pour ceux qui ont incendié la métairie du vieux Giorgio Vacca, — ajouta Guerrazzi. — Il est vrai qu'on le soupçonnait d'avoir donné asile à un de nos frères.

— Eh bien ! vengez-vous, bandits ! — s'écria la marquise, — que mon sang rachète le sang de vos femmes, que la vie de ces sbires et de ces valets paye pour la vie de vos frères ! mais mon enfant est innocent et sacré par sa faiblesse ; il est sous la garde de Dieu, et des bêtes féroces ont épargné des enfans.

Une femme, à l'œil hagard, s'approcha lentement de la marquise.

— J'avais un enfant de cet âge, — murmura-t-elle d'une voix inquiète. — Qu'il était beau, mon fils, et que j'aimais à baiser ses petites lèvres roses ! Quand je sentais ses joues de lait caresser mon sein, quand ses bras débiles frôlaient mes cheveux, je riais toute seule de joie et de reconnaissance envers la Madone ! Ses petits pieds tenaient dans ma bouche, signora ! Il était beau ; oui, il était beau comme ce mignon, et je voyais le ciel dans ses grands yeux ouverts. Eh bien ! le croirez-vous, signora, les sbires de Diodato l'ont arraché de mes bras saignans, à la clarté du soleil ; je l'ai entendu crier, et son cri m'a percé le cœur comme une froide lame d'épée ; j'ai embrassé les genoux du sbire qui tenait l'enfant, et, comme on fend une jeune branche fourchue, il l'a écartelé sous mes yeux. Ah ! vous ne le croyez pas, signora ! Moi aussi j'ai cru que c'était un rêve, mais les sbires sont partis, j'ai trouvé les membres palpitans de l'enfant, et je les ai cachés dans la terre, bien cachés, pour qu'on ne puisse pas me les reprendre. Je vous montrerai la place, signora, et nous pourrons y aller prier ensemble quand votre enfant reposera à côté du mien. — Suzanna fit un geste d'horreur et voulut repousser la mère. mais celle-ci s'attacha à elle avec la persistance d'une folle. — Car votre mignon doit mourir, signora, comme le mien. Femme du Campo-Forte, que le sang de mon petit retombe sur la tête du tien !

Et elle s'éloigna en chantonnant l'air dont elle avait l'habitude de bercer son enfant.

Cette dernière scène avait produit sur la marquise une impression extraordinaire, en touchant au sentiment de la maternité, qui vibrait plus que tout autre chez cette nature orgueilleuse; toute sa fierté s'évanouit en songeant au danger de son enfant; elle le serra convulsivement contre son sein et le couvrit de baisers et de larmes.

Judith ne put voir sans se sentir le cœur navré ce désespoir muet et profond; elle se tourna vers ceux à qui elle avait prodigué l'aumône.

— Soyez miséricordieux, mes amis, — leur dit-elle toute frissonnante; — ne rendez pas le mal pour le mal. Surtout ne frappez pas l'innocent pour le coupable. Luttez contre les hommes, mais ne donnez pas à vos persécuteurs cette joie de pouvoir vous accuser d'être plus cruels qu'eux! Dieu protège l'enfant et l'enfant doit protéger la mère.

— Ne demandez pas grâce pour cette femme, bonne Judith, car c'est un mauvais cœur, — répondit Bombeeco de Messine. — Vous l'avez bien vu tout à l'heure. Nous lui demandions la charité à elle et c'est vous qui vous êtes généreusement dépouillée pour nous de votre or et de vos bijoux. Quant à la marquise, elle préférait nous faire arrêter par ses sbires pour nous apprendre à ne plus troubler la quiétude des nobles dames par l'aspect de la misère.

— N'importe, — dit Judith, — vous ne devez pas déshonorer votre cause en imitant vos ennemis; vous êtes plus vaillans, soyez aussi plus généreux. Si c'est une rançon que vous comptez exiger de cette jeune dame et qu'elle ne puisse vous la fournir immédiatement, je suis prête à m'engager pour elle. Je vous servirai d'otage. Laissez-la donc aller librement.

— C'est impossible! — répondit froidement Carini. — Je sais combien vous êtes charitable, loyale et dévouée aux malheureux, fille d'Isaac, mais ce n'est point une rançon qu'il nous faut.

— Dans quel but retenez-vous donc la marquise prisonnière? — demanda vivement Judith.

— Parce qu'elle seule peut protéger notre retraite, — dit Carini; — parce qu'avec ce gage précieux dans nos mains il nous sera permis de gagner les gorges des montagnes, où les sbires du Diodato n'oseront s'engager et nous poursuivre. Quels que soient la cruauté et l'acharnement du marquis, il ne voudra pas nous réduire au désespoir tant que nous disposerons de la vie de sa femme et de son enfant. Cette orgueilleuse dame marchera en tête de la troupe comme notre étoile de salut; elle sauvera, malgré elle, la liberté et la vie de ces braves gens, qui valent dix fois plus qu'elle par le cœur! — Judith n'osa insister davantage, mais Carini lui montrant du doigt sa lettiga, poursuivit: — Regagnez maintenant la maison de votre père, mon enfant. Rester plus longtemps parmi nous c'est risquer inutilement de passer pour notre complice, c'est compromettre la fortune et peut-être la vie du vieil Isaac.

Judith ne bougea pas et répondit seulement:

— La noble dame de Campo-Forte sait bien que si je reste au milieu de vous c'est pour plaider sa cause.

La marquise entendit prononcer son nom et releva la tête. Alors elle parut s'apercevoir de la présence de la juive; elle la regarda avec une sorte de curiosité impertinente et dédaigneuse.

— Quelle est donc cette femme? — demanda-t-elle impérieusement.

— Cette femme, — répondit Carini, — c'est la belle Judith, la fille d'Isaac, le plus riche juif de la province.

La marquise continua à fixer sur la pauvre enfant son regard étincelant de fierté et de mépris.

— Ah! ah! — repartit-elle, — c'est là cette créature que se disputaient Diodato et le bâtard. Oui, je me souviens, et je comprends votre respect pour elle. C'est la maîtresse de votre chef. Son déshonneur la protège. Un bandit est bon pour une juive, une juive vaut un bandit.

Les proscrits éclatèrent en murmures et en menaces. Suzanna sourit.

— O signora! — murmura Judith, pâle comme la neige et fondant en larmes, — quel mal vous ai-je fait pour me traiter si cruellement?

— Silence, femme de Campo-Forte! — s'écria Carini — une insulte de plus et j'arrache ton enfant de tes bras.

— Je suis en votre pouvoir, misérables, — dit la marquise, — mais mon âme est libre; torturez mon corps, frappez une femme, frappez un enfant, courageux rebelles, mais, patience, si vous me laissez vivre, un jour j'aurai ma revanche. Souvenez-vous! souvenez-vous!

— Et que feras-tu quand tu pourras poser ton pied mignon sur nos poitrines? — demanda Guerrazzi d'un ton railleur.

— Je vous ferai pendre jusqu'au dernier; j'en fais serment.

Suzanna prononça cette menace d'une voix si ferme et si altière, que plusieurs des proscrits tressaillirent, comme agités d'un pressentiment sinistre. Quelques-uns crièrent qu'il fallait en finir avec la marquise pour prévenir le mauvais effet de la prédiction. Carini réprima cette effervescence superstitieuse d'un seul geste, et, s'adressant à la téméraire dame:

— Nous respectons ta vie à cette heure, — dit-il brusquement, — parce qu'elle doit assurer notre retraite; mais je te jure à mon tour qu'une fois en lieu sûr nous te ferons payer cher tes imprudentes menaces. Malheur à toi, malheur à ton enfant! nous ferons de la marquise de Campo-Forte la servante des proscrits, nous ferons de son rejeton l'espion des proscrits.

— Mon Dieu! — s'écria alors Suzanna avec épouvante, — qui donc te sauvera, cher enfant, de la fureur de ces hommes!

— Moi! — répondit une voix qui fit tressaillir tous les assistans.

— Giovanni! — dit la jeune marquise dont le visage se rasséréna et qui chercha aussitôt un refuge auprès du jeune chef.

Judith remercia Dieu dans son cœur et un radieux sourire essuya ses larmes. Carini et les deux Guerrazzi froncèrent le sourcil, craignant que le bâtard de Campo-Forte n'eût la faiblesse de laisser la femme de son frère libre de retourner à Girgenti au milieu de son escorte. Le jeune homme, ne comprenant rien à ce qui se passait autour de lui, appela ses lieutenans et, les emmenant à quelque distance, il eut avec eux, à voix basse, un entretien assez animé. Tous les regards étaient curieusement tournés de leur côté et nul ne, faisait attention aux deux femmes, immobiles comme des statues. Cinq minutes après Giovanni s'approcha de la jeune dame, et la saluant avec une froide dignité:

— Marquise de Campo-Forte, — dit-il, — mes frères les proscrits, mes vrais frères, ceux que je ne renierai jamais, ont eu à soutenir depuis quelques jours une guerre d'extermination qui leur a coûté le plus pur de leur sang. Les débris de leurs bandos vont quitter aujourd'hui la province. Ils ne pouvaient effectuer leur retraite sans s'exposer à un désastre complet. Les communications sont coupées, les bois cernés, les gués gardés; des soldats veillent à l'entrée des cavernes et des défilés; des enfans sont nichés au haut des arbres comme d'inoffensives sentinelles; la mort guette partout ces malheureux, mais Dieu les a enfin pris en pitié; il vous a envoyée à eux afin que vous soyez le guide clément et miséricordieux de leur route.

— Trêve d'ironie, fils rebelle, frère ingrat, sujet traître! — interrompit la marquise. — Je ne comprends rien à vos énigmes. Expliquez-vous clairement; me protégerez-vous, mon enfant et moi, contre la rage de ces mauvais garçons ou les aiderez-vous à outrager la femme de votre frère? Il est heureux que le vieux marquis Pietro ne voie pas son fils partager la vie honteuse et criminelle de ces héritiers du diable!

Giovanni parut un instant troublé en entendant prononcer le nom de son père, mais il se remit bientôt et reprit, sans se départir de sa froide courtoisie:

— Je m'explique, madame. En vous voyant marcher dans nos rangs, l'enfant dans vos bras, les sbires et les soldats de Diodato nous livreront forcément passage. Pas un coup de feu ne sera tiré et, dès que nous aurons touché le sol hospitalier qui nous offre un refuge inexpugnable, je vous jure, sur mon honneur! de vous faire reconduire jusqu'à la plaine, sous bonne garde.

La jeune dame enveloppa Giovanni d'un regard plein de haine:

— Bâtard du marquis Pietro, — dit-elle d'une voix stridente, — comme marquise de Campo-Forte et comme femme, je proteste en face de tous ces hommes contre la violence que vous me faites subir. Je n'aurais pas sous les yeux cet enfant qui me sourit et qui me tend les bras, certes je vous dirais: « Jamais Suzanna de Mortorano, jamais la femme de Diodato ne servira d'égide à une troupe de bandits fugitifs; vos poignards ne me font pas peur et je saurai plutôt mourir! » mais je suis mère et je vous dis: Marchez, je suis prête à vous suivre!

Puis, faisant signe à la nourrice calabraise de ne pas la quitter, pressant toujours son fils contre son sein, comme si elle eût craint qu'on voulût le lui voler, elle remonta, d'un pas ferme et sans regarder en arrière, le chemin qui se déroulait comme une longue couleuvre au soleil, à travers les haies et les roches.

Giovanni regardait la bande apaisée défiler silencieusement, non sans emmener la lettiga de la marquise, et il allait abandonner un instant ses compagnons pour courir jusqu'au torrent où devait l'attendre la fille d'Isaac.

Mais, en tournant la tête du côté où les sbires étaient garrottés, il vit une femme enveloppée comme une mauresque dans ses voiles et son albornoz, qui le regardait en souriant, appuyée contre le tronc rugueux d'un olivier et il poussa un cri de joie.

Il avait reconnu Judith.

VII

LE DIABLE SE FAIT ERMITE.

Quand Lippi se réveilla, la cabane était déserte. Sous le hangar, son cheval, étendu sur le flanc, dormait encore d'un sommeil profond; mais la mule avait disparu avec son maître.

La tête alourdie par les fumées du vin, la langue épaisse, dévoré par la soif, Lippi commença par avaler quelques lampées de l'eau de la jarre, et le malheureux trouva cette insipide boisson délicieuse, quoiqu'elle fût encore un peu plus chaude que la veille; puis il chercha à rassembler ses souvenirs, à se rappeler de quelle manière il avait achevé sa soirée; mais ce fut vainement. Il existait dans les dernières heures qui avaient précédé son sommeil une lacune qu'il ne pouvait parvenir à combler.

Cependant les deux pattes de volailles qui s'allongeaient sur la table lui rappelèrent qu'il avait mangé un poulet fort tendre, et les bouteilles lui remirent en mémoire certain vin cacheté qui valait bien son prix.

Il se souvint d'en avoir bu trois bouteilles, mais, à partir de la quatrième, commença pour lui le chaos.

Reprenant alors les événemens de plus haut et les enchaînant entre eux, il se souvint qu'il était parti de San-Cataldo porteur d'une importante missive pour Son Excellence Diodato de Campo-Forte.

A ce souvenir, Lippi frissonna de la tête aux pieds, car il lui parut évident qu'il n'était pas allé jusqu'à Girgenti.

— Ah! je suis perdu! — murmura-t-il en se laissant choir sur l'unique banc de la cabane; et il sentit comme un nœud coulant le serrer à la gorge.—Maudit vin!—continua-t-il en envoyant d'un revers de main les bouteilles d'un bout de la cabane à l'autre, — dire que tu as tant d'esprit et que tu nous fais faire tant de sottises! Décidément l'ivrognerie est un vilain défaut, et je fais serment de ne plus boire que de l'eau... si je ne suis pas pendu.

— Mais tout à coup, se frappant le front: — Non, par sainte Rosalie! je ne serai pas pendu. J'inventerai quelque histoire; je dirai que je suis tombé entre les mains d'une bande de proscrits, qu'après nous avoir roués de coups, mon cheval et moi, ils m'ont volé mon message et qu'ils se sont enfuis, me laissant pour mort. — Il se mit alors en devoir d'anéantir la malencontreuse dépêche; mais, hélas! il eut beau fouiller et retourner toutes ses poches, il ne la trouva pas. — Si je ne l'ai plus sur moi, —se dit-il, — il y a tout lieu de croire que je l'ai portée à Girgenti cette nuit. Après tout, pourquoi pas? je suis peut-être somnambule sans le savoir.

En même temps il sortit, dans l'espérance de rencontrer quelques-uns de ses compagnons qui l'aideraient à éclaircir cet impénétrable mystère.

Le hasard le servit à souhait.

Non loin de la cabane de Garofalo, il aperçut une longue file d'hommes en tête desquels se trouvaient trois sbires.

Lippi fut étrangement surpris de les voir s'échelonner en sentinelles le long des arbres, et rester immobiles sous les ardens rayons d'un soleil qui leur tombait d'aplomb sur la tête, tandis que leurs chevaux broutaient à l'ombre les jeunes pousses des arbres. Mais, continuant d'avancer, il ne tarda pas à comprendre, en remontant de l'effet à la cause, que ce n'était pas par pure fantaisie, mais bien par une absolue nécessité, qu'ils gardaient cette étrange immobilité, car ils étaient tous très solidement garrottés.

— Au secours! à l'aide! — s'écrièrent les sbires dès qu'ils aperçurent Lippi.

Celui-ci les reconnut à son tour et se hâta d'accourir.

— Quoi! c'est vous, compagnons! — leur dit-il. — Que diable faites-vous là?

— Malheureux! ne le devines-tu pas? L'escorte que nous attendions n'est pas venue, répondit Lorenzo Scalia.

— Et une bande de proscrits que nous n'attendions pas nous a réduits à cette triste extrémité, — dit Paolo Guarneri.

— Sans compter qu'ils ont enlevé la marquise de Campo-Forte, qui était confiée à notre garde, — ajouta Lorenzo.

— Ah! bah! — fit Lippi visiblement troublé.

Sa contenance embarrassée n'échappa pas à Lorenzo.

— Est-ce que, par hasard, tu n'aurais pas porté ta missive à Girgenti? — s'écria-t-il en fixant sur lui un regard soupçonneux.

— Ça m'étonnerait bien! — dit Lippi d'un air naïf qui contrastait avec sa face de fouine.

— J'ignore comment tu as accompli ton message, — continua le chef des sbires, — tout ce que je sais, cher ami, c'est que, s'il en était ainsi, je ne voudrais pas être dans ta peau.

— Vous vous trouvez peut-être mieux dans la vôtre, — répliqua Lippi, — en ce cas restez-y.

Et, leur tournant les talons, il fit mine de continuer son chemin.

— Où vas-tu donc? — lui demanda Lorenzo inquiet.

— Je vous avouerai sans détour que, puisque ce sont maintenant les bandits qui rossent les sbires, je passe à l'ennemi avec armes et bagages.

Scalia resta muet d'étonnement.

— Tu ne t'éloigneras pas sans délivrer au moins .tes infortunés compagnons ! — dit Paolo Guarneri.

— Pour que en récompense de ce bon service, vous me reteniez de force parmi vous? merci !

— Songe, bon Lippi, que, garrottés comme nous le sommes, — observa Lorenzo, — nous nous trouvons à la discrétion du premier coquin venu. Un seul bandit pourrait nous dévaliser tous les dix.

— N'avez-vous pas vos pieds pour vous défendre? insinua traîtreusement Lippi.

— Impossible! — repartit Paolo, — nous avons pieds et poings liés, tu le vois bien; comment veux-tu que nous opposions la moindre résistance?

— Oh! oh! — dit Lippi en retroussant bravement ses manches, — s'il en est ainsi, c'est sur vous que je veux commencer l'apprentissage de mon nouveau métier.

Aussitôt, malgré leurs menaces et leurs cris, il leur enleva leurs bourses à tous, depuis son chef jusqu'au dernier valet, avec une merveilleuse prestesse.

— Ah! brigand! — hurla Lorenzo Scalia, — nous te retrouverons un jour ou l'autre.

— Moi, c'est possible, — répliqua Lippi en éclatant de rire; — mais quant à votre argent, du diable si vous le retrouvez jamais.

Et, les saluant avec une ironique courtoisie, il s'éloigna poursuivi de leurs malédictions.

Lippi ne tarda pas à apercevoir la colonne des proscrits, que l'un des plis du terrain lui avait masquée jusqu'alors. A quelques pas en arrière marchaient Judith et Giovanni, qui causaient à voix basse :

— Si je ne dois pas te revoir bientôt, — disait la jeune fille, — laisse-moi te suivre jusqu'à Caltanisetta. J'aime mieux partager ta vie de misères et de dangers que de rester encore un long mois sans te voir. Pour aimer comme moi on souffrir il faut être deux, Giovanni.

Le jeune Sicilien sourit tristement.

— Pauvre enfant, — répondit-il, — je me transporte par la pensée bien loin dans l'avenir, et cet avenir, hier encore doré comme le soleil, m'apparaît aujourd'hui sinistre et sombre. Notre cause n'est cependant pas désespérée, mais elle est hérissée de tant d'obstacles et de périls, que t'associer à notre sort serait un crime à mes yeux. Songe qu'il y a là-bas deux cœurs qui t'aiment et qui t'attendent : ton vieux père et la Fabiana. Cette bonne mère, à qui nous devons la joie d'être ensemble à cette heure, nous réunira bientôt encore.

— Bientôt, n'est-ce pas?

— Tant que je pourrai fouler librement sous mes pieds la mousse de nos forêts et la neige de nos montagnes, dis-moi de venir et je viendrai.

— Ah! Dieu veillera sur toi, — répondit Judith, — je le prierai tant!

Elle appuya ses deux petites mains sur la poitrine de Giovanni, et lui tendit son front qu'il effleura de ses lèvres.

— Maintenant, il faut nous quitter, mon âme, — dit-il doucement.

— Laisse-moi t'accompagner encore pendant quelques instants, — repartit la jeune fille d'une voix caressante; — tiens, seulement jusqu'à ce grand palmier qui se dresse là-bas sur la route.

— Tu es bien loin déjà de ta lettiga, ma Judith; regarde.

Et, se retournant, Giovanni vit avec surprise un sbire marcher d'un air dégagé derrière lui, quoi qu'il ne fût qu'à vingt pas de sa bande.

Jamais de mémoire d'homme un fait semblable ne s'était produit en Sicile.

D'habitude, les sbires ont prudemment soin de s'enquérir des allures, marches et contre-marches des proscrits ou des bandits, afin de ne jamais s'aventurer par les mêmes chemins; de sorte qu'ils peuvent faire mine de les poursuivre à outrance avec la certitude de ne les jamais rencontrer.

Il était donc tout aussi surprenant de voir un sbire suivre en plein jour une troupe de proscrits, qu'un candide mouton s'acharner à la poursuite d'une bande de loups que la faim aurait chassés hors du bois pendant la nuit.

Giovanni fit signe à Judith de se tenir un instant à l'écart, et il marcha au-devant du sbire.

— Magnifique seigneur, — dit celui-ci en s'inclinant jusqu'à terre, — permettez-moi de déposer mes très humbles respects aux pieds de Votre Excellence.

— Qui es-tu et que veux-tu? — demanda Giovanni avec impatience.

— J'étais tout à l'heure le sbire Lippi, un misérable esclave de l'obéissance passive, mais j'ai reconquis ma liberté et je suis maintenant l'homme libre, prêt à vous servir, Excellence.

— Qui t'a poussé à prendre ce parti?

— La fatalité, — dit Lippi avec un geste superbe. — Vous étiez avec nous, Excellence, s'il vous en souvient, lorsque la strega, dans les ruines du temple de Junon, m'a prédit qu'un jour je me lasserais du métier de sbire. Eh bien ! ce jour est venu, la prédiction de la digne femme s'est accomplie : j'ai enfin rompu ma chaîne.

— Et tu viens chercher un refuge parmi nous?

— Oui, Excellence, jusqu'à ce que je rencontre une troupe de bandits qui veuillent bien à leur tour me recevoir dans leurs rangs.

— Ainsi, de sbire tu te fais bandit? — dit Giovanni en souriant.

— Je resterais volontiers avec vous, Excellence; par malheur votre métier est beaucoup trop dangereux pour moi et pas assez lucratif.

— C'est bien; marche avec nous en attendant une meilleure occasion, — repartit Giovanni; — si tu nous trompais, tu sais le sort réservé aux espions.

Il rejoignit Judith, tandis que Lippi allait se mêler sans façon aux proscrits qui formaient l'arrière-garde.

Mais avant que la fille d'Isaac eût atteint le grand palmier qu'elle avait elle-même fixé comme limite à son voyage, quelques gouttes de pluie larges et tièdes (signes précurseurs de l'orage) tombèrent lourdement sur le feuillage avec un bruit étrange. Les oiseaux effrayés voltigeaient de branche en branche. Tout à coup la voûte du ciel se chargea de vapeurs brûlantes et sombres derrière lesquelles disparurent en même temps le soleil et l'horizon. Le vent soufflait avec violence et faisait tourbillonner les feuilles qu'il arrachait aux arbres et la poussière épaisse qu'il soulevait du chemin.

La foudre, comme une flèche flamboyante, perçait ces ténèbres profondes, et après chaque éclair tous ces nuages condensés retombaient en torrens.

Le bruit de la foudre et du vent, répercuté par les échos des montagnes, avait des accens déchirans qui semblaient annoncer les dernières convulsions de la nature à l'agonie. Il y avait parmi les proscrits beaucoup de femmes et d'enfans, et les arbres du chemin ne pouvaient leur offrir qu'un insuffisant abri.

Alors de la foule s'éleva ce cri :

— A la grotte! à la grotte!

VIII

LA GROTTE.

Les proscrits, pour abréger le chemin, se jetèrent dans un étroit taillis où ils abandonnèrent les mules et la lettiga de la marquise, qui pouvait les entraver dans leur marche.

En moins d'un quart d'heure, ils débouchèrent dans une vallée coupée en tous sens de fondrières, de ravins et d'abîmes, au fond desquels grondaient et bouillonnaient des eaux souterraines. A leur gauche s'allongeait une file

de roches grisâtres ou marbrées de vert-mousse. Ces im-
menses blocs de pierre, dénués de toute végétation et
dont les flancs ridés étaient sillonnés de gorges profondes,
semblaient former une barrière infranchissable; mais, à
la base du plus formidable de ces géans pétrifiés, s'ouvrait
une crevasse noire comme une bouche de l'enfer, et par
laquelle deux hommes pouvaient passer de front.

C'était l'entrée d'une grotte immense qui, aux époques
de guerres civiles, avait bien servi de refuge à des popu-
lations tout entières. La voûte était basse et pesait sur
des piliers trapus, ce qui faisait ressembler cet antre à une
église souterraine du moyen âge; mais quand les torches
enflammées venaient à illuminer les parois constellées de
stalactites, la grotte se transformait en temple ou en palais
des *Mille et une nuits*. Toutes les couleurs du prisme incendiaient les murs, s'enroulaient aux piliers, se brisaient
en éclats fulgurans et prêtaient des aspects étranges aux
moindres aspérités de la roche.

Ce fut donc là que les proscrits vinrent chercher un abri
contre l'orage.

Le bâtard de Campo-Forte donna l'ordre à Carini de
placer des sentinelles au-dehors, afin d'éviter toute surprise, mais celui-ci lui fit observer qu'une semblable mesure, quand la pluie tombait à torrens, ne pouvait manquer au contraire d'éveiller les soupçons, de sorte que ce
projet fut abandonné.

Giovanni ne tarda pas à se repentir de ne pas avoir
suivi sa première pensée, car des sbires placés en vedettes
virent, des hauteurs où ils étaient embusqués, les proscrits se réfugier dans la grotte des stalactites.

Ils partirent donc à fond de train pour Girgenti, afin
d'être les premiers à annoncer au jeune marquis cette
importante nouvelle. Mais, à un mille environ, ils aperçurent Diodato à la tête d'une troupe de cavaliers assez
nombreuse.

Averti du retour de Suzanna par les sbires qui étaient
partis en avant comme éclaireurs et s'inquiétant de ne pas
la voir arriver, il avait réuni à la hâte quelques compa-
gnies de soldats de diverses armes et il était parti lui-
même à sa rencontre.

Dès qu'il reconnut la retraite des fugitifs, son cœur se
gonfla de joie, et il ne pensa plus qu'à la vengeance. Oubliant sa femme et son enfant, ne laissant qu'une poignée de soldats sur la route qu'ils devaient parcourir avec
le reste de ses forces, afin de cerner les proscrits dans
leur dernier refuge, il suivit la route frayée par eux à
travers le taillis, ordonna aux sbires de couper des branches d'arbres qu'ils bottelèrent, puis, entassant silencieusement ces fascines devant l'entrée de la grotte, ils y
mirent le feu sans sommation aucune, agissant plutôt
comme des sauvages païens que comme des chrétiens.

Pendant que l'incendie couvait et crépitait sous la pluie,
que de longs jets de flamme et des tourbillons de fumée
tordus s'engouffraient violemment par le vent s'engouffraient violemment
dans l'intérieur de la grotte, les sbires, la carabine à l'é-
paule, guettaient impatiemment la sortie des proscrits.

Bientôt ils entendirent un bruit de voix confuses et de
cris lamentables qui semblaient s'échapper des entrailles
de la terre, et un homme apparut tout à coup au milieu du
nuage ardent qui masquait le seuil de la grotte.

Dix coups de feu l'accueillirent.

Ce malheureux, l'aîné des frères Guerrazzi, eut le courage de ne pas pousser un cri de douleur, mais il se rejeta
au milieu des siens; sa main sanglante et mutilée ne tenait plus à son poignet que par quelques lambeaux de
chair.

Il s'adossa, pâle et tremblant au rocher, et dit d'une
voix sombre:

— Frères, nous sommes perdus. Les sbires et les soldats du marquis sont massés derrière un feu de fascines
et nous coupent toute retraite. Sachons mourir, non
comme des esclaves qui baisent la main de leur maître, non
comme des daims blessés qui pleurent devant le chasseur,

mais comme des hommes qui ont essayé de vivre libres
et qui veulent du moins mourir libres.

Saisis d'épouvante, les femmes, les enfans et quelques
hommes se refoulèrent en désordre jusqu'au fond de la
grotte.

Carini haussa les épaules:

— Des trappistes peuvent dire: Frères, il faut mourir!
moi, je vous dirai: Frères, il faut combattre! En avant
donc, les plus braves et les plus robustes! Mieux vaut se
frayer résolûment un passage à travers la flamme des fascines et le plomb des sbires, que de nous laisser enfumer
dans ce trou comme des renards.

Une brume âcre et suffocante envahissait la grotte et
éteignait comme un voile épais l'illumination des stalactites.

Vingt hommes mal armés se groupèrent autour de
Carini, mais le fils de la Fabiana se jeta au-devant d'eux:

— Que pas un seul de vous ne bouge! — s'écria-t-il. —
Tenter une sortie, c'est se suicider! Malheureux, voulez-
vous donc vous faire tous égorger comme un troupeau de
moutons?

— Rester, n'est-ce pas mourir? — répliqua l'enthou-
siaste Carini.

— Et n'est-il pas probable, — dit Guerrazzi le blessé,
— que si nous faisons une vigoureuse sortie, la moitié de
nos compagnons a chance de se sauver? Les sbires n'af-
fronteront pas volontiers corps à corps des hommes dé-
voués à mourir.

— Tu as raison, — reprit amèrement Giovanni. — Tous
ceux qui sont encore robustes et agiles feront leur trouée,
je le sais. Mais les faibles, les blessés, les malades, qui les
protégera? Vous abandonnerez donc aux mains des sbires
de Diodato vos femmes et vos enfans? Et quand vous serez
sortis sains et saufs de la mêlée, vous vous réjouirez d'a-
voir échappé à la mort en regardant du haut du rocher
vos ennemis se venger de votre fuite. Vous verrez brûler
dans la fournaise infâme ces êtres débiles qui ne savaient
que vous aimer et compter sur vous, ces compagnons au
cœur vaillant dont les pieds saignans n'ont pu vous suivre, dont les mains défaillantes n'ont pu combattre, et qui
demanderont en vain: « Où donc sont nos frères? » Et les
sbires leur répondront: « Vos frères, ce sont des traîtres
et des lâches qui vous ont enfuis! »

Carini, voyant l'impression que produisait la harangue
du jeune chef sur l'esprit des proscrits, frappa le sol du
pied et l'interrompit:

— Que faut-il donc faire, mon capitaine? Demanderons-
nous à capituler? Le temps presse, la fumée augmente,
bientôt tu ne pourras plus nous haranguer, Giovanni;
bientôt nous ne pourrons plus respirer!

— Si vous capitulez, — reprit froidement le bâtard, —
Diodato séparera le père de son fils, le mari de sa femme,
la mère de son enfant, nous enverra tous pourrir dans
les prisons de Naples; qu'on appelle les sépulcres des vivans. C'est la mort sous un autre aspect, mais plus lente,
plus désespérée, plus horrible cent fois que celle qui nous
attend ici.

La brume se condensait et devenait opaque; l'éclat des
stalactites s'effaçait de plus en plus; les torches grésillaient
comme étouffées et leurs flammes ne rayonnaient plus.

— Oh! de l'air! de l'air! mon Dieu, nous allons mourir!
— crièrent les voix des femmes et des enfans.

Giovanni restait immobile, effrayant de calme et de résolution.

— Mourons comme des martyrs, en offrant nos souffrances à Dieu, — dit-il à voix haute. — Ne donnons pas à
nos ennemis cette joie de nous voir nous trahir et nous
livrer nous-mêmes. Ils s'attendent à ce que nous leur demandions grâce avec des larmes, des prières et des supplications. Que ceux qui veulent s'abaisser à ce triste rôle
se réunissent sans armes à l'entrée de la grotte. Je ne m'y
opposerai pas.

Trois ou quatre hommes, respirant avec peine, troublés
par les cris de détresse de leurs femmes et de leurs en-

fans, se traînèrent en chancelant et les yeux baissés vers le seuil, mais ils furent repoussés par de violens tourbillons de flamme et de fumée.

Au même instant, Giovanni entendit une grande clameur s'élever du fond de la grotte où il avait laissé la marquise et la fille d'Isaac. Les proscrits s'y pressaient en tumulte, et leur foule, semblable à une vague furieuse, se brisait par secousses contre l'une des parois latérales.

Un enfant avait par hasard découvert une fissure assez large par laquelle le vent filtrait comme l'eau d'une source. Dans sa joie, le pauvre petit avait appelé tout haut sa mère. Alors tous se précipitèrent en même temps vers ce point, et une lutte terrible s'engagea entre ces infortunés, qui sentaient la mort les étreindre, car l'asphyxie commençait à gagner les plus débiles. Dans ces cœurs ulcérés se réveilla tout à coup le sauvage instinct de la conservation : à cette heure suprême, tous les nobles et généreux sentimens s'éteignirent.

Prises de vertige, les mères arrachent leurs enfans de cette étroite fissure, par où elles sentaient entrer la vie; les hommes, à leur tour, repoussent brutalement les femmes pour aspirer quelques gorgées de cet air vivifiant. Les pères et les fils ne se connaissent plus. La voix des chefs n'est plus écoutée. Ils se résignaient à la mort peu auparavant; cette bouffée d'air leur a rendu l'espoir, et, avec l'espoir, la force de se disputer entre eux la vie.

Ainsi, parmi ces malheureux proscrits, ces serfs de la tyrannie révoltés, c'est la violence qui règne en souveraine, comme sur le radeau des naufragés : et Giovanni, en assistant à cette lutte honteuse, se demandait si dans ce monde il n'y avait de sacré que la force, et d'éternel que l'oppression.

Guerrazzi, à qui sa blessure n'avait pas permis de prendre part à cette scène de confusion et de tumulte, s'avança lentement vers le bâtard :

— Ami, — lui dit-il d'une voix grave, — nous laisseras-tu donc mourir sans vengeance?

Giovanni fit quelques pas vers le fond de la grotte et lui montra du doigt la jeune marquise de Campo-Forte, qui, accroupie sur la terre humide, tenait ses lèvres frénétiquement collées sur celles de son enfant.

— Votre vengeance, — répondit il, — la voici! Crois-tu que quand Diodato, cherchant avidement le corps de son frère parmi les morts, découvrira sa femme et son enfant au milieu des cadavres, vous ne serez pas bien vengés?

Guerrazzi regarda tristement la petite créature innocente et ne répondit pas.

Cependant le bâtard n'osait tourner les yeux du côté de Judith, car ce cœur héroïque sentait sa force et son courage chanceler lorsqu'il venait à penser que cette fille, si belle et si heureuse, allait mourir pour avoir aimé un déshérité tel que lui. Il se regardait comme un criminel et avait honte de son amour, qui ne lui servait pas à protéger une femme, mais à la sacrifier.

La juive devina sa pensée; elle s'approcha de lui malgré le voile de fumée qui l'oppressait, et, lui tendant la main :

— Ah! que je suis heureuse d'être venue avec toi, — dit-elle; — nous vivions séparés, et nous allons mourir ensemble. Bénie soit la mort qui m'atteindra dans tes bras et me permettra de te dire dans mon dernier soupir : Giovanni, je t'aime!

— Hélas! Judith, — répondit douloureusement le fils de la Fabiana, — l'amour que nous nous sommes voué est né dans une chambre misérable, près du chevet de ma mère malade, comme une fleur de pourpre éclose dans un marais; il a eu pour baptême le miasme de la fièvre; depuis il a grandi sous l'anathème de nos pères, et il a eu le malheur pour escorte. Oh! mon pauvre amour, flétri dans sa source, ne devait-il pas avoir sur cette terre ce dénouement qui se prépare, et mourir étouffé dans cette grotte sauvage, au milieu des cris déchirans de mes frères! Comme à moi, Judith, ne te semble-t-il pas que ce concert de voix plaintives chante ses funérailles?

— Ami, — répliqua la jeune fille de plus en plus oppressée, — à la lourdeur de mon front qui se penche, à la lourdeur de mes paupières qui se ferment malgré moi, je sens que la vie me quitter; mais je ne la regretter pas si nous nous endormons ensemble dans la mort. Que m'importerait de traîner des jours vides et obscurs dans la maison de mon père, comme ces plantes étiolées qui rampent à terre, loin des baisers du soleil, et qui restent plus froides et plus pâles qu'une larme figée!

Pauvre martyre! mais tu pouvais être heureuse si tu ne m'avais pas connu! Pourquoi ton mauvais destin m'a-t-il jeté sur ta route?

— Ne blasphème pas, Giovanni; j'étais destinée à te faire oublier un instant tes douleurs. Tu as été opprimé, méconnu, renié. On a dédaigé ou bafoué toutes les nobles qualités de ton âme; on a calomnié ta jeunesse; on a refoulé les élans de ton cœur, qui a dû rester vide et muet comme un cimetière où ne peuvent pousser que les herbes parasites et les noirs cyprès. Tous deux, tu le vois, nous aurions vécu d'une vie terne et stérile si nous ne nous étions pas rencontrés au lit de la Fabiana. Laisse-moi donc regarder venir la mort en souriant.

— Non, Judith, non, — s'écria le jeune Sicilien, — je n'avais pas le droit de t'entraîner dans ma ruine! pour toi la vie s'ouvrait encore radieuse, et j'ai honte de mon féroce égoïsme.

— Mon Dieu! — reprit la juive, — que signifient ces regrets? Doutes-tu de mon amour? doutes-tu de ma sincérité? Crois-tu que j'aie mis un masque sur mon visage et que je joue une indigne comédie? Giovanni, tes regrets m'offensent.

— Pourtant, si à cette heure solennelle et terrible je sentais ta main trembler dans la mienne, si je voyais une larme furtive monter à tes yeux, je te sauverais, fût-il malgré toi, Judith, fût-ce au prix d'une lâcheté!

— Tais-toi, Giovanni, tais-toi! repousse ces suggestions de l'esprit du mal; ce n'est pas au vaillant chef des proscrits qu'il appartient de s'avilir lui-même.

Le bâtard la regarda avec angoisse.

— D'autres n'oseraient pas dire, n'oseraient pas penser ce que je pense et ce que je vais te dire, Judith : c'est que chez moi, l'amant a vaincu le proscrit; je dévouerais certes ma vie pour mes malheureux compagnons, mais s'il fallait les sacrifier pour te sauver, j'ai honte de l'avouer, Judith, et j'ai horreur de moi-même, je te sauverais.

— Ta raison s'égare, mon ami; c'est un méchant esprit qui parle par ta bouche, mais je sais que Giovanni de Campo-Forte est incapable d'une action vile et basse. Sans doute c'est pour m'éprouver que tu te calomnies. Eh bien! pose ta main sur mon cœur, regarde le sourire de mon visage, et dis-moi si j'ai peur.

— Tu es calme et résignée, Judith. Puisse donc la mort être prompte à faire son office. Je n'aurais pas le courage de te voir souffrir, d'entendre une plainte s'exhaler de tes lèvres et me déchirer le cœur. Je deviendrais fou, entends tu bien, et j'oublierais mon honneur, mon devoir, mes sermens. Je t'emporterais dans mes bras, et j'irais demander grâce à mon frère.

— Je ne me plaindrai pas, Giovanni, — répliqua la jeune fille en s'adossant au mur, défaillante et brisée.

Mais Suzanna avait tout entendu. L'altière marquise se traîna jusqu'à la juive, son enfant dans ses bras, et, se penchant à l'oreille de cette créature si dédaignée :

— Folle, — lui dit-elle amèrement, — ton amant t'offre le salut et tu veux mourir! Il est pourtant si bon de vivre.

— Elle lui désigna du doigt le fond de la grotte où se continuait l'horrible lutte. — Essaye de voir ces malheureux, — ajouta-t-elle à voix basse. — Comme ils se cramponnent à la vie, ces héros des bois et des montagnes; comme ils cherchent à ressaisir un dernier souffle d'existence qui va leur échapper. — Judith resta silencieuse. Suzanna, qui croyait déjà entendre le râle de son enfant, poursuivit d'une voix haletante : — Vous êtes tous les deux au début de la vie; vous vous aimez; l'avenir vous réserve des ivres ses sans nombre, des trésors d'émotions et d'extases; le paradis du cœur. Jeune et belle comme vous l'êtes, Judith, pourquoi vouloir cacher votre beauté sous le masque hideux de la mort. Sauvez donc votre jeunesse! sauvez donc votre amour! On croit souvent trouver l'oubli dans la tombe, et c'est une erreur cruelle.

— Je ne vous comprends pas, signora, — murmura la juive inquiète.

Suzanna saisit sa main et continua :

— Apprends, fille d'Isaac, qu'on peut bien séparer l'âme du corps, mais qu'on n'éteint pas la divine étincelle allumée en nous par le Créateur. L'âme survit, et, de là-haut, désolée, elle regrette amèrement son enveloppe terrestre, elle aspire aux joies qu'elle a volontairement perdues, elle souffre enfin comme le mutilé souffre dans le membre qui lui manque. C'est là, Judith, le châtiment qui nous menace dans l'éternité.

— Hélas! j'ai tant souffert, signora,—répondit la jeune fille,—que je n'ai plus le courage d'espérer.

— Le marchand ruiné par la perte du navire qui portait sa fortune ne veut pas survivre à ce désastre; il se donne la mort, et, le lendemain, le vaisseau que l'on avait cru perdu entre au port.

— Epargnez-moi, signora, — interrompit la juive.

— La jeune fille séduite et délaissée, — ajouta la marquise, — se précipite dans la mer ou dans un abîme, et le lendemain l'amant infidèle vient implorer son pardon, mais il ne trouve plus qu'un cadavre, et l'âme de la pauvre morte assiste seule au repentir du coupable.

Ce langage étrange surprit-il Judith dans un instant de faiblesse, ranima-t-il en elle quelques espérances éteintes? peut-être n'eût-elle pu se l'expliquer à elle-même, mais elle sentit sa résolution chanceler et un vague regret de quitter la vie s'éveilla dans son cœur.

La fumée devenait opaque et intolérable.

Suzanna, qui épiait avidement du regard le jeune fille, vit ou devina le combat intérieur qui troublait cette âme ingénue et passionnée.

— Vous renoncerez à votre projet insensé, n'est-ce pas? — lui dit-elle d'une voix presque impérieuse.

— Vous m'avez inspiré des doutes étranges, signora, — répondit la juive, — et maintenant la mort me fait peur... Je voudrais chasser avec mon souffle cette horrible fumée... je voudrais respirer l'air libre... je voudrais revoir le ciel...

— Dites donc à votre amant que vous ne désirez plus mourir, — insista la marquise en poussant peu à peu vers Giovanni la jeune fille, qui semblait néanmoins hésiter encore devant cet aveu de défaillance et de frayeur. Puis elle l'arrêta tout à coup et l'attira brusquement : — Je ne sais quelle implacable ardeur de vengeance couve au cœur de Giovanni, — dit-elle à voix basse, — mais si nous sommes, nous autres, condamnés à mourir, s'il ne consent à sauver que vous seule, écoutez la supplication d'une mère, Judith, et ayez pitié de la femme qui vous a offensée.

— Que demandez-vous à votre servante, signora? — dit la juive émue de l'accent plaintif de la jeune marquise.

Celle-ci cacha avec un mouvement désespéré son enfant sous les plis de l'albornoz de Judith, et ajouta d'une voix sourde :

— Au nom de votre Dieu! emportez avec vous la pauvre petite créature.

L'obscurité qui régnait dans la grotte, quoique cependant la fumée fût moins intense déjà, avait permis à Giovanni d'assister à cette scène, dont il n'avait pas perdu un seul mot.

— Signora, — dit-il à la jeune marquise, qui, le voyant si près d'elle, frissonna de tout son corps, — je n'ai contre vous ni colère ni haine, c'est en mon absence qu'on s'est emparé de vous et de votre enfant; présent, je ne l'eusse pas souffert, et, sur mon honneur! si je puis maintenant vous sauver, je le ferai. — Il se tourna vers les

proscrits : — Compagnons, qui d'entre vous veut aller en parlementaire trouver Diodato de Campo-Forte?

— Moi! moi! — crièrent cent voix à la fois.

Mais Bombecco, grâce à la ténuité de ses membres, et avec l'empressement d'un homme chez qui le besoin de renouveler l'air de ses poumons se fait impérieusement sentir, se glissa lestement hors de la foule comme une anguille à travers les joncs.

— Présent! — s'écria-t-il en s'arrêtant devant Giovanni.

Comme Bombecco était improvisateur distingué et qu'il s'agissait sans doute de quelque harangue à composer, personne ne se crut en droit de lui disputer la faveur qu'il sollicitait.

— Va, de ma part, annoncer à Diodato que la marquise de Campo-Forte est prisonnière dans cette grotte, — dit Giovanni, — et montre-lui pour preuve ce mouchoir marqué aux armes de la signora.

Bombecco s'empara du mouchoir et disparut dehors.

Mais, sans lui laisser le temps d'ouvrir la bouche :

— Giovanni est-il parmi vous? — lui cria Diodato.

— Oui, Excellence; il vient même vous annoncer de sa part que...

— Qu'il sorte donc, lui et les autres chefs de la bande, — interrompit le jeune marquis — qu'ils viennent volontairement se constituer prisonniers. Après ce premier acte de soumission, je déciderai de votre sort. Va!

— Permettez, Excellence, — interrompit Bombecco en agitant le mouchoir dont il était porteur, — je suis chargé de vous annoncer...

— Pas un mot de plus, drôle!—s'écria Diodato.—Obéis, ou je te fais fusiller comme un chien. — Quelques canons de fusil s'abaissèrent. Bombecco disparut comme par enchantement. — Quant à vous, mes amis, — continua le marquis en se tournant vers ses sbires, — pas de miséricorde pour ces bandits. Le vaincu à qui l'on pardonne aujourd'hui peut être demain un vainqueur sans pitié. Il n'y a de porte si épaisse qu'on ne force, de muraille si haute qu'on ne franchisse. Les prisons sont de mauvaises gardiennes du dépôt confié; il n'y a que la mort qui sache conserver sa proie; donc, pas de prisonniers! — En ce moment, Giovanni apparut à l'entrée de la grotte. Les regards du marquis flamboyaient, et il poussa un cri de joie qui s'éteignit dans un rugissement de fureur. Derrière son frère il aperçut Suzanna pâle, échevelée, entre Carini et Guerrazzi qui la tenaient chacun par un bras. — Suzanna! — s'écria-t-il en reculant épouvanté. — Ce misérable bâtard m'échapperait-il encore!

Alors une idée plus rapide que l'éclair lui traversa l'esprit. Il eut un instant l'infernale pensée de tuer Giovanni de sa main, dussent les proscrits massacrer sous ses yeux sa femme.

D'ailleurs, il n'aimait plus Suzanna, depuis surtout qu'il l'avait ruinée. ¿L'enfant vivant, personne n'avait à lui demander de comptes. Pour lui, c'était donc l'essentiel.

Et puis l'infamie disparaissait derrière l'héroïque action qu'il accomplissait. N'était-ce pas un beau rôle à jouer, un rôle digne des temps antiques? Junius Brutus s'était contenté de faire exécuter ses deux fils en sa présence, sur la place publique, tandis que, lui, n'était-il pas sublime de stoïcisme et de dévouement à la cause du roi en tuant son frère rebelle, et en sacrifiant à cette sainte cause la vie d'une femme qu'aux yeux du monde il adorait?

Pendant qu'il se faisait ces réflexions à lui-même, Giovanni s'était détaché du groupe qui obstruait l'entrée de la grotte et, s'avançant lentement, il marcha droit à Diodato.

Leurs regards se rencontrèrent et se croisèrent comme deux épées étincelantes.

Giovanni s'arrêta, et les deux frères s'examinèrent un instant en silence, l'un calme et presque majestueux sous ses haillons, l'autre aux traits horriblement contractés, tout frémissant d'émotion au milieu de ses sbires, impatient d'assouvir sa vengeance comme s'il eût redouté que quelque main mystérieuse ne lui arrachât sa victime. Et, s'adressant à ses hommes :

— Allons, faites votre devoir, — leur dit-il d'une voix rauque.

Vingt sbires s'élancèrent hors de leurs rangs et coupèrent à Giovanni toute retraite.

Le jeune Sicilien haussa dédaigneusement les épaules et se prit à sourire; mais un cri aigu, déchirant, partit en même temps de la grotte.

Aussitôt le marquis tourna les yeux dans cette direction, et il aperçut la belle juive près de Suzanna.

Cette apparition inattendue jeta le trouble et l'irrésolution dans l'esprit de Diodato, et il sentit se réveiller tout son amour pour la fille d'Isaac.

Afin de se venger de Giovanni et d'exterminer d'un seul coup jusqu'au dernier des proscrits réfugiés dans la grotte, il eût fait bon marché de Suzanna; mais il ne se sentait pas le courage d'acheter ce triomphe au prix de la vie de Judith.

— Écoute, Giovanni, — dit-il; — fais sortir de la grotte la marquise de Campo-Forte et la fille d'Isaac, afin que j'en finisse avec ces bandits, et je te promets la vie sauve : je te le jure sur l'honneur.

— Cette garantie me paraîtrait insuffisante si j'étais assez lâche pour accepter ce pacte honteux.

— Songe que tu es en mon pouvoir?

— Je ne te crains pas, Diodato.

— Tu oses me braver? Recommande ton âme à Dieu, car tu vas mourir.

— Non, car ma dernière heure n'est pas venue.

— Qui te sauvera donc?

— Toi!

— Moi! — s'écria Diodato avec un éclat de rire sinistre. Et il tira son poignard.

Giovanni, toujours impassible, lui posa la main sur le bras et, lui désignant du doigt la grotte :

— Écoute à ton tour, — lui dit-il. — Entends-tu ces vagissemens lamentables?

— Eh bien?

— C'est un enfant que la fumée étouffe.

— Eh! que m'importe cet enfant.

— Quoi! ces cris déchirans ne te vont pas au cœur?... mauvais père!

— Mauvais père! — répéta Diodato pâlissant. — Que veux-tu dire?

— Je veux dire que la voix de cet enfant qui se meurt, c'est la voix de ton fils.

— Mon fils! comme sa mère serait-il donc entre vos mains?... Tu cherches à me tromper.

— Regarde.

Et Diodato vit en effet, à travers un nuage de fumée transparente qui montait vers le ciel, Suzanna qui, tout éperdu, lui montrait de loin son fils.

La vue de cet enfant le foudroya.

— Il n'y a donc rien de sacré pour toi, bandit; pas même les liens du sang? — s'écria-t-il.

— Est-ce que le bâtard est de votre famille?

— Giovanni, par pitié, rends-moi mon fils!

— Ah! c'est toi qui supplies maintenant.

— Je croyais cependant bien te tenir cette fois, bâtard maudit. J'espérais bien vous brûler vifs dans votre repaire, toi et toute la bande.

— Tu vois, Diodato, qu'il est toujours imprudent de jouer avec le feu, de brûler les gens sans les compter en laissant à Dieu le soin de reconnaître les siens. Il y a parfois du bon grain dans l'ivraie.

L'enfant pleurait toujours.

— Hâtons-nous d'en finir, Giovanni. Rends-moi les otages dont tu t'es emparé, dis à tes bandits de sortir en mettant bas les armes, et je leur permettrai peut-être à tous d'aller se faire pendre ailleurs.

— Leurs armes ne sont pas bien redoutables. Ils n'ont pas une seule cartouche entre eux tous, — dit Giovanni.

— Ainsi, je les tenais à ma merci! — soupira Diodato.

— Tu vois qu'il est inutile de les désarmer. D'ailleurs, ils n'accepteraient pas cette condition déshonorante. Ce sont les sbires, au contraire, qui vont donner les munitions qui nous manquent.

— Y consentir serait de ma part un acte de lâcheté.

— Assez! — interrompit Giovanni. — C'est maintenant à moi de commander ici et à toi d'obéir.

— Et ordonne hardiment! — er a Carini. — Si le Campo-Forte a le malheur de laisser toucher à un cheveu de la tête, je tue de ma main, sous ses yeux, son enfant et sa femme.

Diodato poussa un cri de rage. Il se sentit vaincu.

— Dis enfin ce que tu veux de moi, malheureux! — demanda-t-il à Giovanni.

— Tu vas le savoir. Je veux d'abord que tes sbires éloignent de l'entrée de la grotte ces fascines qui nous aveuglent.

Le jeune marquis parut hésiter.

— Au nom du ciel! — s'écria Suzanna, — hâtez-vous si vous ne voulez pas que cette chère créature meure étouffée dans cette horrible grotte.

— Éteignez ce feu, — ordonna Diodato d'une voix sombre.

Les sbires obéirent. Les fascines furent en un instant dispersées et éteintes.

— Qu'ils déposent ici leurs cartouches, — continua Giovanni.

Des murmures éclatèrent parmi les sbires.

— Obéissez, mes amis, — dit Diodato. — Vous voyez bien qu'il y va de la vie de ma femme et de mon enfant.

Et il attachait sur Judith un regard ardent qui semblait lui dire : C'est pour toi que je consens à ce sacrifice.

Les sbires firent un tas de leurs munitions.

— Qu'ils reculent maintenant de cinquante pas, afin de livrer passage aux proscrits, — ajouta Giovanni. Diodato fit exécuter cette manœuvre par ses sbires, malgré les signes de mécontentement qui s'élevaient de leurs rangs.

— Ils murmurent, je crois, — dit en souriant le jeune chef des proscrits, — comme s'ils n'étaient pas habitués à reculer, les drôles!

Alors toute une bande d'hommes, de femmes et d'enfans sortirent tumultueusement de la grotte comme un torrent qui déborde.

Les hommes se ruèrent sur les munitions et s'empressèrent de charger leurs armes.

La marquise de Campo-Forte, la nourrice et l'enfant placés sous la garde de Carini formaient un groupe à part.

Suzanna pleurait, et Judith la consolait charitablement.

— J'ai fait ce que tu as exigé de moi, Giovanni, — dit Diodato; — rends-moi maintenant les otages.

— Je te les renverrai quand nous serons en lieu sûr. Adieu.

Et la bande des proscrits se mit silencieusement en marche. En défilant devant les sbires, ils échangèrent avec eux des regards pleins de menace.

— Tu triomphes, bâtard! — murmura Diodato en voyant s'éloigner son frère. — Patience! j'aurai bientôt ma revanche.

IX

L'OTAGE RENDU.

Les proscrits n'arrivèrent aux environs de Caltanisetta qu'un peu avant le coucher du soleil.

Abandonnant alors tout chemin frayé et appuyant à leur

droite, ils s'engagèrent dans une gorge encaissée entre deux hautes murailles de granit, et si étroite qu'un chariot qui avait la voie pouvait à peine y passer.

Cette gorge les conduisit à une prairie traversée par un ruisseau qui descendait des montagnes, et que la fonte des neiges ou les eaux pluviales convertissaient parfois en torrent.

Le foin, tout récemment fauché, avait été ramassé en une longue file de petites meules qui achevaient de se faner en attendant le bottelage.

Les fugitifs résolurent de faire halte en cet endroit écarté et de ne gagner les montagnes, où s'étaient déjà réfugiés leurs frères, que quand la nuit serait venue.

Ils voulaient que ni les pâtres du voisinage, ni les ouvriers des campagnes, ne sussent en quelle partie de la province ils s'étaient retirés.

Pendant que la bande entière se désaltérait à l'eau du ruisseau, Giovanni et Judith, assis l'un près de l'autre, causaient des fatigues et des dangers passés. Contemplant l'azur du ciel, la fille d'Isaac disait au bâtard en souriant :

— Tout à l'heure l'orage éclatait avec furie, maintenant tout est calme et silencieux dans la nature ; les vents déchaînés ont emporté jusqu'au dernier nuage, et le firmament est étincelant d'étoiles. Espérons donc, ami, qu'après nos jours d'épreuves viendront des jours meilleurs.

— Et pourtant tu voulais mourir !

— Oh ! que j'ai bien fait de lutter contre cette coupable pensée. L'atmosphère chargée d'orage et les nuages noirs nous font rêver à la mort ; les étoiles du ciel bleu nous font aimer la vie. La noble dame de Campo-Forte avait bien raison de me dire : « Judith, vous êtes trop jeune pour mourir. »

— Et trop belle surtout ! — ajouta Giovanni en attachant son ardente prunelle sur les grands yeux de la juive.

Judith se sentit rougir sous le feu de ce regard étincelant, et abaissant la frange de ses longs cils :

— Je te l'avoue, sans ta parole que j'entends encore vibrer à mon oreille, sans le rayon d'espérance qu'elle a su faire pénétrer jusqu'au fond de mon cœur, je mourais sans regret.

— Pauvre femme ! — soupira Giovanni ; — je lui dois le salut de mes frères, je lui dois la vie de celle que j'aime !

— Et pourtant vous êtes sans pitié pour moi, — interrompit brusquement Suzanna qui, ayant aperçu de loin le jeune chef des proscrits, s'était traînée jusqu'à lui.

— Encore un peu de courage, signora, — reprit-il, — nous voilà bientôt au terme du voyage.

— Encore un peu de courage, dites-vous ; mais ne comprenez-vous pas que je suis à bout de forces, et qu'il me serait humainement impossible de faire un pas de plus ? Chaussée pour aller en litière, — continua-t-elle en soulevant sa robe souillée de boue, — j'ai usé jusqu'à la chair de mes pieds aux cailloux de vos chemins.

— J'ai honte, signora, des fatigues que, dans l'intérêt de tous, il m'a fallu vous imposer, — repartit Giovanni d'une voix profondément émue. — Et se tournant vers Judith : — Toi aussi, malheureuse enfant, tu dois être exténuée de lassitude !

La fille d'Isaac releva fièrement la tête :

— Moi ! — dit-elle en s'efforçant de faire glisser un sourire sur ses lèvres décolorées, — je me sens heureuse, au contraire, de marcher à tes côtés, sous le soleil et la pluie ; j'aime cette vie d'aventures et de dangers, quand cette vie est la tienne. La marche et l'action retrempent les forces du corps ; l'incertitude et la stérile attente amènent le découragement en énervant les forces de l'âme.

— Il peut être bon aux gens de votre race, qui vivent sous le coup de la ruine et de la proscription, de s'habituer de bonne heure aux longues routes, aux privations, à la misère, — interrompit la marquise de Campo-Forte avec hauteur ; — mais moi, qu'un semblable revers ne

saurait atteindre, j'aime la vie commode et je ne vais qu'en litière. Donc, je vous le répète. Giovanni, dussiez-vous me tuer moi et mon fils, je ne ferai pas un pas de plus en avant.

Et sans laisser au jeune Sicilien le temps de lui répondre, elle alla rejoindre la nourrice calabraise qui, assise au bord du ruisseau, tendait vainement à l'enfant son sein nu pour apaiser ses cris. L'épouvante avait tari son lait.

Le bâtard de Campo-Forte avait suivi des yeux Suzanna, et voyant cette altière marquise s'éloigner lentement, à pas chancelants, comme une femme à qui l'on aurait appliqué la torture, il se sentit touché d'une douloureuse pitié.

Abandonnant un instant Judith, que les dures paroles de Suzanna venaient de jeter dans une rêverie profonde, il se dirigea vers un groupe de proscrits au milieu desquels causaient fraternellement le sbire Lippi et l'ancien pifferaro.

— Mes compagnons, — leur dit-il, — j'ai fait serment à la marquise de Campo-Forte de la faire reconduire sous bonne escorte à son château, dès que nous serions en lieu sûr. L'heure est venue d'accomplir ma promesse.

— Pourquoi se hâter ? — répliqua Carini ; — l'otage bon à prendre est toujours bon à garder. D'ailleurs nous ne sommes pas encore dans les montagnes, et c'est là seulement, vous le savez bien, que nous serons véritablement en sûreté.

— L'emmener plus loin serait imprudent, — interrompit Giovanni ; — ne serait-ce pas lui livrer le secret de notre dernier refuge ?

— Qu'elle parle donc ! — dit Carini. — Mais je ne crois pas qu'un seul d'entre nous soit tenté de lui servir d'escorte.

— Non, certes ; car une fois à Girgenti, Diodato de Campo-Forte ne manquerait pas de nous offrir la prison ou la corde, à notre choix.

— J'ai promis qu'on la reconduirait jusqu'à son château, — reprit Giovanni, — et je tiendrai ma parole, dussé-je l'y accompagner moi-même.

— Comme chef, tu n'as pas le droit de risquer ainsi ta vie.

— Non ! non ! — cria la bande.

— Il faut pourtant prendre un parti.

— J'ai une idée, — dit Lippi ; — sur la route de Caltanisetta, à un quart de mille d'ici, il y a une locanda isolée, tenue par un vieux soldat de ma connaissance, et où les sbires et les gendarmes en tournée ne manquent jamais de faire halte. Je vais pousser une reconnaissance jusque-là, et si j'y trouve d'anciens camarades je les chargerai de la commission.

La proposition de Lippi fut acceptée à l'unanimité, et il se mit aussitôt en campagne.

Après cinq minutes de marche, il aperçut quelques chevaux sans cavaliers qui stationnaient sur le bord du chemin. Il ne s'était donc pas trompé dans ses prévisions.

En effet, dans cette locanda, cinq gendarmes jouaient à la bassette avec des bandits venus pour s'approvisionner de poudre et de balles. Cette espèce de bouge était un terrain neutre. Sbires et bandits, en y entrant, laissaient au seuil leurs vieilles rancunes et la haine instinctive qu'ils se vouaient mutuellement. On jouait, on trinquait ensemble, puis on accordait un quart d'heure de grâce à ceux qui sortaient les premiers, et ce délai passé chacun redevenait chien ou loup.

Lippi, qui avait un pied dans chaque camp, reçut des assistants le plus cordial accueil. Après avoir bu un premier fiasco d'asprino d'Aversa avec les bandits, puis un second flasco avec les gendarmes :

— Mes braves, — dit-il à ces derniers pour les flatter, — je viens vous charger d'une mission qui doit vous combler d'honneur, et, ce qui est bien préférable encore, vous donner droit à une gratification que je regrette de ne pouvoir partager avec vous. Il s'agit de servir d'escorte à la jeune marquise de Campo-Forte, qui, depuis plusieurs heures au pouvoir d'une bande de proscrits, vient d'obtenir enfin la liberté de retourner à Girgenti. — Les gendarmes s'étaient levés en toute hâte et couraient déjà à leurs chevaux quand Lippi les arrêta. — Avant de vous mettre en route, — reprit-il, — il faut que l'un de vous aille chercher la lettiga et les mules de la noble dame de Campo-Forte. Vous les trouverez remisées à l'entrée du bois qui conduit à la grotte des stalactites, et moi, pendant ce temps, je vais vous amener ici la marquise.

Un gendarme sauta en selle et partit au galop.

Lippi s'en alla de son côté pour rendre compte à Giovanni du succès de son message.

— Signora, — dit aussitôt à Suzanna le bâtard de Campo-Forte, — je suis heureux de vous annoncer qu'une escorte vous attend à cent pas d'ici, dans une locanda où vous trouverez un abri pendant qu'on est allé chercher votre lettiga.

— Enfin! — s'écria la marquise, qui, puisant dans son cœur une énergie nouvelle, se releva cette fois hautaine et fière, sans même daigner s'aider de la main que lui tendait le bâtard. Et passant devant lui en tournant dédaigneusement la tête sur l'épaule : — Je ne vous remercie pas, Giovanni, — continua-t-elle, — car ce n'est que l'acquit d'une parole donnée.

— Loin de prétendre à vos remercîmens, signora, c'est moi qui veux au contraire vous adresser une prière.

— Vous?

Giovanni prit Judith par la main, et l'attirant à lui :

— C'est par hasard, signora, que cette jeune fille est parmi nous. Certes, c'est bien contre ma volonté qu'elle est venue jusqu'ici; elle-même elle n'y songeait pas non plus. — La fille d'Isaac regarda le jeune Sicilien avec étonnement. — Si comme elle n'écoutais que mon cœur, je lui dirais : Ne nous quittons plus; mais la raison me fait un impérieux devoir de la renvoyer à Girgenti, dans la maison de son père, que je n'aurais pas dû lui laisser quitter.

— Oh! tu me chasses! — s'écria la juive, les mains jointes, les yeux brillans de pleurs.

— Il le faut, Judith; trop de dangers nous menacent encore pour que j'accepte tant d'abnégation de ta part, tant de généreux dévouement. — La jeune fille baissa la tête et fondit en larmes. — Vous avez été bonne pour cette enfant, signora, — dit le bâtard; — après lui avoir fait aimer la vie, ne la laissez pas se vouer inutilement à la mort.

— Et que voulez-vous que je fasse de cette fille? — demanda la marquise en regardant insolemment Judith.

— Emmenez-la, je ne vous dirai pas jusqu'à Girgenti, mais au moins jusqu'à l'endroit où se sont arrêtés ses serviteurs.

— Moi? que j'admette cette juive à mes côtés, dans ma lettiga? Allons, vous voulez rire. Que ne me suppliez-vous de la conduire de votre part à Diodato, le fils de votre père? — continua la marquise d'un ton railleur.

Le front de Giovanni se couvrit d'une pâleur livide. Il était épouvanté de l'incroyable audace de cette femme qui osait l'insulter dans ce qu'il avait de plus cher, quand elle était encore en son pouvoir, quand, d'un mot, rétractant sa parole, il pouvait la séparer de son enfant, l'entraîner dans les montagnes, en faire la servante de ses compagnons d'infortune.

Ceux des proscrits qui entouraient en ce moment Suzanna s'indignèrent de tant de mépris, et de leur groupe s'éleva un cri de mort.

Judith se jeta au-devant d'eux.

Et, le visage radieux, le sourire aux lèvres :

— La marquise a raison, mes amis, — s'écria-t-elle avec une expression sublime de reconnaissance, — le tort est à Giovanni, qui n'a pas songé que la requête qu'il adressait en ma faveur à la noble dame de Campo-Forte était plus qu'indiscrète. Il faut bien l'avouer, je suis fille d'une race maudite, repoussée par tous, et dont le contact seul est une souillure.

L'orgueilleuse Suzanna resta impassible devant cet abaissement volontaire dont elle ne parut seulement pas comprendre le sens mystérieux, et cependant le sourire de Judith et son regard éloquent lui disaient : Merci, signora, de ne pas me séparer de celui que j'aime.

Les proscrits, sans s'expliquer davantage la touchante résignation de la belle juive, n'en furent pas moins profondément touchés; et dans leurs rangs éclatèrent de nouvelles menaces.

— Tenez, signora, — dit Giovanni, qui sentait le sang affluer violemment à son cœur et la colère envahir son cerveau, — partez! ne nous bravez pas plus longtemps; votre cruel sourire me rappelle celui qui s'épanouissait sur vos lèvres le jour où mon père, vous présente, m'a chassé de son toit. Ce jour-là je vous ai dit : Si l'on vous accrochait à la potence, et si pour vous secourir il me suffisait d'élever le bras, par le Christ! je ne le lèverais pas. Aujourd'hui, femme de Diodato, ne me tente pas en attendant imprudemment qu'un de ces hommes que tes insultes ont lassés ne joigne le geste à la menace, car, je le le répète, par le Christ! je ne ferais pas un seul pas pour t'arracher de leurs mains. Pars! hâte-toi! je ne sais s'il n'est pas déjà trop tard.

— Ah! pitié pour elle! — s'écria Judith.

Suzanna éperdue recula avec épouvante, et entraînant la nourrice sans oser quitter les proscrits du regard, elle s'enfuit à travers la prairie, gagna la gorge et disparut.

— Eh bien! elle part et elle ne demande seulement pas où l'attend son escorte, — dit Lippi. — Je vais lui montrer le chemin. Mais avant de vous quitter à mon tour, je veux, plus poli que cette bégueule de marquise, vous faire mes adieux et vous remercier surtout de l'hospitalité que vous m'avez accordée dans votre grotte; je m'en souviendrai longtemps.

— Ainsi tu nous abandonnes décidément? — reprit Carini.

— Oui, décidément. Je suis enfin casé selon ma vocation, et je cours rejoindre à la locanda les bandits qui, en raison de mes bons antécédens, m'ont fait l'honneur de m'admettre dans leur troupe.

Et saluant courtoisement les proscrits, il s'élança sur les pas de Suzanna.

X

L'ASILE.

L'ombre, qui d'abord avait envahi la prairie, gravissait lentement le flanc des roches sombres qui bordaient l'horizon; les derniers pâtres avaient quitté la plaine : l'heure était donc venue pour les proscrits de gagner les montagnes.

Déjà, hommes, femmes et enfans, réunis par groupes, se disposaient à partir, lorsque trois cavaliers effarés, au nombre desquels se trouvait Lippi, traversèrent la plaine à fond de train, passèrent au milieu des proscrits, rapides comme une vision, et, sans ralentir leur course effrénée, ils leurs jetèrent ces seuls mots en passant :

— Vous êtes cernés de tous côtés! sauve qui peut!

Puis, franchissant le ruisseau d'un bond, hommes et chevaux se perdirent dans l'obscurité.

Ce cri sema l'effroi parmi les fugitifs. Il y eut un moment de panique. Et, pendant que chacun songeait à fuir, ceux qui les premiers s'étaient élancés en avant revinrent en répétant avec découragement :

— Cernés! cernés!

Diodato savait bien que, au moment de s'engager dans les montagnes, Giovanni, fidèle à sa parole, renverrait Suzanna et son fils.

En conséquence, devançant les proscrits, il avait réuni

promptement à ses sbires des gendarmes et un petit détachement de soldats suisses qui, depuis quelques jours, campaient dans le bourg de Caltanisetta.

Avec cette troupe, forte de près de deux cents hommes, il avait cerné la prairie et coupé les chemins qui pouvaient conduire aux montagnes; et, sûr de tenir enfin sa proie sous sa main, il avait patiemment attendu pour agir qu'on eût mis en liberté la jeune marquise de Campo-Forte.

Or, du point élevé qu'il occupait, il avait vu Suzanna monter en litière et prendre avec son escorte le chemin de Girgenti. Il pouvait donc agir en toute sécurité. Mais les proscrits, cernés, comprirent qu'il était aussi matériellement impossible de fuir qu'insensé d'accepter la lutte.

Ne pouvant employer la force, ils eurent recours à la ruse. Le danger est l'heure des résolutions énergiques et soudaines.

Profitant de l'obscurité, qui ne permettait pas de distinguer un homme à vingt pas, Giovanni fit coucher les femmes et les enfans par groupes, et, sur ces groupes, on amoncela des brassées d'herbes sèches; puis, ordonnant à ses compagnons d'imiter son exemple, il se blottit agenouillé sous l'une des petites meules qui étaient alignées de distance en distance au milieu de la prairie.

Alors les proscrits, à l'instar de leur chef, s'ensevelirent mutuellement sous le foin et ne représentèrent bientôt plus qu'une longue file de meules parfaitement semblables à celles qu'ils venaient de détruire. Et tout, dans la prairie, redevint calme et silencieux.

Diodato, qui gardait le chemin des montagnes, ignorait que les fugitifs eussent été prévenus de l'embuscade qu'il leur avait dressée, et il les attendait patiemment au passage.

Cependant, ne les voyant pas venir, il craignit qu'ils ne se fussent échappés par quelque issue mal gardée, et il détacha en éclaireurs une quinzaine de sbires qui se répandirent dans la prairie.

L'oreille au guet, la carabine au poing, ils n'avançaient que lentement, pas à pas, prêts à se replier sur les leurs au premier coup de feu. Mais, autour d'eux, tout n'était que solitude et ténèbres. Ce silence avait pour eux quelque chose de mystérieux et d'inquiétant. La bande entière des proscrits semblait avoir disparu comme par enchantement.

Ils avaient passé près des meules sous lesquelles les femmes et les enfans étaient blottis, quand l'idée vint à l'un d'eux de les fouiller; revenant sur ses pas, il s'approcha de la première et y plongea sa baïonnette. Mais l'arme, qui y était entrée sans rencontrer de résistance, ne put en sortir. On eût dit qu'une main invisible et puissante l'attirait au centre de la meule.

Le sbire, effrayé, appela ses compagnons à l'aide. Ceux-ci accouraient déjà pour lui prêter main-forte quand les tas de foin échelonnés de distance en distance s'agitèrent tout à coup; puis de chacun d'eux un homme sortit tout à coup.

Ces apparitions, aussi rapides qu'inattendues, jetèrent l'épouvante et le désordre parmi les sbires, et ils s'enfuirent à toutes jambes.

Rien n'est plus contagieux que la peur. Le peloton dont ces sbires faisaient partie, les voyant accourir à la débandade, s'ébranla et se joignit aux fuyards, croyant avoir tous les proscrits de la province à ses trousses, et Diodato lui-même fut entraîné dans cette déroute.

Le jeune Sicilien et Carini comprirent qu'il fallait mettre cet instant de désordre à profit.

Les enfans et les femmes furent placés au centre de la bande, et ils s'élancèrent en avant, au pas de course, bousculant, renversant tout ce qui se trouvait sur leur chemin.

Giovanni, qui se tenait à l'arrière-garde avec quelques-uns de ses hommes les plus résolus, afin de protéger la retraite, voulut, avant de franchir cette ligne un instant

abandonnée par les sbires, s'assurer qu'aucun des siens n'était resté en arrière.

Il aperçut une femme qui n'avait pu suivre la bande, et, quoique l'obscurité fût profonde, il la reconnut aussitôt. Cette femme, c'était Judith.

Giovanni poussa un cri d'angoisse, et, courant à sa rencontre, il enleva dans ses bras la belle juive, qui n'était guère plus lourde qu'un enfant, et il reprit sa course.

Mais, pendant ce temps, les sbires, ralliés par Diodato, avaient repris leurs rangs. La brèche, faite un instant dans cette muraille vivante et à travers laquelle venaient de passer les proscrits, s'était tout à coup refermée, et le bâtard avait devant lui son frère.

S'il eût été seul, Giovanni aurait essayé de se frayer un chemin pour aller rejoindre ses compagnons, mais il recula devant le danger auquel il exposerait Judith.

Le jeune marquis de Campo-Forte, en voyant le chef des proscrits séparé de sa bande, et la fille d'Isaac sans autre protecteur qu'un fugitif traqué de tous les côtés à la fois, ne put contenir un cri de joie.

— Ne tirez pas, — dit-il aux sbires. — A vous ce chef de bandits, dont la tête vaut son pesant d'or, et à moi la belle juive!

Mais, chargé de son précieux fardeau, Giovanni avait déjà rebroussé chemin, et, prenant sa course rapide comme un chamois, il eut bientôt gagné la gorge et mis vingt pas d'intervalle entre les sbires et lui.

Cependant, malgré l'impétuosité de sa fuite, la meute, qui s'était attachée à ses traces, gagnait peu à peu du terrain. Judith n'avait d'abord entendu que leurs cris; elle entendait maintenant le bruit de leurs pas.

Comprenant le danger auquel Giovanni s'exposait pour elle:

— Abandonne-moi, — lui dit-elle, — je sens aux battemens de ton cœur que tes forces s'épuisent. Qu'un de nous deux au moins soit sauvé.

— Jamais! — repartit le jeune Sicilien.

— Ils vont t'atteindre, et tu seras perdu! Songe que Diodato te hait.

— Et toi, qu'il t'aime! — s'écria Giovanni en ricanant.

— Oh! plutôt t'étouffer dans mes bras que de te laisser au pouvoir de cet infâme.

A cette seule pensée, tous les muscles de son corps se raidirent comme des ressorts d'acier, et, serrant Judith contre sa poitrine haletante, il reprit sa course furieuse.

Mais il n'avait plus en effet que quelques pas d'avance sur les sbires, et ceux-ci, le sentant si près d'eux, allongeaient en courant les mains pour le saisir.

Giovanni avait atteint les premières maisons de Caltanisetta; il voyait leurs masses noires se découper dans l'ombre. Il eut alors une lueur d'espérance: il pouvait rencontrer une ruelle, un carrefour, s'y jeter à la faveur de l'obscurité et dépister ainsi les sbires.

Mais tout à coup, à droite du chemin qu'il suivait, un jet de lumière étincela à travers de vieux vitraux coloriés. Un enfant venait d'allumer la lampe qui brûle pendant la nuit dans les églises.

Giovanni se souvint que cette église, à laquelle il n'avait pas songé, avait encore droit d'asile. La porte en était ouverte.

Franchissant d'un bond les marches du porche, il alla se jeter au pied de l'autel.

Un prêtre au visage austère y priait.

— Qui es-tu et que viens-tu chercher ici? — demanda le vieillard, troublé dans son pieux recueillement.

— Asile! mon père.

— Asile! — répéta le prêtre d'une voix grave. — Agenouillez-vous donc et priez sans crainte, vous êtes sous la protection de Dieu.

Les sbires, dominés par un respect instinctif, s'arrêtèrent pêle-mêle sous le porche de l'église, sans oser en franchir le seuil.

Diodato seul, sans égard pour la sainteté de ce lieu,

entra dans le temple, et, faisant résonner les dalles du bruit de ses éperons, il marcha droit à l'autel.

Le prêtre, le sourcil froncé, fit quelques pas au-devant du marquis, et, lui barrant résolûment le passage :

— Que veux-tu, jeune homme ? — dit-il d'une voix impérieuse.

— Je veux m'emparer de cet homme, — répondit Diodato en désignant Giovanni du fouet qu'il tenait à la main.

— De quelle contrée lointaine viens-tu donc pour ignorer que cette église a droit d'asile ?

— Ce sont de vieilles coutumes qui tombent tous les jours en désuétude. Or, comme fils du gouverneur de la province de Girgenti, en vertu des pouvoirs qui m'ont été conférés, je réclame ce bandit et cette jeune fille, car l'un est un sujet rebelle à son souverain, et l'autre s'est enfuie de la maison paternelle.

— S'ils sont coupables, — répondit le prêtre impassible, — plaignons-les et prions pour eux, mon fils. Maintenant qu'ils ont touché l'autel, l'un fût-il hors la loi, l'autre fût-elle une fille perdue, ils n'en sont pas moins sous la garde de Dieu.

— Cet homme n'est pas seulement un sujet rebelle, c'est un meurtrier ; et il est impossible que la protection de Dieu s'étende jusqu'à de tels criminels. Ce n'est certes pas de Dieu que vous tenez le privilége étrange de soustraire le coupable au châtiment qui l'attend.

— Non, en effet ; mais pour ne pas venir du Très-Haut, ce droit n'en est pas moins imprescriptible et sacré. Autrefois, les l'eux de refuge désignés par Moïse, établis par Josué, n'étaient pas pour les assassins, j'en conviens, mais pour ceux qui, par malheur, avaient commis un meurtre involontaire. Dieu lui-même l'a dit : Si quelqu'un a tué son prochain de dessein prémédité, vous l'arracherez de mon autel afin qu'il soit puni.

— Vous l'avouez donc, mon père, le meurtrier ne peut être soustrait à la justice des hommes ?

— Cependant, — continua le vieillard, — depuis que le Christ, après avoir prêché l'amour du prochain et le pardon, est mort sur la croix pour racheter le péché des hommes, nos rois, pleins de clémence et de piété, nous ont concédé à nous autres, ministres de Dieu, le droit inviolable d'accorder, dans quelques-unes de nos églises, un refuge aux coupables, afin que ces infortunés pussent racheter leurs fautes par la prière et le repentir.

— Donc, — interrompit Diodato à bout de patience, — vous persistez à ne pas vouloir me livrer cet homme et sa complice ?

— Oui, je persiste.

— Eh bien ! je vous préviens qu'ils mourront de faim ici, car je ferai faire si bonne garde autour de votre église qu'ils n'en pourront sortir.

— On ne meurt jamais de faim dans la maison du bon Dieu. Le pain des pauvres, mes enfans, ne vous fera pas défaut.

— Ne me tentez pas, mon père, ou à l'instant même, sous vos yeux, je les fais violemment enlever par mes sbires.

— Ose-le donc ! — s'écria le prêtre indigné. — Porte la main sur l'arche sainte, sacrilége, et je te frappe d'excommunication ainsi que tous ceux qui seraient assez téméraires pour te prêter assistance !

Giovanni et Judith attachèrent sur l'énergique vieillard des regards étincelans de reconnaissance, et tous deux semblaient défier Diodato.

Les voyant si près l'un de l'autre, rougissant de son impuissance (car il comprenait bien qu'il ne pouvait compter sur ses sbires), mordu au cœur par la double dent de la vengeance et de la jalousie, le jeune marquis s'élança vers la fille d'Isaac avec un cri de triomphe, et, la saisissant par le bras :

— J'ai eu tort, mon père, de ne pas respecter vos priviléges ; j'aurais dû tout simplement vous dire : Cette fille est indigne de la protection que vous lui accordez au pied de cet autel.

— Indigne ! — répéta le vieillard. — Serait-elle séparée de la communion des fidèles ?

— Elle est juive !

— Juive ! — s'écria le prêtre avec horreur. Et, faisant un pas vers Judith : — Cet homme dit-il vrai ? Réponds !

— Oui ! — murmura la jeune fille d'une voix brisée.

— Infâme créature ! — continua le prêtre en levant ses deux mains frémissantes comme pour accabler la pauvre enfant du poids de sa malédiction.

Judith eut peur. Elle tomba sur les genoux et cacha sa tête entre ses bras.

Diodato la releva, et, la dévorant du regard :

— Viens, viens ! — dit-il en voulant l'entraîner.

— Va-t'en, malheureuse ! les prêtres n'ont pas d'asile pour les ennemis de Dieu.

— Plus juste que ses serviteurs, — interrompit Giovanni, — le Dieu clément pardonne.

— Il pardonne à ceux qui se repentent. Qu'elle abjure sa détestable croyance, — répondit le vieillard. — Juive, fais-toi chrétienne ; à ce prix seul je te sauve.

— Jamais ! — s'écria Judith.

Et, détournant la tête, elle repoussa de la main le christ que le prêtre lui approchait des lèvres.

— Elle a osé porter une main sacrilége sur l'image de notre Sauveur ! — hurla le vieillard d'une voix tonnante.

— Hors d'ici, maudite, hors d'ici ! — Et comme la fille d'Isaac, presque folle de terreur, s'était jetée dans les bras de Giovanni, espérant y trouver un refuge, Diodato appela ses sbires qui s'emparèrent violemment de la juive et l'entraînèrent, tandis que quelques-uns de leurs compagnons empêchaient le jeune Sicilien de la rejoindre. Emmenez, emmenez cette impie ! — ajouta le prêtre. — Qu'elle aille attendre patiemment au fond d'un cachot la rédemption d'Israël et le règne du Messie après lequel elle aspire en vain ! — continua-t-il avec un sourire cruel.

— Ainsi vous la livrez sans pitié, mon père, — dit Giovanni avec un accent suppliant. — Pour elle, c'est le deshonneur, c'est la mort. A quoi bon frapper cette pauvre victime si cruellement innocente ?

— C'est la part de Dieu !

— La part de Dieu sera donc toujours du sang ! — s'écria avec amertume le jeune Sicilien, qui de loin voyait Judith se débattre, qui de loin entendait ses cris déchirans ! — Prêtre, je ne veux plus de ton hospitalité, et puisque tu prétends, mauvais serviteur, qu'il faut à ton maître des sacrifices humains, je veux lui faire aussi sa part.

Saisi d'un accès de fureur qui tenait du vertige, il tira son poignard et se rua sur les sbires qui lui barraient le passage.

Trois de ces hommes tombèrent mortellement frappés, et la nappe de l'autel fut rougie de leur sang. Puis, achevant de se frayer une voie sanglante, il alla rejoindre Judith, aimant mieux partager sa captivité que de vivre en liberté loin d'elle.

QUATRIÈME PARTIE

I

LA MARQUISE ET LA JUIVE.

Suzanna, rentrée au château vers le milieu de la nuit, essaya de prendre quelques heures de repos. Mais son sommeil se peupla tout à coup de rêves étranges. Elle voyait Diodato étendu sur la poussière du chemin, baigné dans une mare de sang. Des hommes d'aspect sinistre tendaient vers elle leurs mains calleuses en lui demandant ironiquement l'aumône. Elle entendait gronder à ses oreilles des voix terribles et menaçantes et, dominant ces voix, les cris lamentables de son enfant dont on voulait la séparer. Elle se réveillait les cheveux trempés de sueur.

Quoique brisée par les fatigues et les émotions de la veille, elle se leva pour échapper à ces lugubres visions que son imagination, allumée par la fièvre, lui retraçait en rêve plus terribles que la réalité même.

S'enveloppant d'une longue robe, les pieds nus dans ses mules, elle alla toute chancelante jusqu'à la chambre où dormait son fils, effleura le front de l'enfant de ses lèvres brûlantes, et, sonnant Thadeo, elle lui demanda si le jeune marquis de Campo-Forte était de retour.

Sur la réponse négative du valet, Suzanna, encore sous l'impression de son rêve, donna ordre à l'ancien pêcheur de monter à cheval et d'aller au-devant de son maître.

Thadeo allait exécuter cet ordre lorsqu'on entendit monter de la cour un bruit de voix confuses et de pas de chevaux. C'était un lourd chariot attelé de mulets et que des sbires à cheval escortaient.

Dans ce chariot se trouvaient Judith, Giovanni, les mains solidement attachées derrière le dos, et les sbires blessés dans l'église.

De sa fenêtre, à la lueur des torches, Suzanna reconnut Diodato.

Elle s'agenouilla, remerciant Dieu d'avoir permis que son rêve ne fût qu'un vain pressentiment; et, se sentant ranimée, elle courut à la rencontre du marquis. Pendant qu'on aidait à descendre du chariot Judith et Giovanni, puis enfin les blessés qui furent provisoirement étendus sur un amas de litière fraîche, un valet s'approcha de Diodato pour lui tenir l'étrier.

— La marquise a-t-elle été ramenée au château ? — lui demanda Campo-Forte tout en mettant pied à terre.

— Oui, Excellence.

— C'est bien. Va te placer en sentinelle dans la chambre qui précède la sienne. Veille à ce que personne ne puisse annoncer mon retour et surtout à ce qu'elle ne sorte pas de son appartement sans que j'en sois averti sur-le-champ. Va !

Le valet partit en toute hâte afin d'exécuter cet ordre, sans se douter que Suzanna n'était déjà plus chez elle.

Diodato, caché dans l'ombre, couvait d'un regard dévorant la juive qui, debout près de Giovanni, attendait dans une anxiété profonde que l'on décidât de leur sort.

Le bâtard semblait absorbé par de douloureux souvenirs. Le passé se retraçait vivant à sa mémoire.

Reporté par la pensée à dix-huit mois en arrière, il se rappelait qu'un matin, dans cette même cour où l'avait conduit son père, il avait dit à ces tourelles, aux orangers de son enfance, un adieu qu'il croyait éternel. Mais, chose étrange, le vieux domestique, dont la muette douleur l'avait ému jusqu'au fond des entrailles, était immobile à quelques pas de lui, encore plus abattu, plus désolé de son retour qu'il ne l'avait été de son départ. Frappé de cette étrange reproduction du passé, Giovanni leva la tête et regarda la fenêtre derrière laquelle il avait aperçu Diodato rire en le montrant du doigt. Les volets de cette fenêtre étaient hermétiquement clos. Mais à peine eut-il reporté les yeux sur le vieux serviteur qu'il tressaillit involontairement.

Diodato, la main appuyée sur l'épaule du valet, lui parlait bas à l'oreille et souriait en le montrant du doigt au vieillard.

Le pauvre homme baissa la tête, étouffa un soupir et s'approcha lentement, comme à regret, du bâtard.

— Cher Giovanni, — dit-il entre deux sanglots, — pourquoi ne suis-je pas mort, mon Dieu ? je n'aurais pas le chagrin de vous voir ainsi humilié; un autre que moi ferait la triste besogne dont m'a chargé votre frère.

— Parle, mon vieux Roberto, — dit le bâtard de Campo-Forte; — d'avance je suis résigné à tout.

— J'ai ordre de vous faire descendre dans les prisons du château, — répondit le vieillard d'une voix à peine intelligible.

Un amer sourire crispa les lèvres du proscrit.

Ces horribles cachots il les avait parcourus dans son enfance comme pour braver la peur; il en avait conservé le souvenir émouvant; il les entrevit par la pensée.

Judith fit un pas en avant.

— Emmenez-nous, — dit-elle, — nous sommes prêts à vous suivre.

Roberto la regarda avec étonnement.

— L'ordre que j'ai reçu ne concerne que Giovanni. Vous êtes libre, vous, signora.

La fille d'Isaac resta atterrée.

L'heure de cette séparation qu'elle redoutait plus que la mort était donc enfin venue. Elle se repentit amèrement d'avoir fait quitter à Giovanni ses montagnes. Les quelques heures qu'ils avaient passées l'un près de l'autre étaient trop chèrement achetées.

— Adieu, Judith ! — dit le prisonnier d'une voix qui ne révélait aucune des émotions qui lui déchiraient le cœur.

Le courage apparent de Giovanni rendit à la fille d'Isaac son énergie qui l'avait un instant abandonnée.

— Non, pas adieu, — reprit-elle; — dis plutôt au revoir.

— On ne remonte pas du sépulcre où je vais descendre vivant.

— Pourtant une voix secrète me crie que nous nous reverrons bientôt.

— Il faudrait un miracle de Dieu.

— Ou bien de la strega, — lui murmura Judith à l'oreille.

— Pauvre mère ! ce serait lui faire tenter l'impossible.

— Ne nous a-t-elle pas prouvé qu'il n'y avait rien d'impossible pour elle. Courage donc, ami, et à bientôt, te dis-je !

Pour dissimuler les larmes qui montaient de son cœur à ses yeux, elle inclina son front pâle jusqu'aux lèvres de Giovanni, comme une fleur trop chargée de rosée ou de pluie qui se courbe sur sa tige.

En ce moment les regards du vieux serviteur se croisèrent avec ceux du marquis.

Il frissonna sous le coup d'œil menaçant de son maître, et, entraînant doucement son prisonnier, il disparut avec lui par la poterne, au milieu des cris de joie et des huées des sbires qui guettaient impatiemment ce départ.

La fille d'Isaac se sentit défaillir. Peut-être allait-elle tomber, lorsque deux bras se tendirent vers elle et la soutinrent. Elle retourna vivement la tête et se trouva face à face avec Diodato.

— Ne me touche pas, bourreau ! — s'écria-t-elle en s'arrachant de l'étreinte du marquis avec un geste de dégoût.

— Bourreau ! — reprit-il en haussant les épaules, — parce que je vous ai séparée de cet homme qui s'était attaché à vous comme un reptile? Appelez aussi bourreau l'opérateur qui, pour sauver son patient, ne craint pas de tailler en chair vive. Plus tard vous me remercierez, Judith.

— Taisez-vous, malheureux !

— Oh ! oui, bien malheureux, en effet. Si vous saviez ce que je souffre, vous me plaindriez, Judith.

— Vous plaindre, vous? J'étais heureuse; depuis le jour où je vous ai rencontré pour la première fois, vous n'avez cessé de planer sur ma vie comme le génie du mal. Vous avez gâté mon bonheur.

— Que vous êtes injuste et cruelle! C'est par amour pour vous que j'ai volontairement subi les honteuses conditions que les proscrits m'ont faites. Vous n'eussiez pas été parmi eux que pas un ne sortait vivant de la grotte.

— Pas même la noble dame de Campo-Forte? — interrompit ironiquement la noble fille d'Isaac.

— Pas même la noble dame de Campo-Forte, — repartit effrontément Diodato.

— Un tel aveu ne vous rend que plus méprisable à mes yeux.

— C'est encore par amour pour vous que je vous ai arrachée de cette église. Vous n'y cherchiez qu'un asile et vous ne songiez pas que ses portes une fois fermées ne se seraient jamais rouvertes pour vous.

— Puissiez-vous me haïr, marquis de Campo-Forte; je serais moins épouvantée de votre haine que de ce révoltant amour dont vous me poursuivez sans relâche.

— Rassurez-vous, signora; je ne vous fatiguerai pas longtemps de mes plaintes, — soupira Diodato, en appuyant sur ses yeux secs son mouchoir, comme pour opposer une digue à ses larmes. — Dès demain, Judith, je pars; je vais demander à l'exil l'oubli d'une passion qui me tue. Et, pour achever la tâche que je me suis imposée, — continua-t-il d'une voix savamment timbrée d'émotion, — je veux, après vous avoir sauvée de vous-même, malgré vous enfin, vous faire accompagner à l'instant au logis de votre père.

— Merci, marquis de Campo-Forte, — dit Judith que l'émotion de Diodato n'avait cependant pas gagnée. — J'ai hâte maintenant de quitter ce château.

— Mais, j'y pense! — s'écria le marquis avec un geste de désespoir; — vous ne pouvez partir encore. Le soleil ne se lèvera que dans deux heures, et jusque-là les portes de votre quartier sont closes.

Dans sa candeur, Judith ne vit pas le piége que lui préparait Diodato.

— J'attendrai donc! — soupira-t-elle.

— Suzanna, j'en suis sûr, consentira volontiers à vous donner asile; je vais vous conduire à son appartement, et vous vous y reposerez en attendant le jour. Venez, signora. — Judith le suivit sans défiance. Mais au lieu de la mener chez la marquise, il l'entraîna dans l'appartement qu'il occupait avant son mariage. Et quand elle fut arrivée. — Asseyez-vous un instant, — lui dit-il en lui désignant de la main un petit lit de repos; — je vais annoncer votre visite à la marquise.

Il ouvrit la porte.

— N'allez pas plus loin, me voici! — dit une voix qui fit reculer Diodato comme s'il eût posé le pied sur un serpent.

Il avait devant lui Suzanna, qui depuis la cour l'avait suivi comme une ombre attachée à ses pas.

Elle était pâle, sa prunelle s'était allumée d'une paillette de feu et sa lèvre tremblait convulsivement.

— De ma fenêtre je vous ai vu rentrer, marquis de Campo-Forte. Alors j'ai remercié Dieu qui vous ramenait à moi sain et sauf à travers tant de dangers, et je suis allée vers vous. J'ai cru voir vos bras se tendre, j'allais m'y jeter avec abandon : cette fille m'a devancée.—Judith fit un geste de dénégation; mais la marquise continua: — J'ai entendu ce que vous lui avez dit. Vos paroles ont étouffé dans mon cœur le cri de bonheur et d'amour prêt à vous échapper. Je vous aimais, je vous méprise et je vous hais! — Puis, s'adressant à Judith : — Et toi, juive, qui es plus heureuse que prudente, il faut en vérité que tu sois bien oublieuse, ou que, comme ceux de ta race, tu professes avec une rare effronterie le mépris des injures. Comment as-tu pu penser un instant que Suzanna de Martorano t'accorderait chez elle l'abri qu'hier elle t'a refusé dans sa litière?

— Je comprends votre aversion pour moi, noble dame de Campo-Forte, — dit tristement Judith, — et cependant je suis bien innocente...

— Assez! — interrompit la marquise avec hauteur. — Si tu comprends que ta place n'est pas ici, retourne dans ta juiverie sans tarder davantage.

— Chère Suzanna, — hasarda Diodato, qui malgré son aplomb ordinaire n'était pas encore remis de son trouble, — croyez qu'elle y serait déjà si les portes en étaient ouvertes; mais le soleil n'est pas encore levé et la nuit les chemins sont peu sûrs, vous le savez.

— Peu sûrs pour les honnêtes gens, c'est possible, mais pour elle, qui est la providence des bandits, allons donc!

— Et ouvrant la porte, qu'insolemment elle montra du doigt à la fille d'Isaac : — Hors d'ici, juive, si tu ne veux pas que je te fasse chasser de ce château par mes gens!

— Vous n'aurez pas cette peine, noble dame de Campo-Forte, — dit Judith, — je pars. — Puis, s'arrêtant sur le seuil, la main appuyée sur son cœur, elle attacha ses grands yeux sur Suzanna et, d'une voix calme et douce :

— Hier, — dit-elle, — vous m'avez refusé place dans votre litière et je vous ai sincèrement remerciée, car vous prolongiez de quelques instans mon bonheur. Aujourd'hui vous me chassez de votre château et je vous en suis reconnaissante. Peut-être me sauvez-vous du déshonneur.

Et, s'inclinant avec une respectueuse humilité devant la fière marquise, elle s'éloigna lentement.

Suzanna repoussa violemment la porte et, se tournant vers Diodato :

— Marquis de Campo-Forte, — dit-elle d'une voix stridente, — à nous deux, maintenant!

II

LES DIAMANS VOLÉS.

La marquise avait fermé la porte et s'était posée debout devant son mari, les bras croisés, la tête rejetée en arrière, le pied frémissant sous sa robe. Ce n'était pas la jalousie de l'amour qui empourprait ses joues habituellement si pâles, mais bien cet orgueil aristocratique qui ne sait transiger qu'avec les humiliations secrètes.

Diodato savait que la présence de Judith dans cette partie des appartemens était un véritable *casus belli* conjugal; cependant il avait espéré qu'une bouderie de quelques jours précéderait le commencement des hostilités, suivant la tactique ordinaire des femmes; mais l'attitude provocante de Suzanna lui prouva qu'il s'était trompé.

Ne se sentant pas encore prêt pour la lutte, il essaya de battre en retraite.

— Permettez, chère amie, — dit-il en caressant la marquise d'un regard le plus velouté, — j'ai quelques ordres importans à donner, et ensuite je serai tout à vous. Ne vous impatientez pas.

Il se dirigea vers la porte, mais la jeune femme lui barra résolûment le passage.

— Vous ne sortirez pas avant de m'avoir entendue, — dit-elle avec un accent impérieux. Les plus lâches ont leur moment de courage quand ils se trouvent acculés. Campo-Forte s'inclina courtoisement devant la marquise, laissa courir sur ses lèvres un vague sourire, et, se laissant choir sur le lit de repos, il croisa négligemment sa jambe droite sur sa jambe gauche; puis il se mit à chiffonner les bouts de sa cravate d'un air insouciant. Son parti était pris. Il avait recouvré son audace. — Monsieur le marquis de Campo-Forte, — dit Suzanna après un instant de silence, — pourquoi nous tromper plus longtemps l'un et l'autre par d'hypocrites démonstrations? Je ne comprends l'existence à deux, cette vie de deux esclaves rivés à la même chaîne, qu'entre des êtres qui sympathisent par le caractère et par les sentiments. Les joies partagées sont plus douces, les chagrins soufferts ensemble sont moins amers. Mais nous ne sommes pas nés, vous et moi, pour connaître cette sainte fusion des âmes que rêvent les esprits romanesques. D'ailleurs, vous ne m'aimez plus, si vous m'avez jamais aimée, et moi je n'ai plus en vous cette foi naïve de la femme qui voit dans son mari un protecteur, et, sinon un héros, tout au moins un honnête homme digne de son affection et de son respect. En un mot, monsieur le marquis, je ne vous estime plus.

— En supposant que vous disiez vrai, ma chère amie, — reprit Diodato avec une politesse qui dès le début masquait une insulte, — je déclare qu'il y a au contraire accord parfait, sympathie complète entre nous. Vous ne m'estimez plus et je vous hais un peu. Est-il possible de mieux s'entendre?

— Pourquoi railler, Diodato? Parlons-nous à cœur ouvert. Nous ne sommes pas des bourgeois ou des gens du monde; il n'est pas nécessaire d'ouvrir les fenêtres, de pousser des cris et d'ameuter la canaille autour d'une querelle de ménage. Nous avons à sauvegarder les intérêts de notre rang et non à consumer les heures en récriminations stériles. Soyez franc, et avouez que vous ne m'aimez plus.

— Je suis trop galant homme pour vous obéir, signora.

— Vous ne voulez pas quitter ce ton d'ironie pour parler sérieusement. Eh bien, soit! Je dis que vous ne m'aimez plus et je le prouve. Vous avez continué, depuis notre mariage, votre vie de jeune homme débauché, libertin et joueur. Mes prières, mes larmes, mes plaintes n'ont obtenu aucun empire sur votre caractère violent et hautain. Je vous suis devenue odieuse, parce que j'étais un obstacle aux scandales de cette vie honteuse, parce que ma présence semblait interdire le seuil de ce château à ces femmes flétries, parce que vos compagnons, moins corrompus que vous, croyaient devoir quelquefois respecter le sommeil de la marquise de Campo-Forte, et que les dés ne cessaient de rouler avant le jour. Pourquoi continuer cette lutte sourde où je compromets ma dignité, où se perd votre honneur? Votre calme railleur, en m'écoutant, ne prouve-t-il pas que j'ai dit la vérité et que vous ne m'aimez pas?

— Si c'est votre conviction, chère Suzanna, je suis homme de trop bonne compagnie pour m'oublier au point de vous démentir.

La marquise rougit légèrement, mais elle reprit sans paraître offensée:

— Je vous remercie, Diodato, de cet aveu. Je m'arme de vos propres paroles, et je vous déclare que je romps enfin ma chaîne; il y a trop longtemps qu'elle me pèse.

— Méchante! — s'écria le marquis, — ne jouez pas aussi cruellement avec mon cœur.

La jeune femme, quoique indignée de cette comédie, resta calme:

— Mon parti est pris. Vous serez heureux, monsieur le marquis, car vous ne verrez plus l'ombre qui tachait votre soleil. Je serai heureuse, moi, car je vivrai auprès de ceux qui m'aiment et qui me donneront à notre enfant que de nobles exemples.

— Cette considération me décide, signora; vous devez écarter mon fils d'un si mauvais père. J'allais pleurer, je refoule mes larmes; j'allais vous supplier de rester pour assister à ma conversion, je me tais puisque vous l'ordonnez. Une sainte telle que vous doit être obéie aveuglément.

Suzanna saisit au passage ce mot de conversion comme un fugitif espoir:

— Songeriez-vous à vous amender, monsieur le marquis; il est encore temps de réparer le mal que vous avez fait; il est temps encore d'obtenir le pardon de vos fautes.

Diodato sourit.

— Ah! ah! chère signora, vous vous accrochez à ce mot banal comme un noyé à une branche d'arbre penchée sur la rive; mais c'est une branche morte, croyez-moi. Ne renoncez pas pour si peu à votre vertueux dessein. Je suis un pécheur, je l'avoue; mais je ne veux pas compromettre votre salut en vous associant à ma destinée perverse; non,

non! Jusqu'à présent, vous le savez, je me suis incliné devant vos moindres caprices; mais aujourd'hui je ne souffrirai pas que vous vous sacrifiez pour moi. Abandonnez-moi donc, puisque telle est votre résolution. Il n'est pas de supplices que je ne m'impose pour assurer votre bonheur.

Suzanna le regarda avec la majesté d'une reine qui se croit au-dessus des offenses d'un valet.

— Demain j'aurai quitté le château, monsieur le marquis.

— Demain! — s'écria bouffonnement Diodato. — Oh! merci de m'accorder ce délai; une autre femme, moins généreuse que vous serait partie sur l'heure, mais vous, âme noble et généreuse, vous me laissez au moins le temps de me préparer à cette séparation qui fera le malheur de ma vie.

La marquise s'avança vers son mari d'un air froid:

— Ah! j'oubliais que vous avez des comptes d'argent à me rendre, Diodato... — Campo-Forte pâlit, et une sueur froide inonda ses tempes. Suzanna était vengée. Elle ajouta: — Mais ces misérables questions me répugnent.

Le marquis respira; il essaya de sourire:

— Vous me ressemblez tout à fait; il y a encore entre nous sympathie sur ce point. Décidément, nous avons tort de vouloir devenir étrangers l'un à l'autre.

— Je laisse à mon père l'ennui de régler cette affaire, — ajouta-t-elle. Le marquis la regarda; malgré lui une flamme sinistre brilla dans ses yeux, et il pensa qu'il avait eu tort de consentir si facilement au départ de sa femme. Suzanna gardait son air indifférent: — Je vous dis adieu, Diodato. Il est inutile de nous revoir; mes préparatifs de voyage ne seront pas longs, d'ailleurs; je n'emporte que mes diamans.

Elle salua le marquis avec une froideur glaciale et sortit.

— Ses diamans! — répéta Diodato. Et d'un bond il tomba debout à trois pieds de son lit de repos. Ce dernier mot lui avait produit le même effet qu'une pièce de quarante-huit éclatant à l'improviste aux oreilles d'un homme endormi.

Pour la première fois de sa vie, Isaac avait manqué à sa parole: les diamans promis sous huitaine n'avaient pas encore été livrés. Disons à la justification du bonhomme que les chemins infestés depuis huit jours de sbires, de bandits, de proscrits; qu'en ces temps de trouble il eût été fort imprudent de transporter d'une ville à l'autre des bijoux qui représentaient des sommes considérables; enfin, que l'acquisition forcée de sa baignoire avait notablement refroidi le digne juif à l'endroit du négoce avec la noblesse.

L'absence des diamans, vrais ou faux, jetait toutefois le marquis dans le plus grave embarras. Surpris à l'improviste, maugréant contre Isaac, maudissant sa méchante étoile, il ne savait à quel parti s'arrêter.

Tenter une réconciliation, c'était se commettre sans aucune chance de réussir. S'avouer franchement coupable, tomber à la merci de cette femme qu'il avait insolemment bafouée, c'était se mettre la chaîne au cou, et il serait toujours à temps d'en venir à cette extrémité. D'ailleurs, il se sentait en veine de courage, et il résolut d'affronter vaillamment la situation.

Il s'élança donc sur les pas de la marquise, se blottit derrière la porte de sa chambre et écouta comme un espion.

Suzanna avait pris son écrin dans un meuble de Boule; surprise de sentir si léger ce charmant coffret qui contenait cependant toutes ses richesses de jeune fille et de femme, elle l'ouvrit avec une sorte de peur, et, le trouvant vide, elle laissa échapper un cri d'effroi.

Diodato pensa que le moment d'intervenir était venu; il ouvrit brusquement la porte et courut à sa femme:

— Mon Dieu! que vous est-il arrivé? — s'écria-t-il en serrant la jeune marquise entre ses bras, comme pour la protéger contre l'invisible danger qui semblait la menacer. .

— On m'a volé mes diamans! — répliqua la marquise éperdue, en lui tendant son coffret tout ouvert.

— Béni soit celui qui vous a dépouillée de ce trésor! — dit froidement Diodato, au lieu de paraître surpris et consterné.

Suzanna le regarda avec le plus profond étonnement.

— Avez-vous perdu la raison, monsieur le marquis, ou ne m'avez-vous pas comprise?

— J'ai fait mieux, je vous ai devinée, chère amie; j'ai pénétré le fond de votre généreuse pensée.

— Quelle est cette énigme?

— Oh! je sais que je vais vous fâcher. Les femmes n'aiment pas qu'on les devine, ni qu'on lise trop avant dans leur cœur, dédale inextricable tout peuplé de caprices, d'élans et de mystères.

— Mais parlez donc! — interrompit Suzanna avec un frémissement d'impatience. — Qu'a de commun le cœur des femmes avec le vol de mes diamans?

— Vous voulez savoir le fond de ma pensée, signora? Eh bien! vous avez regret de votre emportement et vous vous êtes dit : J'ai été injuste et sans pitié envers mon mari qui m'aime; j'ai eu tort de prendre au sérieux quelques railleries innocentes, de m'effaroucher de quelques parties de plaisir habituelles chez tous les seigneurs de son âge, de le croire amoureux de la première fille venue qui met le pied dans une salle du château. Inventons quelque ruse féminine et réparons notre faute en sauvegardant notre dignité. Vous ne vouliez partir qu'en emportant vos diamans. Plus de diamans, plus de départ. On se réunit à l'heure du danger contre l'ennemi commun. Nous cherchons ensemble nos prétendus larrons sans repos ni trêve, jusqu'à ce que nous les trouvions, et, comme nous les cherchons toujours, nous ne nous quittons jamais. Allons, le stratagème est des plus ingénieux et fait votre éloge, ma chère Suzanna, — ajouta-t-il en riant de toutes ses forces, sinon de tout son cœur.

Et il voulut, en signe de paix, effleurer de ses lèvres l'épaule nue de sa femme; mais elle le repoussa dédaigneusement, et lui montrant de nouveau son coffret :

— Je ne sais pas jouer comme vous la comédie, monsieur le marquis. Je vous répète que la serrure de ce meuble a été forcée à mon insu.

— Il s'agit donc réellement d'un vol, — repartit Diodato en affectant la surprise. — En effet, cette serrure a été brisée. En notre absence, on se sera introduit dans le château pendant la nuit. Qui cela? Des misérables qui auront voulu se venger de ma sévérité? Des proscrits, sans doute. Qui sait? Giovanni leur aura mieux que personne indiqué les secrets du logis. Les scélérats! mais je tiens une de leurs bandes et je leur ferai payer cher la douleur qu'ils vous coûtent, Suzanna. Et peut-être n'auront-ils pas respecté l'appartement de mon père plus que le vôtre? S'il en était ainsi, nous serions à peu près ruinés, signora. Oh! venez, venez! il faut nous en assurer sur-le-champ. — Il prit la marquise par la main et l'entraîna chez le vieux marquis Pietro; le plus complet désordre régnait encore dans cette partie du château. — Oh! nous sommes perdus, ruinés, déshonorés! — s'écria-t-il en portant à son front ses mains frémissantes. — Ces larrons ont tout brisé, tout pillé, tout enlevé. Nous serons obligés de vendre ce château où je suis né, où sont morts tous mes ancêtres; nous en sortirons comme des mendians chassés par d'impitoyables créanciers! — Il courut à un meuble qui contenait un tiroir à secret; il ouvrit vivement la cachette et recula tout chancelant : — Oh! les infâmes! — murmura-t-il d'une voix entrecoupée de sanglots; — ils ont volé jusqu'au portrait de ma pauvre mère! — Suzanna était restée muette devant cette incroyable dévastation. Après un instant de profond accablement, le marquis sonna, et, se plaçant devant une petite table, il traça quelques lignes à la hâte. — Nous n'avons pas une minute à perdre, — dit-il, tout en écrivant; —

chargeons d'abord Isaac de dénoncer ce vol audacieux à ses confrères de Palerme, de Messine et de Naples, afin que, jusqu'à nouvel ordre, ils fassent main basse sur tous les diamans qui leur seront offerts. — Thadeo venait d'entrer. — Porte sur-le-champ cette lettre au vieil Isaac.

L'ancien pêcheur prit le message et partit.

Plus heureux que Judith, il trouva les portes de la juiverie ouvertes.

La pauvre enfant avait été obligée d'aller demander l'hospitalité à la strega, qui, malade des fièvres, ne pouvait quitter son humble logis.

Elle lui raconta les tristes événements qui s'étaient accomplis depuis la veille. La Fabiana écouta silencieusement ce récit, bien souvent interrompu, entremêlé de larmes et de sanglots, sans qu'un muscle tressaillît sur son visage austère, sans qu'une seule plainte s'échappât de ses lèvres. Mais si, extérieurement, elle paraissait impassible, l'orage grondait sourdement au fond de son cœur ulcéré.

Elle rêvait une vengeance prompte et terrible, elle songeait à la délivrance de son fils.

Judith, agenouillée près du grabat de la prophétesse, la tête cachée dans ses mains, murmurait :

— Giovanni prisonnier de son frère, c'est-à-dire Giovanni condamné, Giovanni assassiné! Mon Dieu tout-puissant, permettrez-vous ce crime?

La strega releva doucement la jeune fille et lui dit avec un sourire effrayant :

— Judith, sèche tes larmes et réjouis-toi.

La juive la regarda avec inquiétude, et ce sourire lui fit peur.

— Ce soir, mon enfant, tu verras Giovanni.

— Ce soir! — s'écria Judith en jetant avec effusion ses bras autour du cou de la strega, — et demain je le verrai encore, — continua-t-elle; — je le verrai tous les jours, n'est-ce pas?

— Oui, mon enfant, car dès demain il sera libre.

— Libre... malgré Diodato?

— Diodato! — reprit la strega en haussant les épaules; et, conduisant la fille d'Isaac à l'étroite fenêtre, elle lui montra du doigt un insecte qui se débattait au milieu d'un merveilleux réseau tout scintillant de rosée. — Vois-tu cette mouche? Elle ne peut se dégager, malgré tous ses efforts, et voilà l'araignée qui accourt. Elle l'enveloppe dans son fil comme dans un linceul. Cette mouche, c'est Diodato, — reprit-elle avec un éclat de rire strident.

— Et l'araignée?

— C'est moi.

— Vous m'effrayez, Fabiana, — dit Judith en grelottant de peur comme on grelotte de froid.

— Adieu, mon enfant, — reprit la strega, dont les noires prunelles étincelaient encore d'un feu sombre; les portes de ton quartier sont ouvertes, il est temps de retourner chez ton père; le pauvre homme doit être en proie à de mortelles angoisses.

— Vous avez raison, Fabiana, je vous quitte. En quel endroit vous retrouverai-je aujourd'hui?

— Dans les ruines du temple de Junon Lacinie; mais nous allons faire route ensemble. — Et, se drapant fièrement dans son manteau déguenillé, elle sortit en même temps que Judith.

— Où allez-vous donc de si grand matin? — demanda timidement la jeune fille au moment de quitter la strega.

— Chez le prince de San-Caraldo, mon enfant.

III

TIRAGE AU SORT.

Le message dont Thadeo était porteur avait précédé de quelques instans le retour de Judith. Lorsqu'elle entra, elle trouva sa vieille nourrice presque folle de désespoir et arrosant le sol du logis de ses larmes.

Quant à Isaac, quoiqu'il eût passé une nuit d'anxiétés suprêmes, il était cependant sorti pour affaire dix minutes après la réception de la lettre que lui avait adressée Diodato.

Il était allé chez Cahen-Lévi, où se trouvaient réunis en ce moment ses amis Moïse et Jacob, tous les trois fort occupés d'un chargement qu'ils préparaient pour Smyrne.

Leur bâtiment, en rade aux environs du cap Bianco, n'attendait plus qu'un dernier envoi pour mettre à la voile.

Isaac tomba au milieu d'eux comme une bombe.

— Et votre fille Judith ? — s'écrièrent les trois juifs d'une seule voix.

— Pas encore de retour ! — soupira le bonhomme ; et, comme un malheur n'arrive jamais seul, j'ai reçu tout à l'heure ce billet, — continua-t-il en leur tendant tout ouverte la lettre que lui avait expédiée le jeune marquis de Campo-Forte. — Lisez !

Puis, s'affaissant sur un ballot, la tête entre ses mains, il se mit à pousser de sourds gémissemens.

Effrayés de l'abattement profond du vieillard, les trois juifs frissonnèrent de tous leurs membres ; ils se crurent frappés en masse de surtaxe, d'exil ou de confiscation.

Cependant Cahen-Lévi, qui avait pris le message, releva ses lunettes et lut d'une voix chevrotante :

« Mon cher Isaac,

» Vous êtes signalé par la rumeur publique comme coupable d'avoir fait distribuer, par votre fille, de l'argent » aux proscrits. Venir en aide à la rébellion, c'est perpé» tuer les troubles qui désolent notre malheureuse pro» vince. Votre confrère Daniel a été pendu pour un fait » semblable ; il serait extrêmement fâcheux pour vous de » finir comme lui ; votre santé de fer vous promettait une » longue vieillesse. Mais réjouissez-vous dans votre ad» versité, cher et imprudent ami, je vous aime trop » pour ne pas tenter de vous sauver à tout prix. Apportez» moi, dans un délai de trois jours, cinquante onces d'or » (68,760 fr.), et je me fais fort d'étouffer dans son germe » cette déplorable affaire.

» Je vous serre les mains. — Votre affectionné,

» DIODATO, marquis de CAMPO-FORTE. »

— C'est-à-dire qu'il vous serre la gorge ! — s'écria Cahen-Lévi indigné.

— Dites plutôt que l'infâme l'étrangle ! — continua Moïse.

— Mais cet homme est l'épée de Damoclès suspendue sur nos têtes ! — ajouta Jacob. — Cinquante onces d'or !

Et tous les trois, quoique ce coup ne frappât qu'Isaac, n'en partagèrent pas moins le muet désespoir du vieillard.

Cependant le bonhomme se releva lentement, laissa échapper un profond soupir, puis il tira de sa poche un acte de vente qu'il avait eu le soin de rédiger d'avance.

— Moïse, — dit-il, — je vous vends mes jardins, ma maison et mes meubles. Vous savez ce que vaut le tout. Remplissez donc, d'après votre propre estimation, la somme que j'ai laissée en blanc ; mettez la date et signez, je vous prie. Moïse parcourut l'acte des yeux, remplit exactement les blancs et signa. — Jacob, — continua le

vieillard, — vous me prêterez vos valets pour aider les miens à transporter secrètement mes objets les plus précieux à bord du navire en partance.

— Ils sont dès à présent à votre disposition, mon vieil ami.

— Et vous, Cahen-Lévi, — ajouta Isaac, — vous me réserverez passage pour moi et les miens, n'est-ce pas ?

— Je n'ai rien à vous refuser, mon confrère ; souvenez vous seulement que nous partons dans trois jours au plus tard.

— Enfin, — soupira Isaac, soulagé d'un grand poids,— dans trois jours j'aurai donc quitté Girgenti.

— Et vous partirez sans envoyer au jeune marquis de Campo-Forte les cinquante onces d'or qu'il exige de vous ?

— Oui, par Abraham ! mais, en revanche, je lui ferai reporter sa baignoire, qui, selon lui, vaut son pesant d'or.

Vers le milieu du jour, Judith sortit à pied du quartier des juifs et s'achemina lentement vers les ruines du vieux temple de Junon, où elle devait retrouver la Fabiana.

Dans quel but la strega s'était-elle rendue au palais de San-Caraldo ? La fille d'Isaac ne s'expliquait pas quel mystérieux rapport pouvait exister entre le prince et la sorcière, car cette dernière avait gardé le plus profond silence à cet égard.

De quelle puissance surnaturelle disposait donc cette femme étrange, pour qu'elle osât concevoir l'audacieuse pensée de délivrer son fils et de faire tomber dans quelque ténébreuse embûche le jeune marquis de Campo-Forte, au moment où il avait encore en main le pouvoir ?

Il y a loin de la volonté à l'exécution, pensait Judith ; la pauvre mère, aveuglée par son désespoir, ne se serait-elle pas abusée elle-même ? n'aurait-elle pas trop présumé de ses forces ?

Mais de loin la fille d'Isaac aperçut la strega, qui l'attendait accroupie sur les dernières marches du vieux temple, et presque perdue dans l'ombre que projetaient les colonnes.

Judith hâta le pas.

Alors la Fabiana se leva, et, prenant un petit sac de cuir qu'elle cacha sous son manteau, elle vint au-devant de la jeune fille.

Elle était encore plus pâle et plus sombre que de coutume.

Judith cherchait à lire au fond de sa pensée, mais elle n'osait l'interroger.

— Vous songez à notre Giovanni ? — dit-elle enfin.

— Seul dans son affreux cachot où les heures doivent s'écouler lentement pour lui, qui est séparé des siens, qui peut-être se croit abandonné de ceux qu'il aime !

— Par malheur il n'est plus seul, — répondit tristement la Fabiana, — la bande tout entière est tombée cette nuit dans une embuscade. — Ceux qui n'ont pas été tués dans cette dernière boucherie ont été ramenés à Girgenti la corde au cou ; tantôt j'en ai compté quarante à demi-nus, tout sanglans, qui marchaient courbés sous le bâton des sbires.

— Et ces infortunés ont été conduits dans les souterrains du château ?

— Où ils ne s'attendaient pas à retrouver leur chef.

— Mais nous n'en verrons pas moins Giovanni, n'est-ce pas ? — demanda Judith avec anxiété.

— Je suis prête à tenir ma promesse, — répondit la strega. — A ton tour, jure-moi d'être courageuse et forte, de ne t'effrayer, quoi qu'il arrive, ni de ce que tu pourras voir, ni de ce que tu pourras entendre.

— Fabiana ; je vous le jure ! — repartit la fille d'Isaac.

— Viens donc ! — s'écria la strega en entraînant Judith. Mais surtout souviens-toi de ton serment. La jeune fille, profondément émue, la suivit en silence, et le chemin s'acheva sans qu'elles échangeassent un seul mot, tant elles étaient absorbées par leurs propres pensées. Elles arrivèrent ainsi jusqu'aux portes du château. Mais là des sentinelles leur barrèrent brutalement le passage. — Appelez votre chef, — répondit la strega.

Gregorio Torella sortit d'une petite loge qui servait de corps de garde.

La Fabiana lui remit un papier qu'elle avait tiré de sa robe.

Torella s'inclina devant cet ordre, signé *San-Caraldo* et contre-signé *Diodato*, marquis de Campo-Forte ; puis il fit aussitôt ouvrir la poterne et accompagner Judith et la Fabiana par un de ses sbires qui portait un falot.

Cet homme s'engagea dans un étroit escalier taillé en spirale, dont la cage de pierre ressemblait à un puits ; les marches, dégradées par le temps et plus encore par l'humidité, étaient envahies par une mousse épaisse et gluante.

Le salpêtre que suaient les murs scintillait à la lueur du falot comme une nappe de neige sous les pâles rayons du soleil levant.

Arrivé devant la porte de fer qui fermait l'entrée de la galerie souterraine, où les proscrits avaient été jetés pêle-mêle, le sbire s'arrêta.

— Dans combien de temps dois-je venir vous reprendre ? — demanda-t-il.

— Dans une heure, — répondit la strega.

Alors, la porte s'ouvrit en criant sur ses gonds rouillés pour livrer passage aux deux visiteuses, puis elle se referma lugubrement sur elles.

Judith fut un instant effrayée de la profondeur des ténèbres, elle n'osait faire un pas en avant, — une atmosphère de glace l'enveloppait de la tête aux pieds, des exhalaisons fétides et nauséabondes flottaient dans l'air humide, et un silence de mort régnait sous ces voûtes ; on n'entendait que le bruit de l'eau qui tombait goutte à goutte avec un clapotement sinistre.

Ce souterrain passait sous les fossés du château, dans lesquels dormait une eau croupissante qui filtrait à travers une massive trappe de chêne enclavée dans la voûte.

En entendant la clef grincer dans la serrure, les proscrits, inquiets de cette visite inattendue, s'étaient refoulés en masse à l'autre extrémité de la galerie.

Leur amenait-on de nouveaux compagnons d'infortune ? Venait-on leur lire leur sentence ou les fusiller à bout portant, comme on avait massacré vingt des leurs dans les cachots de Messine. Ils attendaient en silence.

Tout à coup une lueur faible d'abord traça dans l'ombre un cercle lumineux, puis de cette lueur jaillit une flamme éclatante.

C'était la Fabiana qui venait d'allumer l'une des torches qu'elle avait apportées.

— La strega ! — s'écrièrent les proscrits en s'élançant vers elle.

L'apparition soudaine de cette femme, qui arrivait à l'heure suprême du danger, avait pour ces hommes superstitieux un côté fantastique et saisissant.

Giovanni se jeta dans les bras de la Fabiana.

— O chère mère ! — s'écria-t-il, — je puis donc vous embrasser avant de mourir.

Mais Judith, s'approchant, lui murmura à l'oreille :

— Je t'avais dit : A bientôt, Giovanni, et me voici déjà. Les portes de cette prison se sont ouvertes devant nous comme par enchantement. Je t'avais dit que la Fabiana t'arracherait aux cachots immondes de ton frère, et, dès demain, tu seras libre.

— Libre ! — soupira le proscrit. — C'est un rêve cela, Judith. Mon ennemi ne me lâchera pas ; il poursuivra jusqu'à mon cadavre ; je gêne sa vie, je gêne ses vices, je gêne sa lâcheté. Il ne me pardonne pas la peur que je lui inspire. Son orgueil s'irrite de savoir que le sang de son père coule dans mes veines. Puis, non-seulement Diodato me hait, mais il t'aime.

— N'importe ! ta mère est plus puissante que lui ; elle m'a montré l'image de ce méchant homme. Enveloppé dans un inextricable réseau, il était moins à craindre qu'un loup pris au piége.

Giovanni hocha lentement la tête ; il était loin de considérer comme un fait accompli la naïve espérance dont se berçait Judith. Mais les proscrits, qui avaient gardé leur foi superstitieuse à la strega, sentaient, en la voyant apparaître si singulièrement au milieu d'eux, une sorte de confiance renaître au fond de leurs cœurs désespérés.

Certes, ils n'aspiraient pas à la délivrance. Tous, depuis longtemps, ils avaient fait le sacrifice de leur vie à cette sainte chimère de l'indépendance, née des tortures d'une insupportable oppression ; mais ils comptaient sur la sibylle pour leur léguer des vengeurs et poursuivre l'œuvre qu'ils laissaient inachevée.

Carini s'avança vers elle :

— Bonne Fabiana, — dit-il, — venez-vous pour nous exhorter à voir sans pâlir la mort nous poser sur le cou ses doigts décharnés ? Craignez-vous qu'un seul de nous ose renier ses frères et demander grâce à nos maîtres, ou venez-vous nous promettre de nous venger un jour ?

— Le jour est proche.

— Je crois en votre parole, et, avant de mourir, ma dernière parole sera : Vengeance !

— Et moi aussi, strega, — dit gravement Giordano Capialbi, — je crie vers vous : Vengeance ! Cette nuit, les sbires ont mutilé mon fils. Après lui avoir coupé les deux poignets, parce qu'il avait les mains noires de poudre, ils lui ont arraché la langue. J'ai emporté le pauvre enfant bien loin, son sang figé me glace encore à travers mes guenilles.

— Strega, — dit ensuite Gaëtano Viala, — vous ne savez pas ce qu'ils ont fait cette nuit de mon père, surpris par eux dans une grange, au pied de la montagne ? Ils l'ont suspendu à deux anneaux, par les bras, à un mur ; par les pieds au mur de face, et, quand il a été lié ainsi, un sbire a sauté sur lui et l'a disloqué. Et, comme il ne rendait pas l'âme assez tôt à leur gré, ils lui ont enfermé le crâne dans un cercle de fer comprimé par une vis qui lui a fait jaillir les deux yeux de la tête.

Seranno Venari prit la parole :

— Une pauvre femme, nous voyant poursuivis, nous avait ouvert sa cabane, à Guerrazzi et à moi, et nous avait fait échapper par son jardin. Les sbires sont entrés chez elle et l'ont menacée de l'asseoir sur le fauteuil ardent si elle ne leur révélait en quel endroit nous étions cachés ; comme elle ne pouvait ou ne voulait le dire, ils l'ont couchée sur un gril et l'ont brûlée à petit feu. Si je tenais ces deux sbires en mon pouvoir, strega, je leur ouvrirais le ventre et je leur mangerais le cœur.

— Moi, je ne vous crierai pas : Vengeance ! ma mère, — dit Giovanni ; — mais je m'agenouillerai devant vous et je vous demanderai pardon de n'avoir pas accompli la sainte mission que vous m'avez confiée. J'avais fait serment d'affranchir mes frères, et ceux que la mort a épargnés sont captifs avec moi.

— Le châtiment qui t'attend est trop terrible pour que je ne te pardonne pas, mon enfant. L'amour que tu as rêvé ne se réalisera jamais pour toi. Le vautour est là-haut qui guette la colombe au passage.

Giovanni eut un frémissement de fureur.

— Oh ! si j'étais libre, ma mère !

Ce cri eut un douloureux écho dans le cœur des prisonniers.

— Il serait insensé à nous, n'est-ce pas, strega, dit Guerrazzi, de songer à notre délivrance ?

La Fabiana haussa les épaules avec un geste de profonde pitié.

— Enfans perdus de la liberté, — répondit-elle, — le soleil de votre chaude patrie ne brillera plus pour vous.

— O le soleil ! ô la liberté ! — répéta tristement Giovanni, — rêves de mon insouciante jeunesse, êtes-vous donc à jamais perdus pour moi ?

— Dieu nous avait fait pourtant la vie facile et bonne. Il ne nous fallait pour vêtement qu'un rayon de soleil, que les larmes du ciel pour étancher notre soif, qu'un portique de palais ou l'ombre d'un buisson pour abri.

— Et ils nous ont ravi tous ces biens qui nous viennent de Dieu ! O Créateur ! souffriras-tu qu'un seul homme détruise ainsi ton ouvrage ?

— Pères, frères et fiancés, — interrompit la Fabiana, — plaignez aussi celles que vous aimez et dont on vous a séparés, ce sont des femmes ! elles sont perdues pour vous, si vous ne vous hâtez de répondre à leur déchirant appel. D'ici j'entends leurs cris de détresse, d'ici je vois leurs bras meurtris qui se tendent vers vous.

— Strega, cette porte qui s'est ouverte pour vous ne s'ouvrira-t-elle jamais pour nous ?

— Strega, ayez pitié de notre désespoir et de nos larmes.

— Pour reconquérir votre liberté, — répondit froidement la Fabiana, — pour sauver la cause de l'indépendance, ce ne sont pas des larmes qu'il faut verser, c'est du sang.

— Je suis prêt à me dévouer pour sauver mes frères, — interrompit aussitôt Giovanni ; — désignez-moi la victime. C'est à Naples, n'est-ce pas, qu'il faut aller frapper ? C'est là qu'est le manche du poignard dont la lame nous atteint jusqu'ici ?

— Le roi ! — murmurèrent les prisonniers avec une certaine hésitation.

— Qui de vous, — dit la Fabiana, — dispute à Giovanni l'honneur de frapper le premier coup ?

— Il me semble que ma main tremblerait, — repartit Guerrazzi. — Un collecteur, un sbire ou un autre homme, je ne dis pas.

— Mais le collecteur et le sbire ne sont ce que les instrumens du roi, — interrompit dédaigneusement Giovanni.

— Il est une autre poitrine, — continua la Fabiana, — qui vous barre le chemin comme une muraille infranchissable, c'est dans ce mur qu'il faut faire une brèche si vous voulez arriver jusqu'à Naples.

— Pour atteindre cet homme il faudrait être libre.

— Demain, — dit la Fabiana, — j'aurai délivré celui qui sera chargé de cette sanglante besogne.

— Chacun de nous est prêt à obéir. N'est-ce pas, mes frères ?

— Oui ! — répondirent les proscrits.

— Strega, choisissez le bras qui doit frapper.

— J'accepte d'avance celui que désignera le sort, — répondit la Fabiana.

— Bien dit, strega. Tirons au sort.

— Mais comment ! — demanda Guerrazzi.

— Faites de ces pierres éparses un autel, — dit la Fabiana. Les proscrits ramassèrent les pierres détachées de la voûte, en firent un amas sur lequel la Fabiana jeta son manteau comme tapis. Puis y ayant fixé sa torche, elle y déposa deux stylets en croix et quarante et une cartes numérotées d'avance. Elle avait tout prévu. — Proscrits, jurez-vous d'obéir ? — dit-elle.

— Nous le jurons !

— Sur cette croix ?

— Sur cette croix !

— Hâtons-nous, ma mère, mon sang bout dans mes veines, ma main frémit d'impatience. Le nom de la victime ?

— Vous le saurez plus tard, — répondit la Fabiana. Giovanni tendit son vieux feutre à sa mère. La Fabiana fit signe à Judith d'approcher. Blottie dans l'ombre, la pauvre enfant grelottait d'épouvante à la vue de ces sinistres apprêts. — Prends cette urne improvisée, — dit la Fabiana, — et souviens-toi, Judith, que tu tiens entre tes mains ton bonheur, ta destinée tout entière. — La jeune fille frissonna de tous ses membres. Elle eut comme un vague pressentiment de l'avenir. Les cartes comptées et pliées furent jetées dans le feutre, et la fille d'Isaac fut aussitôt enfermée dans un cercle vivant, et toutes les mains se tendirent avidement vers elle. — Que chacun tire selon le rang qu'il occupe en ce moment, dit la Fabiana. Celui que le sort aura désigné trouvera dans sa main le numéro treize.

Comme chef, Giovanni devait tirer le dernier.

Le premier qui fouilla dans l'urne fut Carini. Il développa précipitamment son billet et poussa un cri de colère ; il avait le numéro quinze.

Chacun tirait à son tour et personne n'amenait le numéro treize. C'était un concert de cris sauvages et d'imprécations. Bientôt il ne resta plus que deux billets.

Guerrazzi en prit un et proféra un effroyable blasphème. Le numéro treize restait donc seul au fond du chapeau. Giovanni s'en saisit avec un cri de triomphe, et, s'emparant d'un stylet :

— Ma mère, qui faut-il frapper ?

— Ton frère ! — répondit la Fabiana d'une voix brève.

— Mon frère ! — répéta Giovanni avec un accent lamentable. Et il rejeta son poignard en s'écriant : — Jamais !

Judith, malgré l'horreur que lui inspirait Diodato, fut émue de pitié en voyant le désespoir de Giovanni.

— Sur cette croix, mon fils, — dit sévèrement la strega, — tu as fait serment d'obéir.

— Je ne puis pas tuer mon frère, — répondit Giovanni d'une voix brisée par l'émotion.

Les proscrits commençaient à murmurer entre eux. Quelques-uns souriaient avec mépris de l'hésitation du jeune homme.

— Prends garde, — continua la Fabiana. — Hier, Diodato s'est fait sbire ; il s'est fait aujourd'hui geôlier, demain il se fera bourreau.

— Ma mère, ce que vous me demandez est au-dessus de la volonté et du courage d'un homme. C'est un crime.

— Si je te connaissais moins, Giovanni, — dit Carini, — je te dirais que tu as peur.

— Peur ! — s'écria le bâtard en relevant fièrement la tête. — Je ne tremblais pas, tu le sais bien, le jour où, pour te venger, toi que je ne connaissais pas, j'ai tué, au milieu de ses soldats, le capitaine Palmieri.

— C'est vrai, — murmura Carini.

— Je ferais à pied le voyage de Naples, j'irais frapper le roi jusque dans son palais aussi résolûment que j'ai tué devant Judith les trois sbires qui, dans l'église, me barraient le passage. Mais le fils de mon père... l'enfant de sa prédilection... ce serait commettre un double crime ! Si j'avais cet affreux courage, j'aurais horreur de moi-même. Je vous en conjure, mes amis, épargnez-moi.

— Tu hésites parce que tu es le croît d'une bâtard de l'illustre famille de Campo-Forte. Tu sais cependant que tu n'es qu'un bâtard, renié par eux, maudit par leur toit, chassé de leur toit.

— Si nous t'avions supposé de noble race, nous ne t'aurions pas choisi pour chef. C'est le fils de la strega que nous avons mis à notre tête.

— Et quand, devant Dieu, tu serais le frère de ce Diodato, tu n'en devrais pas moins obéir à ton serment.

— Ta seule famille, c'est nous. Tes seuls frères, les voici ! Pierali a tué son enfant dans la crainte que ses cris ne révélassent la retraite des proscrits qui lui avaient donné asile. Seras-tu moins dévoué à tes frères que Pierali ?

— Hommes de fer, qui n'avez plus ni entrailles ni cœur, — s'écria Giovanni, épuisé par cet horrible débat ; — puisque vous l'exigez, j'obéirai ! je serai l'outil aveugle de votre vengeance ; je frapperai Diodato si Dieu ne paralyse pas mon bras, si je ne retrouve pas dans le regard de ma victime le regard de mon vieux père, si je ne vois en lui que le bourreau de tant d'innocens... Je frapperai, vous dis-je, mais ce meurtre accompli, vous ne me reverrez jamais.

En ce moment, le prisonnier, qui veillait à la porte, annonça le retour du sbire.

La Fabiana éteignit sa torche sous son pied, et les ténèbres envahirent de nouveau le souterrain.

La porte s'entr'ouvrit avec un bruit sinistre. L'heure était expirée.

— A demain, Giovanni ! — dit la strega en glissant un stylet dans la main de son fils.

— A demain, ma mère, — répéta-t-il d'une voix navrante.

Judith se pencha à l'oreille du proscrit :

— Il ne faut point désespérer, mon ami, Dieu ne permettra pas le fratricide.

Et elle s'engagea sur les pas de la Fabiana, qui avait déjà franchi le seuil de la prison.

IV

COMMENT GAROFALO S'OCCUPAIT DE SES PAUVRES ET DE SES MALADES.

Les deux femmes s'étaient éloignées rapidement. Judith s'arrêta tout à coup pour jeter un dernier regard sur les tourelles aiguës du vieux château. Elle pensait à Giovanni; et quoique marchant sous les rayons d'un soleil ardent, elle frissonnait au souvenir de l'humide et glacial souterrain qu'elle venait de quitter. Elle eût à cette heure donné la moitié de sa vie pour que cet étincelant soleil réchauffât le prisonnier, pour que le malheureux foulât sous ses pieds nus l'herbe brûlante du chemin.

— Hélas ! — soupira-t-elle les yeux encore tournés vers le château, — pourquoi faut-il que le sort l'ait désigné entre tous, quand tant d'autres aspiraient à cette sanglante faveur?

— Mon enfant, — répondit froidement la strega, — Dieu fait bien ce qu'il fait. Giovanni n'a pas été, comme nous l'espérions, le libérateur de ses frères. Ces malheureux vivaient par bandes dans les montagnes ou dans les bois ; ils inspiraient une terreur qui les protégeait comme un égide ; pas un sbire n'osait s'aventurer dans leurs retraites. Du jour où Giovanni, poursuivi par la haine de son frère, fut acclamé comme chef des proscrits, tout a brusquement changé de face. C'est pour atteindre le bâtard que Diodato a décimé leurs bandes, qu'il les a traqués dans leurs refuges et qu'il a troublé jusqu'aux bandits dans leur repos immémorial, car les bandits pouvaient devenir les hôtes du Campo-Forte illégitime. C'est donc une lutte de frère à frère, où nul n'a le droit d'intervenir, et le ciel est juste quand il arme la victime pour frapper le bourreau.

— Peut-être avez-vous raison, Fabiana, — reprit Judith, — mais le profond abattement de Giovanni m'a déchiré le cœur. J'entends encore comme un glas funèbre résonner ses dernières paroles à mon oreille : Puisqu'il le faut, j'obéirai, a-t-il dit, je tuerai Diodato ; mais, ce fratricide accompli, vous ne me reverrez plus. Ce dernier cri d'une âme vaincue par le désespoir ne vous révèle-t-il pas quelque sinistre projet?

— Enfant, — interrompit la Fabiana avec un léger haussement d'épaules, — est-ce qu'il ne l'aime pas trop ardemment pour renoncer comme un lâche à la vie? S'il avait conçu cette fatale pensée, elle s'évanouirait devant une larme de la fille d'Isaac.

— Que votre Dieu vous entende, bonne Fabiana !

— Qu'il m'entende? — dit la strega avec son éclat de rire étrange; — sais-tu quelle prière monte en cet instant de mon cœur vers Dieu? Je le conjure de permettre que le coup qui frappera mortellement Diodato laisse vivre assez longtemps ce monstre pour qu'il se sente lentement mourir; pour qu'il regrette une vie de mollesse et de luxe qui jusqu'à présent ne fut pour lui qu'un long jour de fête; pour que le vieux Pietro de Campo-Forte assiste au dernier râle de son bien-aimé et qu'il en meure de désespoir. — Judith cacha sa tête entre ses mains. — Oui, continua la strega, — j'appelle de tous mes vœux sur leurs têtes un châtiment terrible, et que l'aide me vienne du ciel ou de l'enfer, je m'écrierai : Merci!

— O Fabiana! — murmura la jeune fille, effrayée de l'exaltation qui peu à peu gagnait la strega, — votre Dieu ne commande-t-il pas la charité et la miséricorde?

— Laisse-moi blasphémer, enfant; le patient a le droit de maudire ses juges. — Elle releva ses cheveux argentés vers ses tempes : — Comme toi, Judith, j'étais chaste et belle. Regarde! voilà ce que le noble Pietro de Campo-Forte a fait de la belle Fabiana. Je n'avais au monde que mon Giovanni; c'était mon seul amour, mon espoir, le rayon de soleil qui venait parfois réchauffer et réjouir mon cœur triste et glacé. Tu sais ce que le fils de Campo-Forte a fait de mon enfant. Je n'ai pas, hélas! comme chacun ici le croit, le pouvoir d'évoquer l'esprit des ténèbres; mais si le démon m'apparaissait tout à coup et me disait : Je consens à te venger de ces deux hommes à ton gré, mais tu m'appartiendras pour l'éternité, j'accepterais ce pacte terrible. — Judith se jeta tout éplorée dans les bras de la Fabiana, mais sans oser lui adresser un seul mot de consolation. Elle comprenait et respectait cette profonde douleur. Les yeux de la strega étincelaient, une écume blanchâtre frangeait ses lèvres pâles; son regard s'était attaché avec une étrange fixité sur un point noir qui s'avançait à sa rencontre. Elle se dégagea doucement des bras de la jeune fille, et la saisissant par la main : — Vois-tu... là-bas? — lui dit-elle en lui désignant du doigt le point noir qui grossissait à vue d'œil.

— On dirait une litière entourée de cavaliers.

— Oui; mais qu'ils marchent lentement! — murmura la strega.

Elle se posa sur le bord du chemin, immobile et muette, et comme une statue de pierre elle attendit que le cortége passât.

Après cinq minutes d'une fiévreuse attente, elle vit défiler devant elle les cavaliers de l'escorte. Ils portaient le costume calabrais. Quant à la lettiga, il était impossible de la fouiller du regard. Ses rideaux de cuir étaient hermétiquement fermés. Mais quand passa le dernier cavalier du cortége, la strega étendit le bras, et l'arrêtant brusquement :

— Est-ce que vous arrivez des Calabres? — lui demanda-t-elle avidement.

— Oui, bonne femme, — répondit le serviteur, — et nous transportons à son château de Girgenti le marquis Pietro de Campo-Forte, qui se meurt.

Puis poussant son cheval en avant il rejoignit les siens.

Judith attacha ses grands yeux effarés sur la strega, dont le visage impassible ne révélait aucune émotion.

— Fabiana, — murmura-t-elle, — tout ce que je vois depuis ce matin m'épouvante.

La strega prit la petite main de la jeune fille entre ses deux mains brûlantes, et laissant glisser l'ombre d'un sourire sur ses lèvres décolorées :

— Encore un peu de courage, mon enfant, demain tout sera fini. Adieu.

Et elles se séparèrent.

La Fabiana suivit le chemin des ruines, ne songeant plus qu'à la délivrance de son fils, et Judith se dirigea vers le quartier des juifs, se demandant avec angoisse si elle aurait la force d'accomplir le serment qu'elle avait fait à Giovanni.

Sur sa route, la strega reconnut de loin la mule grise du moine Garofalo paissant en liberté sous l'ombre d'un petit bois de lentisques et de myrtes.

La monture révélait le maître. La Fabiana pénétra donc dans le massif ombreux.

Voluptueusement étendu sur un lit de mousse, appuyé sur son coude gauche à la manière des anciens convives de Lucullus, Garofalo assistait tout seul à un festin splendide. Il avait à portée de sa main droite quelques bouteilles de vieux vin, des tranches de viandes fort appétissantes, de la venaison et des pâtisseries.

Sa large face, fleurie et colorée comme un pavot rouge fraîchement épanoui, semblait égayer agréablement le vert sombre de cette solitude.

En entendant marcher, le moine voulut jeter son manteau sur tous ces débris épars; mais il était trop tard, la strega était debout devant lui.

Aussitôt la rougeur de ses joues fit irruption vers le front, en passant par les yeux, et elle se fondit en violet sous le bleu tempéré du crâne.

— J'allais à votre logis, révérend Garofalo, — dit la strega ; — mais j'ai vu votre mule sur la lisière du bois et j'ai pensé que vous n'étiez pas loin.

— Diable de mule ! — murmura le bon moine, — elle est née pour m'attirer des désagrémens. — Puis tout haut : — Vous me voyez occupé de mes pauvres et de mes malades, bonne Fabiana. — Et comme la strega ne répondait pas, il continua : — Oui, chaque matin, avant de leur distribuer ce qu'on m'envoie pour eux, je suis obligé de faire une étude approfondie des vins et des alimens qui leur sont destinés. Sans cela, vous comprenez bien, digne Fabiana, que j'exposerais ces infortunés aux plus funestes accidens, n'est-ce pas? Mais quand j'ai dégusté chaque flacon et goûté un peu de tout, oh ! alors je marche à coup sûr. Je dis : telle viande a trop de suc pour tel estomac et convient mieux à tel autre; ce vin est trop capiteux pour celui-ci, mais il ragaillardirait celui-là. Le moyen de ne pas se tromper, ma chère Fabiana, c'est d'expérimenter toujours par soi-même. Je me suis imposé cette tâche journalière, et mes malades s'en trouvent bien... et moi aussi.

La Fabiana ne l'avait pas écouté, mais quand il eut fini de parler,

— Révérend Garofalo, — dit-elle d'une voix sombre, je viens vous annoncer de bien tristes nouvelles.

— Que vous est-il encore arrivé, Fabiana? — interrogea le bon moine, visiblement ému.

— J'ai vu passer à cent pas d'ici le marquis Pietro de Campo-Forte qu'on rapportait mourant à son château.

— Ah! bon Dieu! — fit le moine en se mettant brusquement sur son séant.

— Puis, comme les malheurs s'enchaînent, — poursuivit la strega, — cette nuit, les débris de la bande du bâtard ont été cernés dans la montagne et conduits dans les prisons de Girgenti.

Garofalo fit un soubresaut et tomba debout sur ses énormes jambes.

— Et Giovanni? — demanda-t-il avec consternation.

— Séparé de ses compagnons, hier, quelques heures après le coucher du soleil, il s'est imprudemment livré; il est prisonnier de son frère.

— Oh! le malheureux! il est perdu! — s'écria le moine d'une voix tonnante.

Et la rougeur de sa face s'éteignit, puis deux grosses larmes jaillirent en même temps de ses yeux.

— Garofalo, vous aimez Giovanni comme un fils? — reprit la strega.

— Je ne sais pas si je l'aime comme un fils, mais je l'aime de tout mon cœur, et je donnerais pour lui le meilleur de mon sang.

— Eh bien ! mon révérend père, vous pouvez le sauver.

— Le sauver ! le sauver ! — répéta le bon moine de son timbre entier et sonore; — vous ne vous imaginez pas sans doute pas, strega, qu'à ma voix les murailles de sa prison vont s'écrouler comme autrefois les vieux murs de Jéricho au bruit éclatant des trompettes de Josué. Je sais bien que j'ai une bonne voix, mais elle n'est pas encore de cette force-là.

— Les portes du souterrain s'ouvriront devant vous comme par magie.

Garofalo regarda la strega avec quelque défiance.

— Vous me promettez que le diable ne sera pour rien dans l'affaire?

— C'est au contraire au nom de Dieu, et pour remplir un saint ministère, que vous ordonnerez aux hommes de garde de vous faire conduire auprès des prisonniers.

— Et vous croyez qu'ils s'empresseront d'obéir?

— Les proscrits, ne voulant pas mourir sans confession,

ont supplié qu'on vous envoie vers eux; leur requête a été favorablement accueillie; lisez.

Et elle remit aux mains du bon moine l'ordre qui enjoignait au sbire Torella de faire ouvrir les portes du souterrain au révérend Garofalo dès qu'il se présenterait. Cet ordre était signé San-Caraldo, et plus bas Diodato, marquis de Campo-Forte.

— Oh! oh! — s'écria le moine ébahi.

— Vous comprenez, maintenant?

— Vous arrivez demain au château, une heure avant le jour.

— C'est contraire à mes habitudes, mais n'importe; pour ce cher enfant, je crois que je consentirais à jeûner même quand notre sainte mère l'Église ne l'ordonne pas.

— Comme l'air glacial du souterrain où vous descendez est mortel, vous vous envelopperez soigneusement dans un ample manteau, comme si vous deviez faire l'ascension de l'Etna !

— Très bien ; ensuite.

— Quand, une demi-heure après, vous remontez, tout est encore obscur, et nul ne peut voir que votre manteau couvre deux hommes au lieu d'un.

— Fabiana, voilà une idée d'or! — s'écria Garofalo avec admiration. — Que le diable m'emporte si je n'exécute pas vos ordres de point en point!

— Je savais bien que je pouvais compter sur vous, — dit la strega en portant à ses lèvres la large main du bon moine.

— Pour sauver mon élève, j'aurais été capable de prendre sa place.

— Garofalo, j'attends encore de vous un autre service.

— Lequel, Fabiana? aujourd'hui je suis en fond de dévouement.

— Demain, quand Giovanni sera délivré, allez vous établir au chevet du vieux marquis et restez-y tout le jour.

— Tout le jour! c'est un peu long, — dit le moine en soupirant au souvenir de la maigre chère que de son temps l'on faisait au château. — C'est égal, vous pouvez compter sur moi. Seulement, — ajouta-t-il mentalement — je ne m'embarquerai pas sans biscuit. — Après avoir bourré à la hâte sa besace des débris de son repas, il enfourcha sa mule et prit congé de la Fabiana. — Adieu, — lui dit-il, — je vais faire une tournée chez mes malades, les prévenir qu'ils ne me verront pas demain, et que, pour raison de santé, je les mets tous à la diète.

Et, pressant les flancs de sa mule entre ses robustes genoux, il partit au grand trot.

V

UNE RÉVÉLATION.

On venait de relever les premières sentinelles, car les portes du vieux château de Campo-Forte avaient été ouvertes plus tôt que de coutume.

Les hommes de garde étaient sortis du petit poste où ils avaient passé la nuit, pour se réchauffer aux premiers rayons du soleil levant et humer, faute de mieux, l'air frais du matin.

Thadeo, assis sur l'un des bancs de marbre construits extérieurement de chaque côté de la porte principale, causait avec eux; depuis quelques instans, leurs regards se tournaient du côté de l'avenue, à l'extrémité de laquelle ils voyaient errer, comme une âme en peine, une forme blanche à demi noyée dans l'humide vapeur qui s'élevait de la terre et montait vers le ciel.

Cette forme svelte et légère révélait une jeune fille

Parfois, elle s'avançait dans l'avenue et devenait alors plus distincte, mais bientôt elle s'arrêtait inquiète, irrésolue et retournait en arrière.

Cependant, après un dernier mouvement d'hésitation, elle essuya furtivement ses yeux, fit un geste désespéré et, abaissant son voile, s'avança hardiment.

Les sbires la regardaient venir et quand elle ne fut plus qu'à quelques pas des sentinelles :

— Voilà une charmante fille aussi matinale qu'un oiseau, — dit l'un d'eux d'une voix assez haute pour que la belle l'entendît.

Un autre ajouta en frisant sa moustache :

— Pour qu'une fille trotte menu à cette heure, il faut que l'amour trotte avec elle.

— Je parie un écu, — dit le premier, — que Gregorio Torella nous vaut cette gentille visite.

— Et moi je parie que non, — repartit Thadeo en frappant lourdement dans la main que lui tendait le sbire.

En même temps il éclata de rire, car ayant reconnu la fille du juif Isaac, il pariait à coup sûr.

Judith, plus blanche que la neige, passa rapidement entre les sbires et le pêcheur, mais elle jeta à ce dernier ce seul mot :

— Venez ! — Puis elle entra dans la cour du château. Thadeo poussa son compagnon du coude, cligna de l'œil et rejoignit la jeune fille.—Thadeo, — lui dit Judith d'une voix brisée, — il faut que je parle à votre maître.

— A la bonne heure ! j'aime à voir que votre humeur de tigresse s'est adoucie, belle rose de Sion, — répliqua le valet avec un insolent sourire.

— Allez donc prévenir le marquis de ma visite! — s'écria la juive avec impatience.

Elle était moins blessée de cette insulte qu'épouvantée de sentir le courage factice dont elle s'était armée s'évanouir peu à peu.

— Il paraît que vous avez hâte de revoir notre joli seigneur ! — murmura Thadeo en ricanant, et il partit au pas de course.

Cinq minutes s'écoulèrent et chacune sembla à Judith plus lente qu'une journée d'oisiveté, plus douloureuse qu'une journée de fièvre.

Enfin, Thadeo reparut, et, à son tour, il dit à la jeune fille :

— Venez !

La juive le suivit, mais une nouvelle couche de neige avait recouvert ses joues déjà si pâles, ses genoux tremblaient, son cœur battait à lui briser la poitrine.

Près de défaillir, elle évoqua l'image de Giovanni ; elle revit par la pensée le pauvre captif abattu, désespéré, tel qu'elle l'avait quitté, n'espérant plus qu'en elle.

Cette vision ranima ses forces éteintes, et, se redressant pleine de courage et de volonté, elle entra résolûment dans la salle où l'attendait Diodato.

Le jeune marquis courut à sa rencontre en souriant et en lui tendant la main, mais ses yeux étincelans, qui croyaient se fondre avec bonheur dans un regard tout chargé de promesses, ne rencontrèrent qu'un visage glacé ; le sourire de ses lèvres s'éteignit devant l'attitude sévère et presque solennelle de la fille d'Isaac.

— Vous ne me craignez donc plus, Judith, — dit-il avec douceur; — quoi ! la beauté rebelle qui invoquait la mort pour se soustraire à l'amour de l'odieux marquis de Campo-Forte, s'humanise au point de demander audience à ce loup ravisseur ! A quel saint suis-je redevable d'un pareil miracle ! Je veux lui consacrer une châsse d'argent massif, car jamais miracle ne surpassa celui-là et ne m'inspira tant de ferveur ! Allons, charmante Judith, dites-moi le motif de cette imprudente visite, car elle doit avoir un motif, et, quel qu'il soit, s'il m'est permis de vous satisfaire, j'exaucerai votre demande, tant votre confiance en moi me rend heureux.

La juive restait immobile.

— Ne vous méprenez pas, Excellence, sur le but de mon étrange démarche, — répondit-elle d'une voix [...] vous ne sauriez comprendre ce qu'il m'en a coûté [...] m'y décider.

Deux larmes brillantes tremblaient à ses longs cil[...]

— Allons ! — reprit Diodato, qui ne croyait pas à [...] cérité de cette émotion, — avouez que vous avez ho[...] ne pas prolonger davantage votre belle défense e[...] toute réflexion faite, vous avez compris que la co[...] du gouverneur de Girgenti n'était pas à dédaigner. [...] écoutez enfin la voix de la raison, mais vous ne v[...] repentirez pas. Venez vous asseoir près de moi, bel[...] dith, et ne voyez en moi qu'un champion tout dis[...] tirer l'épée pour vos yeux divins.

La juive ne bougea pas.

— M'asseoir à vos côtés, Excellence ! je n'aurai pas [...] témérité. D'ailleurs, je n'ai qu'un mot à vous dire [...] mot, je vous le dirai debout, car le temps presse. M[...] de Campo-Forte, quittez votre château, quittez Gir[...] quittez la Sicile sans tarder, si vous ne voulez pas m[...]

— A cette révélation inattendue, Diodato sentit un él[...] sement passer devant ses yeux ardens, et la regarda [...] stupeur. — Faut-il vous l'avouer, Excellence, — con[...] la juive, — j'ai craint un instant d'être venue trop t[...] je suis étonnée de vous trouver vivant.

Le marquis recula d'un pas et balbutia :

— Expliquez-vous plus clairement, Judith.

La juive fixa sur lui un regard morne et dit d'un [...] monotone comme celle d'un greffier :

— Hier, Excellence, un tribunal s'est assemblé. u[...] bunal mystérieux, implacable et sans appel. Vos [...] vous ont condamné. Une sentence de mort a été pr[...] cée contre vous.

Diodato essaya de recouvrer son sang-froid :

— Et ces juges improvisés ont sans doute un bou[...] à leurs ordres.

— Ce bourreau se nomme le vengeur. Le vengeur [...] choisi. L'homme qui doit vous frapper depuis ce [...] vous guette, je le sais; votre vie lui appartient, ca[...] fait le sacrifice de la sienne. Je viens vous dire : Q[...] ce château, quittez la province et passez le détroit, o[...] êtes perdu.

— Savez-vous bien, chère Judith, que si j'étais [...] brave, — répliqua Diodato en pâlissant, — que [...] croyais à cette intrigue de bal masqué, vous me [...] presque peur.

— Je vous répète, marquis de Campo-Forte, que [...] n'avez pas une minute à perdre.

Diodato, fort ému, se mit à se promener à grands [...] analysa rapidement la situation, et, ne pouvant adm[...] qu'il fût en danger dans son château, au milieu [...] serviteurs, de ses sbires et de ses soldats, il réso[...] faire bonne contenance, au moins devant Judith.

— Ainsi, selon vous, chère signora, — dit-il en s[...] tant brusquement et en affectant un air railleur, [...] honnêtes gens ont décidé en famille que l'on m'assa[...] rait... pour me corriger de mes défauts... Diavolo ! [...] vont pas de mainmorte, les gaillards ! Cependant, je v[...] rais à être un peu renseigné sur le crime dont on m'ac[...]

— Vous le demandez, Excellence, — répliqua grave[...] ment Judith. — Croyez-vous donc que vos exécution[...] glantes n'ont pas soulevé des haines ? Prenez garde [...] avez la tête à trop de têtes ! Défiez-vous du mendia[...] rampe à vos pieds, du sbire qui vous accompagne [...] bourreau qui torture vos prisonniers, du valet qui [...] votre sommeil !

— Bah ! vous tournez les choses beaucoup trop a[...] gique, belle Judith, — reprit Diodato en s'efforça[...] sourire; — si vous connaissez mes juges, dites-leur [...] part que je les récuse et que j'appelle de leur sen[...] devant un autre tribunal, car je la trouve mal moti[...] fond et vicieuse par la forme.

Judith secoua lentement la tête :

— Votre conscience ne plaide-t-elle pas contre vo[...]

— Ma conscience m'absout, chère enfant, et me d[...]

je me suis conduit en loyal et fidèle sujet du roi. Mon seul crime est d'avoir triomphé de la révolte. J'ai nettoyé la province des bandes qui en étaient la terreur. Je tiens les derniers rebelles sous ma main, dans de solides murailles d'où nulle puissance humaine ne saurait les tirer, et le poignard qui devait me frapper sera lâché par une main inerte et impuissante.

Judith tressaillit.

— Vaine illusion, marquis de Campo-Forte. La vengeance veille, vous dis-je. Partez! Il n'y a plus de salut pour vous que dans la fuite.

— Pauvre fille! vous êtes dupe, sans vous en douter, de quelque intrigue maladroite. On s'est servi de vous pour m'effrayer. On essaye de l'intimidation pour me faire quitter Girgenti, je comprends cela; je suis un verrou assez gênant pour ces coquins-là, moi qui ai fait en moins de dix jours ce que d'autres n'ont pas pu faire en dix ans.

— Oh! ne vous en applaudissez pas, Excellence. Ce triomphe, vous le payerez aujourd'hui de votre sang. Il n'est pas de vaincu qui n'ait son heure de représailles. Ce sont les oppresseurs qui font les assassins.

Le marquis s'empara de la petite main que Judith tendait vers lui.

— Rassurez-vous, chère belle, le danger que vous redoutez pour moi est imaginaire. Votre tête de jeune fille se sera exaltée sur quelques menaces chimériques ou sur la prophétie mystérieuse d'une sibylle en haillons. On n'entre pas aisément dans ce château, dont toutes les portes sont gardées. Je suis sûr de la fidélité de mes hommes, car ils sont royalement payés. Je suis une bonne ferme pour eux et ils ne me laisseraient pas tuer. Je n'en suis pas moins touché du vif intérêt que vous me témoignez, ravissante Judith, et votre visite me prouve que je ne vous suis pas tout à fait indifférent.

— Vous vous trompez, marquis de Campo-Forte, — interrompit la juive en dégageant brusquement sa main. — Ce n'est point par intérêt pour vous que je suis venue. Un motif plus puissant m'a guidée.

— Et lequel? — demanda Diodato avec hauteur.

— C'est mon secret.

Le marquis, irrité, se croisa les bras, et, fixant sur elle un regard insolent :

— Ah çà! entendons-nous, signora. Ce n'est point par sympathie pour moi que vous me révélez le danger de mort dont je suis menacé, dites-vous. Soit! Alors votre confidence n'est qu'une ruse imaginée pour vous débarrasser au plus vite de la présence d'un homme qui vous est odieux. Ah! si j'étais assez poltron ou assez naïf pour m'enfuir, comme vous ririez de moi et comme vous auriez raison!

— Mais je ne parviendrai donc pas à arracher le bandeau qui vous aveugle! — s'écria Judith avec douleur. — Ma voix n'a le don de vous persuader. Vous ne comprenez pas que j'ai horreur du sang versé et qu'une femme peut vouloir sauver un homme qu'elle n'aime pas. Je vous le répète, la mort est là qui rôde et à deux pas de vous, peut-être. Redoutez cette main invisible armée de la vengeance et qui doit frapper comme la foudre.

Le marquis croyait bien à quelque vague péril, mais il savait aussi qu'il était bien gardé, et cette certitude lui permettait de faire parade devant Judith d'une témérité qu'il n'eût certes pas conservée en face du danger.

Aussi s'approcha-t-il de la jeune fille, et, d'un ton toujours ironique :

— Le poignard qui doit m'atteindre serait-il donc attaché à votre ceinture ou à votre jarretière, ma charmante? — demanda-t-il, — et seriez-vous accourue par hasard au château de Campo-Forte pour renouveler le méchant tour que joua cette autre Judith au capitaine Holopherne? Elle avait enivré le pauvre soudard de vin et d'amour; mais je désire ne pas pousser plus loin la ressemblance... et surtout j'aspire à modifier le dénouement. — Judith ne l'entendait pas. En voyant avec quelle rapidité le temps s'écoulait, elle se tordait les mains désespérément et frissonnait au moindre bruit. — Ne seriez-vous pas seule?— ajouta Diodato.—Auriez-vous amené votre servante Noémi? L'horrible vieille serait-elle tapie derrière cette porte, tenant tout ouvert, entre ses doigts crochus, le sac dans lequel elle espère emporter ma tête?

— Mais fuyez donc, marquis de Campo-Forte! — s'écria Judith d'une voix suppliante. — Si, pendant que vous raillez froidement ce femme qui veut vous sauver, le vengeur arrivait, il vous tuerait sans miséricorde, j'entends votre sang rejaillir sur cette image de la madone; et alors en vain vous demanderiez grâce, en vain vous crieriez à l'aide, il serait trop tard. Vos sbires ne pourront vous rendre la vie, vous regretterez de ne m'avoir pas écoutée. Il sera trop tard. Hélas! hélas! — ajouta-t-elle en sanglotant, — je ne trouverai donc pas au fond de mon cœur un mot pour vous convaincre!

Elle était si belle dans sa terreur, avec ses grands yeux noirs étincelant à travers ses larmes, que Diodato sentit palpiter toutes les fibres de son corps. Il enveloppa la juive de ses bras.

— Hélas! moi non plus, — s'écria-t-il, — je n'ai pas trouvé un seul mot au fond de mon cœur pour te faire comprendre le violent amour qui me dévore. — Judith, effrayée, voulut s'arracher de cette frénétique étreinte. — Pendant que tu me parlais, — poursuivit Diodato, — je ne t'écoutais pas, je te contemplais toi-même, sans piège et sans artifice de ma part, à ce réveil furieux de mon amour! Te laisser partir! Oh! non; il y a trop longtemps que je souffre de ta résistance.

— Je ne puis croire à tant de lâcheté,—murmura Judith en repoussant Diodato d'un geste éperdu.

— Je voudrais te laisser partir que je ne le pourrais plus, — dit le marquis. — Ta beauté allume dans mes veines un feu que les flots de mer ne pourraient éteindre. Mon oreille est sourde à tes cris; mes yeux ne voient pas ton angoisse, mes lèvres ont soif de tes larmes. Judith! Judith! pourquoi es-tu si belle? pourquoi m'as-tu rendu fou?

Les cris effrayants que poussait la juive inquiétaient cependant le Campo-Forte, et, croyant entendre un bruit de pas dans la galerie qui conduisait à son appartement, il abandonna un instant sa victime et courut pousser le verrou; Judith mit à profit cette seconde de liberté, elle souleva la tapisserie qui masquait une autre porte et s'enfuit. Elle traversa plusieurs pièces au hasard, rapide comme une gazelle poursuivie par le chasseur et ne s'arrêta éperdue, presque folle de terreur, les genoux défaillants, qu'au seuil d'une chambre où le vieux marquis Pietro de Campo-Forte agonisait.

Le lit du seigneur se dressait sur une estrade comme le trône d'un roi, et une balustrade de bois doré l'isolait. De grands cierges éclairaient cette scène funèbre. Le visage ridé du gentilhomme semblait perdre de sa rigidité dans l'attente de la mort, et ses yeux, déjà voilés, cherchaient autour de lui les ombres riantes de ses jeunes années. Il se revoyait enfant dans son berceau, jeune garçon à sa première chasse, homme à son premier amour, soldat à son premier duel. Ces fantômes, qui avaient tous son visage, ne lui apportaient aucun remords. Son âme était calme et aspirait vers Dieu comme celle de tout homme dont la conscience ne reflète qu'une vie pure. Les visions folâtraient autour de ce lit qui était déjà la moitié d'un cercueil. En ce moment, Judith se cramponna à la balustrade et s'écria d'une voix haletante :

— Seigneur, protégez-moi !

Le vieillard ne parut pas l'entendre; seulement le vague sourire de son visage se figea.

Mais Diodato s'était élancé sur les pas de la fugitive, et, sans respect pour son père, couché immobile comme une image de marbre, le malheureux, pris de vertige, enlaça de nouveau la juive dans ses bras et voulut l'arracher de ce refuge.

— Ta résistance est inutile et ne fait qu'irriter mon amour, — dit le jeune gentilhomme d'une voix entrecoupée. — Tu es maintenant à moi, bien à moi!

— Seigneur, protégez-moi ! — dit encore Judith.

Les yeux du vieux marquis s'ouvrirent hagards et se fixèrent sur son fils, qui osait lutter contre une femme à deux pas de son lit, mais pas un mot ne sortit de ses lèvres froides.

— Giovanni! Giovanni! — cria la juive à bout de forces.

Le visage de Diodato s'empourpra.

— Toujours ce bâtard maudit, — dit-il avec un cri de rage. — Tu l'auras appelé pour la dernière fois, ma déesse. Tu viens de prononcer son arrêt de mort. Oh! je l'ai épargné trop longtemps.

— Seigneur, seigneur, protégez votre fils! — dit Judith en se tournant vers l'estrade.

Un râle qui ressemblait à une malédiction s'échappa de la poitrine du vieillard. La jeune fille conçut une lueur d'espérance, mais le débauché brava cette suprême menace. Une vapeur impure obscurcissait sa raison. Dominé par un de ces désirs violens qui rabaissent l'homme jusqu'à la brute, il enleva Judith hors de cet asile qu'elle avait cru un instant inviolable.

Il l'emporta tout haletant dans ses bras, la plaça demimorte dans la sainte chapelle qui se trouvait sur son passage, en ferma solidement la porte, mit la clef dans sa poche et disparut dans la direction du verger.

Il allait donc enfin se venger de son frère. Judith n'invoquerait plus ce rival détesté.

Au bord du fossé se cachait sous les ronces un engrenage auquel était attaché le bout d'une grosse chaîne qui se perdait sous l'eau bourbeuse. Cette chaîne était rivée par l'autre bout à une trappe massive enclavée dans la voûte de la galerie souterraine. Par là suintait goutte à goutte l'eau croupie et fétide des fossés. Le jeune marquis, dont l'état de surexcitation triplait les forces, fit jouer avec une ardeur furieuse le terrible engrenage. Pour atteindre son frère, Diodato sacrifiait sans hésiter quarante autres victimes enfermées dans la même prison. Au fur et à mesure que la chaîne humide s'enroulait sur son arbre de fer, le tourbillon qui s'était creusé en forme d'entonnoir, au milieu du fossé, grandissait et le niveau de l'eau subissait un abaissement que l'on pouvait suivre à vue d'œil.

Tout à coup, des cris aigus et déchirans s'élevèrent du fond de ce gouffre.

Mais implacable dans sa vengeance, sans s'émouvoir de ce grand bruit de voix plaintives, l'assassin attendit froidement que l'inondation fût complète.

Alors il referma la lourde trappe et reprit le chemin de la chapelle où se trouvait enfermée la fille d'Isaac. Il ouvrit brusquement la porte et se précipita dans l'oratoire, mais aussitôt il recula terrifié. Judith n'était pas seule.

— Vous ici, révérend père! — s'écria Diodato en s'adressant à cet hôte inattendu qui semblait tombé du ciel pour protéger la jeune fille.

— Mon cher fils, — répondit de sa voix de cuivre le robuste moine Garofalo, — je suis ici depuis ce matin, occupé à réciter les prières des agonisans pour le très haut et très excellent seigneur Pietro, marquis de Campo-Forte.

VI

LE VOLEUR DE L'ENFANT.

Il faisait encore grand jour. Cependant tout était clos dans la chambre où le vieux marquis attendait la mort. Les tentures des fenêtres étaient soigneusement fermées, mais des flots de lumière inondaient cette vaste pièce. Le lustre suspendu au plafond et les grands candélabres de la cheminée étaient chargés de bougies étincelantes.

Le vieux Roberto rangeait circulairement des sièges à quelques pas de la balustrade dorée.

Cette besogne achevée, il s'assit au chevet de son maître; les yeux fixés sur l'antique pendule dont la marche était trop longue à son gré, il semblait attendre impatiemment quelqu'un. mais il avait beau prêter l'oreille, il n'entendait que le râle saccadé du mourant.

Quelques minutes s'écoulèrent. Enfin, un léger coup retentit à une petite porte masquée par la tapisserie. Roberto se leva et courut ouvrir. Une femme de haute taille, enveloppée jusqu'aux yeux dans sa mante, entra. Après quelques paroles échangées à voix basse, le serviteur s'inclina devant l'étrangère et sortit en fermant la porte à clef.

Cette femme, c'était la strega.

Elle s'approcha lentement du lit et souleva du doigt la paupière de l'agonisant. L'œil était atone et semblait presque vitreux.

Après un instant de minutieux examen, elle tira de sa robe un flacon de cristal, entr'ouvrit les lèvres du moribond, lui fit glisser entre les dents la moitié de la liqueur rougeâtre contenue dans la fiole, et, respirant à peine, les yeux anxieusement fixés sur ceux du marquis Pietro, elle attendit l'effet de ce remède héroïque.

Le râle cessa bientôt. Un douloureux soupir s'échappa des lèvres du vieillard. Soulevant ses pesantes paupières, il promena autour de lui des regards étonnés, puis il passa à diverses repri-es une main tremblante sur son front brûlant, comme s'il cherchait à rassembler ses souvenirs.

Mais tout n'était encore que ténèbres dans ce cerveau obscurci par la fièvre.

— Marquis de Campo-Forte, — murmura la strega, — ne me reconnais-tu pas?

Le gentilhomme se souleva péniblement, semblable au Lazare ressuscité, et, s'appuyant sur son coude amaigri, il regarda fixement cette femme étrange qui se tenait debout à son chevet.

— Non! — dit-il en laissant retomber sa tête sur sa poitrine.

— Mon nom a dû plus d'une fois résonner à tes oreilles, seigneur Pietro, — reprit-elle. — Je suis la strega.

— La strega? — répéta le mourant. — Ah! la sibylle du temple de Junon, l'hôtesse du diable, la marchande de philtre et de poison! Comment es-tu entrée dans mon château , femme téméraire? Qui t'a appelée? Va-t'en, strega, et laisse-moi mourir en paix? Si mes serviteurs étaient fidèles à leurs devoirs ils auraient dû te chasser à coups de fouet.

— Les malédictions et les menaces ne doivent pas flétrir les lèvres d'un homme qui va rendre ses comptes à Dieu, dit doucement la strega. Je n'ai jamais vendu de poison. Je connais les herbes de nos montagnes, et j'ai guéri plus de malades que tous les médecins de Girgenti.

— Viens-tu donc m'apporter la santé et la vie? — demanda le vieillard ému d'un vague espoir.

— Non, marquis Pietro. Ta dernière heure est proche. Je ne puis lutter contre Dieu qui t'attend.

— Pourquoi donc troubles-tu mon agonie, messagère de malheur? — dit le marquis en gémissant.

— Je suis venue te demander justice et réparation, — repartit la strega d'une voix grave.

— Hélas! pauvre femme, — soupira le mourant, — j'ai foi en tes paroles, et je ne dois plus m'occuper des choses de ce monde. Porte ta plainte à Diodato, mon fils. Il te fera justice.

— Non, non, — interrompit la strega avec un amer sourire, — c'est un compte entre vous et moi, noble marquis de Campo-Forte. Il s'agit d'une action mauvaise que vous avez commise... autrefois. Or, il n'est pas bon que les enfans aient à juger des fautes de leurs pères.

Le vieillard fit un pénible effort pour concentrer sa pensée, un éclair fugitif anima son regard, mais après un instant de profonde réflexion, il murmura :

— Je cherche en vain, je me suis toujours conduit en honnête homme.

— Cependant, — reprit la strega, — on dit que, à l'heure suprême de la mort, le passé se retrace vivant à la mémoire. Le cortège de vos années défile devant vous avec ses couronnes de fleurs et ses taches de sang.

— Je ne me souviens pas, je ne me souviens pas !

— Il faut donc que je te vienne en aide, marquis Pietro. Cela me sera facile, car j'ai été mêlée à ta vie. Je suis une de ces feuilles desséchées que tu as arrachées toutes vertes de leur branche fleurie. Regarde-moi bien, Excellence. Malgré mes cheveux blanchis et mes rides précoces, je n'ai que trente-huit ans.— Le marquis se redressa convulsivement sur son lit; ses yeux mornes semblèrent grandir et briller. — Il y a vingt ans, — poursuivit la strega, — un orage éclata vers la fin d'une brûlante journée de mai, au moment où la fille d'un de ces plus ri hes métayers des environs de Girgenti ramenait de la montagne son troupeau de chèvres. Les éclairs incendiaient le ciel noir et serpentaient à travers les rafales de poussière. L'Agragas et ses affluens avaient débordé. Les bestiaux effarés, affolés se dispersaient çà et là. Tout à coup, la jeune fille poussa un cri; elle avait vu un taureau furieux renverser dans sa course un homme simplement vêtu qui traversait le sentier de la montagne en toute hâte. Comme l'eau du torrent allait inonder le chemin, elle releva cet homme tout sanglant, et, le portant dans ses bras, elle gagna, non sans angoisse et sans péril, les marches du temple de Junon. Ce fut un bonheur pour le blessé d'être rencontré par une jeune et robuste paysanne, non par une frêle et délicate demoiselle de la ville. — Le marquis écoutait avec une attention singulière et souriait à la vision évoquée par la strega. — Cet homme revint souvent s'asseoir sous les colonnes du temple, et le hasard parut y ramener aussi la gardeuse de chèvres. On eût dit d'abord d'un frère et d'une sœur qui se retrouvaient après une longue absence. Le frère, beaucoup plus âgé, engageait sa sœur bien-aimée à se défier des amoureux. A l'entendre, il était l'intendant du prince de San-Caraldo et n'avait pas de fortune; mais du rôle de frère il passa à celui d'amant, et proposa un beau jour à la jeune fille de l'épouser. Elle refusa franchement, car elle ne l'aimait pas d'amour. Puis elle se trouvait heureuse dans son indépendance. Cette vie errante et libre souriait à sa nature. Ses heures fuyaient comme l'eau du ruisseau qui n'est pas soumise à des digues et à des parapets. Le chemin de la vie s'ouvrait devant elle inondé de soleil et jonché de fleurs. Les rues étroites et fangeuses, les maisons noires, les fenêtres grillées des villes lui faisaient horreur. Pour elle, Girgenti était une grande prison. Cette brave fille n'avait jamais mis de souliers. Mais cet homme habile, il était l'intendant du prince de San-Caraldo. Les femmes ne savent pas résister aux larmes, elles qui sont dures aux coups et aux méchancetés. D'ailleurs, la gardeuse de chèvres n'avait que seize ans et ne savait pas qu'un visage n'est le plus souvent qu'un masque. L'intendant pleurait; elle sentit ses yeux se mouiller, et son pauvre cœur se fondre comme la neige au soleil. Cinq mois après, un matin, elle le vit venir de loin; elle était assise sur le fût brisé d'une colonne; elle se leva, marcha vers lui, et, avec un ravisse-

ment ineffable dans tout son être, elle murmura en se penchant toute pâle à son oreille : « Je suis mère ! » Il l'entendit et ne sembla pas partager son bonheur ; son front s'assombrit au contraire ; il resta distrait, préoccupé, oublia d'embrasser sa maîtresse et partit en promettant de revenir le lendemain. Elle ne le revit plus. Mais n'accusons pas cet honnête homme; il avait suspendu, en jouant, une bourse de cuir au cou de la chèvre favorite qui gambadait autour d'eux. Quand la jeune fille ouvrit cette bourse, elle y trouva cent ducats. Cet intendant était vraiment un magnifique et généreux seigneur. Le père de cette malheureuse n'était, lui, qu'un vrai paysan; seulement, il avait des idées singulières sur l'honneur et la probité. Il tenait moins à ses chèvres et à ses vaches qu'à la bonne réputation de sa fille. Il l'adorait parce qu'elle lui ressemblait d'une façon étonnante et qu'elle était hardie, bonne et probe comme lui. Il l'appelait sa perle. Hélas! la perle était tachée et ternie. Il ne maudit pas son enfant, mais son cœur devint trop gros par suite du chagrin. De temps en temps, il croyait y sentir entrer une pointe de stylet, et il lui fallait la tenir embrassée pour supporter la douleur. Dans d'autres momens, il croyait suffoquer, tant les palpitations étaient violentes. Un soir, il dut renvoyer un garçon de la ferme qui l'avait volé. Ce malheureux lui dit qu'il était bien content de ne plus servir le père d'une..... Il n'acheva pas; le fermier le terrassa d'un coup de poing, mais, en même temps, il tomba raide mort aux pieds du valet. La jeune fille restait seule au monde; repoussée de ses parens, de ses voisins, elle comprit qu'elle n'avait plus qu'un seul moyen de racheter sa faute et de se venger noblement de tant de mépris : c'était d'être bonne mère. Elle éleva le chérubin. Comment ? Dieu seul le sait. Pour lui, ses larmes se changèrent en sourires. Elle pria, elle travailla, elle eût mendié au besoin. Cependant elle ne put se réhabiliter aux yeux des siens, ni par le travail, ni par le repentir. Les compagnes de son enfance s'étaient toutes sagement mariées ; quand elles la rencontraient, elles détournaient dédaigneusement la tête, et leurs enfans appelaient le sien bâtard. Mais je me trompe. il lui restait deux compagnes fidèles, assidues : c'étaient la Tristesse et la Faim. Heureusement, le bambino était charmant; son sourire étonné et naïf séchait les pleurs de sa mère, et quand ses petits bras blancs se nouaient au cou de la malheureuse, elle oubliait sa misère et sa honte. Mais pourquoi parler de honte? La gardeuse de chèvres relevait la tête avec fierté en voyant son fils si robuste et si beau; elle était orgueilleuse d'être mère. Elle n'enviait personne. Elle se trouvait plus riche que les nobles dames de Girgenti. Elle avait un trésor vivant. Un matin, pendant qu'elle était allée puiser de l'eau à la fontaine voisine, on lui vola son enfant. — Pendant ce récit, l'œil hagard, la lèvre pendante, le vieux gentilhomme, enveloppé dans ses draps, semblait pétrifié. La strega poursuivit, impassible :

— La mère ne crut pas d'abord au vol. On pouvait la mépriser, on ne la haïssait pas. Elle n'avait fait de mal à personne, pourquoi aurait-on volé cet innocent? Elle chercha plusieurs jours son fils avec une sorte d'opiniâtreté instinctive, sans réflexion, sans désespoir, sans colère. Sans doute on avait voulu l'effrayer; sans doute on lui rendrait le bambino chéri. Parfois, la nuit, elle écoutait, croyant entendre son cri plaintif au seuil de sa cabane, et elle courait ouvrir la porte, prête à le serrer dans ses bras, se disant qu'elle l'y serrerait de façon à ce que nul ne pût le lui enlever. En plein jour, elle croyait le voir rouler dans l'herbe devant elle et se baissait pour le relever, mais elle n'embrassait que le vide. C'était une sorte de folie heureuse. Mais quand elle comprit que l'enfant était perdu pour elle, cette folie se changea en désespoir morne et hostile à tout le monde. Les enfans des autres lui faisaient horreur. Elle ne travailla plus; il lui semblait que son cœur ne battait plus et que son corps était une machine inerte. Pendant près d'une année, elle erra dans la province, cherchant partout son fils comme une louve à qui le chasseur a ravi ses petits. Eh bien ! le voleur de l'enfant, c'était le père. Cet homme s'appelait Pietro, marquis de Campo-Forte, cette fille, la Fabiana. Aujourd'hui, on la connaît sous le nom de la strega.

— Je me souviens, — murmura le vieillard en frissonnant d'angoisse et de fièvre. — Je te reconnais maintenant, Fabiana. J'ai été ingrat et injuste envers toi.

— Oui, je suis cette malheureuse que tu as si fatalement aimée, — continua-t-elle ; — mais je ne viens pas te reprocher d'avoir brisé ma vie. Quand j'ai voulu te reprendre mon enfant, tu as commis un crime plus odieux : tu m'as fait un serment que tu n'as pas tenu. Et, en échange de ce serment, j'ai consenti à m'exiler de cet amour sacré qui me faisait un paradis sur terre. Mon existence n'a été qu'une longue agonie. Tu m'avais promis d'assurer l'avenir de notre Giovanni ; marquis de Campo-Forte, qu'as-tu fait de mon fils ?

— Je me suis efforcé d'en faire un honnête homme, — répliqua le vieillard, — Dieu ne l'a pas permis. C'était une nature indomptable et rebelle, un caractère de fer, un ingrat.

— C'était un cœur d'or que tu n'as pas compris, — interrompit la strega avec violence. — Oubliant la foi jurée, tu t'es marié à une riche Napolitaine qui te donna un fils. Celui-ci, on le nomma Diodato ; c'était l'héritier, le Benjamin, l'enfant légitime, celui à qui revenaient de droit les baisers, les honneurs, la fortune. Dès ce jour, le mien ne se nomma plus Giovanni. Les valets le baptisèrent du nom de Patito. Il devint l'esclave, le souffre-douleur de son frère. Tu craignis qu'on ne te soupçonnât de l'aimer. Par une sévérité poussée à l'excès, tu as brisé le lien qui devait unir le père au fils. Pour une faute légère, ou plutôt pour un acte de courage et d'audace, mal interprété par vous autres, tu l'as fait impitoyablement comparaître devant le tribunal de tes nobles parens. Vous avez renié le pauvre bâtard, vous l'avez chassé comme un laquais infidèle, vous l'avez fait soldat malgré lui, vous l'avez jeté dans le camp des proscrits. — La Fabiana cacha sa tête entre ses mains et il y eut un instant de silence. — Pietro, — reprit-elle enfin, — j'ai éprouvé un amer plaisir à te raconter ce qu'il m'a fallu, dans ma dégradation, subir de tortures et de douleurs. Le fort a écrasé le faible. Mais le jour des représailles est arrivé. La vengeance que j'ai préparée de longue main sera terrible. En une heure, je te rendrai cette vie entière de martyre que tu m'as imposée.

— Que puis-je craindre de toi, malheureuse femme, — balbutia le vieillard saisi d'une vague épouvante. — Ne vais-je pas mourir ? Dieu seul pourra te venger.

La Fabiana sourit.

— Tu te trompes, Pietro. A mon tour, je vais faire juger Diodato, ce fils chéri, ce Benjamin, par les tiens. Et cela, sous tes yeux, en présence des fiers parens qui composaient autrefois le tribunal de famille devant lequel a comparu Giovanni.

— Impossible ! impossible ! tu veux hâter ma mort par cette horrible menace. Ah ! c'est lâche de tourmenter ainsi l'agonie même d'un coupable.

— C'est la strega qui se porte accusatrice, Pietro, et c'est toi, marquis de Campo-Forte, qui prononceras la sentence.

Puis elle frappa sur un timbre d'argent et les portes s'ouvrirent à ce signal.

— Que prétends-tu faire, Fabiana ? — s'écria le vieillard avec épouvante.

— Arracher à Diodato son masque, le flétrir devant tous, et, après l'avoir fait renier par les siens, l'écraser comme un serpent sous mon pied.

Le marquis était de plus en plus agité par un pressentiment sinistre ; une lueur étrange lui traversa l'esprit, c'était le soupçon de quelque infamie cachée.

— Grâce, Fabiana ! grâce ! L'enfant porte mon nom. Laisse-moi mourir sans rien savoir. J'aimais Giovanni. Ne déshonore pas Diodato.

— Il est trop tard. Regarde.

En effet, une foule de seigneurs graves et silencieux débouchaient par les portes.

VII

LE JUGEMENT.

En sortant de l'oratoire où il avait trouvé le bon moine, Diodato rencontra l'ancien pêcheur qui lui remit une lettre apportée par un juif inconnu.

C'était un avis par lequel Isaac lui faisait savoir que, ayant recueilli l'argent de l'amende dont on l'avait frappé, mais, ne pouvant sortir, il était prêt à acquitter sa dette.

Diodato monta aussitôt à cheval, et, suivi de Thadeo, qui portait une sacoche, il partit au galop pour le quartier des juifs. On heurta vainement chez Isaac, la porte resta close, et les voisins affirmèrent que, sorti pour affaire depuis le lever du soleil, le maître du logis n'avait pas reparu.

Diodato rentrait donc de fort mauvaise humeur au château, lorsque le vieux Roberto lui annonça que le marquis Pietro de Campo-Forte avait repris connaissance et demandait instamment à le voir.

Diodato mit pied à terre et monta chez le vieillard. Mais à peine eut-il poussé la porte, qu'il s'arrêta stupéfait sur le seuil. Pourquoi ces lumières qui semblaient faire de cette chambre une chapelle ardente ? Pourquoi tous ces seigneurs circulairement assis devant le lit du mourant ? Il enveloppa d'un regard rapide tous ces visages graves et recueillis, et il reconnut ses parens. Quelle main mystérieuse avait convoqué les membres de sa famille sans qu'il en eût donné l'ordre ?

Cependant il appela sur ses lèvres le triste sourire qu'exigeait la circonstance, marcha droit aux invités, salua les uns, serra la main des plus proches, puis, allant s'agenouiller devant le lit du vieux Campo-Forte :

— Vous m'avez fait appeler, mon père, — dit-il avec un accent hypocritement timbré de douleur.

Au même instant, une main frémissante se posa sur son épaule, et une voix sourde, menaçante, lui murmura ces mots à l'oreille :

— Ce n'est pas ton père, c'est moi !

Diodato tressaillit et releva la tête. Il vit devant lui la strega, blottie dans les amples rideaux du lit, avait échappé jusqu'alors à ses regards.

— Comment t'es-tu introduite ici, sorcière ? — s'écria Diodato, et, lui montrant la porte d'un geste impérieux : — Sors, ou je te fais chasser.

— Pietro, tu entends cet insensé ? — interrompit la strega avec son rire strident.

Le vieillard étouffa un soupir et se souleva lentement.

— Respect à cette femme, — dit-il d'une voix haletante ; — j'ai été assez coupable envers elle. Que le fils n'aggrave pas encore les fautes du père en y joignant ses insultes. Cette femme, — continua-t-il avec un pénible effort, — c'est la Fabiana, la mère de Giovanni ton frère.

Il y eut un moment d'avide curiosité parmi les assistans.

— Elle ! — dit Diodato avec son plus insolent sourire.

— Ris, ris, Diodato ; la strega tout à l'heure aura son tour.

Le marquis Pietro de Campo-Forte appela son fils d'un regard suppliant. Diodato s'approcha.

— Plus près, — murmura le vieillard. — Le jeune marquis se pencha sur le lit de son père. — Mon enfant, — dit tout bas le marquis, — je ne sais quelle accusation la Fabiana va formuler contre toi en présence de tout notre famille, mais elle m'épouvante. Réponds sincèrement à ton père qui t'aime et te croit innocent.

— Et vous avez raison, — repartit Diodato.

— Rien, dans ta conduite, n'a pu porter atteinte à l'honneur de notre maison, n'est-ce pas ?

— Rien, mon père, je vous en fais le serment.

Le vieux marquis serra la main de son fils.

— C'est devant nos nobles parens qu'elle va t'accuser. Les acceptes-tu pour juges ?

— J'accepterais Dieu, mon père, tant ma conscience est pure, — répondit hardiment Diodato.—Mais vous ne vous prêterez pas à cette comédie.

— Qu'importe, puisque tu n'en crains pas le dénouement, — répliqua le vieux Pietro. Il se tourna vers l'assemblée :—Vous qui tous êtes de ma famille, vous qui avez déjà jugé l'un de mes fils, aujourd'hui vous allez juger l'autre. Tel est le but de cette seconde réunion. Il désigna de la main son fils et la Fabiana. — Vous avez devant vous, nobles seigneurs, l'accusatrice et l'accusé ; l'un des deux est] coupable : à vous de décider maintenant. Soyez inflexibles. Je les abandonne à votre justice.

Un murmure s'éleva dans la foule, et, quand le calme se fut rétabli, la strega s'avança hardiment.

— Diodato, — dit-elle, — te souviens-tu qu'un jour nous nous sommes rencontrés dans les ruines du vieux temple de Junon ? te souviens-tu de mes dernières paroles ?

— Non, — répondit Diodato avec un calme parfait. — Est-ce que j'attache quelque importance aux divagations d'une folle. Il se tourna en souriant vers l'assemblée. — Il est bon que chacun le sache d'avance, — dit-il, — cette femme est une strega. Son honnête métier est de prédire l'avenir.

— Faisant donc ce jour-là mon honnête métier, — continua la Fabiana, — je t'ai dit : Jeune marquis de Campo-Forte, je lis dans ton cœur comme je lirais dans un livre ouvert. Je puis abaisser ton orgueil, ruiner tes espérances. Si l'un de nous deux doit craindre, c'est à toi de trembler.

— Pauvre strega ! — interrompit Diodato avec un geste de pitié qui semblait quêter pour elle l'indulgence des assistans.

— Je t'ai dit, — continua la Fabiana sans s'émouvoir, —parce que tu es insatiable, tu commettras des crimes impies. Débauché, tu souffriras de l'amour. Joueur, tu te ruineras par le jeu. Spadassin, quoique lâche, tu périras par l'épée. Je t'ai dit encore, quand tu tenais en ton pouvoir Giovanni prisonnier : Veux-tu racheter noblement les erreurs de ta jeunesse ? aime et sauve ton frère, car ta lâche cruauté envers lui a un sens mystérieux et profond que je lis dans l'avenir. Tu es Sicilien. Eh bien ! tu entendras des cris de désespoir et de malédiction s'échapper du cœur des opprimés ; tu verras des malheureux tendre vers toi leurs bras supplians, tu pourras les sauver, et pourtant tu seras sourd à leur appel. Et tout cela s'est fatalement accompli. Je t'ai vu tout à l'heure à ta besogne, au bord des fossés du château.—Le jeune marquis pâlit.—Ah ! je te l'avais bien prédit,—continua l'impitoyable strega. Aux gens de ta sorte, tous les moyens sont bons pour arriver au but. La jeune fille qui résiste, on l'enlève. On corrige hardiment la fortune par quelques tours d'adresse, et l'on se débarrasse de son adversaire par une botte secrète ou par un guet-apens. Diodato enveloppa la strega d'un regard effrayant de haine. — Ah ! tu ne ris plus, maintenant ! — dit la Fabiana.

— Non, — répliqua doucement le jeune marquis ; — la folie chez les autres a quelque chose qui m'attriste et me serre le cœur.

— Et moi, je sais quelque chose de plus attristant encore. C'est l'effronterie d'un jeune homme de vingt ans qui ose se prétendre innocent quand dix témoins l'accusent.

— Pauvre folle ! — interrompit Diodato avec un sourire à peine ébauché, — où sont-ils donc ces témoins ?... je les cherche et je ne les vois pas.

— Tu ne les attendras pas longtemps, — dit la strega avec un cri de triomphe. Et s'élançant d'un bond vers la porte par laquelle elle était venue. — Les voici ! — s'écria-t-elle.

Tous les regards s'étaient dirigés de ce côté, et l'on vit entrer le moine Garofalo tenant Suzanna par la main, puis, derrière eux, s'avançait timidement Judith escortée d'Isaac. Le vieux juif n'avait plus cet air inquiet et craintif que nous lui connaissons. Les pommettes de ses joues étaient empourprées, ses yeux noirs brillaient d'un éclat inaccoutumé, et il avait reconquis sa haute taille.

La brusque apparition de ces nouveaux personnages produisit sur les assistans une impression profonde. Le silence de mort qui régnait dans la salle donnait à cette réunion un aspect solennel et terrible.

En cet instant décisif, le vieux Pietro de Campo-Forte sentit faiblir son courage. Il se repentit d'avoir soumis à une épreuve publique l'honneur de Diodato, car il commençait à douter de son fils.

Alors, joignant les mains, il tourna vers les siens des regards éperdus qui semblaient implorer leur clémence.

Mais nul ne recueillit cette suprême prière du pauvre mourant. Tous les yeux étaient attachés sur l'accusé.

En apparence, le jeune marquis n'avait encore rien perdu de son audace. Cependant, à ses narines haletantes, à l'imperceptible frémissement de ses lèvres, un œil observateur aurait pu deviner quelle horrible torture lui tenaillait le cœur en ce moment.

La strega s'approcha de la marquise.

— Signora, — lui dit-elle, — savez-vous où sont vos diamans ?

— Mes diamans ! — répondit Suzanna ; — ils m'ont été dérobés. Depuis deux jours, tous les sbires sont à la recherche des bandits qui ont commis ce vol.

— Et depuis ce jour, pas de nouvelles ?

— Aucune.

— Que vos gens ne cherchent pas plus longtemps, je connais le voleur.

Son regard, étincelant d'une joie cruelle, s'arrêta sur Diodato, dont le masque était impassible.

— Mais il faut dénoncer ce misérable à la justice ! — s'écria la marquise.

— Vous l'exigez, signora ?

— Taire son nom, c'est se faire son complice.

— Eh bien ! cet audacieux, il est là, devant vous, calme et presque souriant. Son nom, vous l'avez deviné d'avance, c'est le marquis de Campo-Forte, votre mari.

— Lui ! — s'écria Suzanna.

Diodato, la tête haute, posa la main sur son cœur.

— Devant Dieu, — dit-il d'une voix ferme, — je déclare que cette femme a menti ! — Et il prononça ces mots avec un tel accent de vérité que des murmures éclatèrent contre la strega de tous les côtés à la fois. Diodato triomphait ; la seule preuve du crime dont on l'accusait était au pouvoir d'Isaac, et il savait bien que ce vieillard craintif était trop sous la dépendance pour oser le trahir. Il fit alors un pas vers le juif, et, lui serrant la main avec une expression fort significative : — Tu l'as entendu, mon bon Isaac, mon vieil ami ; toi aussi tu connais trop la noblesse de mon cœur pour ne pas partager l'indignation de ces nobles seigneurs, n'est-ce pas ?

— Nul, certes, ne vous connaît mieux que moi, marquis de Campo-Forte, — répondit Isaac en souriant comme il n'avait jamais souri.

Mais quand il sentit les mains glacées de Diodato abandonner la sienne, il entr'ouvrit sa robe et tira de sa poche un papier qu'il tendit à la Fabiana.

Celle-ci le remit tout ouvert aux mains du vieux Pietro de Campo-Forte qui, lui aussi, avait cru à l'innocence de son fils. Mais à peine eut-il parcouru l'acte des yeux, que sa physionomie prit une expression redoutable.

Diodato couvait son père d'un regard inquiet. Il ignorait ce que contenait l'écrit que la Fabiana avait remis au vieillard et qui, maintenant, circulait de mains en mains.

Un revirement inattendu semblait s'être opéré tout à coup dans l'opinion de ses juges. On le regardait en chuchotant, on prononçait çà et là des exclamations qui, pour lui, n'avaient encore aucun sens.

L'anxieuse incertitude qui le dévorait cessa bientôt pour faire place à une écrasante réalité quand la strega lui remit enfin cet écrit que chacun avait pu lire. C'était le reçu motivé de la somme qui lui avait été remise par Cahen-Lévi au nom de son confrère Isaac. Diodato lança un coup d'œil foudroyant au vieux juif. Celui-ci l'affronta sans détourner la tête. Alors le jeune marquis, quoiqu'il connût cet écrit par cœur, parut le lire avec une profonde attention. Mais il ne cherchait qu'une maille rompue pour s'échapper du filet dans lequel l'avait enveloppé la strega. Et, comme il était homme d'imagination, quand il releva la tête, la pâleur de son front avait disparu, son œil était calme et presque limpide, et un sourire errait sur ses lèvres.

— Eh bien! oui, — dit-il avec une expansion touchante, — j'ai vendu les diamans de ma femme : il faut bien que je l'avoue, puisque je ne me sais pas mentir. — Quelques nouveaux murmures éclatèrent dans la salle. — Mes nobles parens, — continua Diodato avec une impudence inouïe, — avant de me juger, souffrez que je me défende.

— Hâte-toi donc de te justifier, malheureux! — interrompit le vieux Pietro d'une voix plaintive.

— Hélas! mon père, — répliqua Diodato en essuyant une larme, — il est une race de gens maudits sous le souffle impur desquels tout se flétrit et se transforme. Pour eux, toute généreuse action recèle une trahison. La vertu n'est qu'un masque hypocrite, le plus noble dévouement qu'un calcul, l'honneur qu'un mot vide de sens. Ce sont ces gens-là qui, les premiers, ont, je ne sais de quel droit, interprété ma conduite. Pour vous, pour vous seul, mon père, je vais descendre jusqu'à me justifier devant eux. En votre absence, les proscrits avaient commis des actes de brigandage qui ne pouvaient rester impunis. Je me suis mis en campagne à la tête de nos sbires, jurant d'exterminer jusqu'au dernier de ces bandits. Mais bientôt manquant pour mes hommes de vivres et de munitions, j'ai dû faire argent de tout. J'ai donc vendu les diamans de la marquise, qui après tout sont bien un peu à moi. En ne reculant devant aucun sacrifice pour triompher de la révolte armée, j'ai cru faire preuve de dévouement et de fidélité envers le roi notre maître. — Et, promenant un regard de défi sur ceux qui devaient être ses juges : — Maintenant, — continua-t-il, — que celui d'entre vous qui osera me blâmer se lève!

Un morne silence accueillit cette audacieuse provocation. Seul, le marquis de Campo-Forte parut soulagé d'un grand poids et respira plus librement. Le pauvre vieillard voulait croire à l'honneur de son fils; mais la strega n'était pas femme à lâcher aisément sa proie.

— O le loyal et fidèle gentilhomme, qui pour servir son maître a vendu jusqu'au portrait de sa mère! — s'écria la strega avec un accent de rire cruel.

Le marquis Pietro de Campo-Forte laissa échapper un sourd gémissement.

— Dirait-elle vrai, Diodato, m'aurais-tu ravi ce portrait que j'aimais tant à contempler et qui faisait revivre notre chère morte à mes yeux? Tu n'as pas eu le courage de trafiquer de cette sainte relique que je rachèterais au prix de mon dernier souffle. — Diodato garda le silence. — O profanation! — murmura le vieillard en sanglotant.

Tous ceux qui l'entendirent furent émus d'une douloureuse pitié. Judith fondit en larmes; elle qui pourtant n'avait jamais connu sa mère; et, tombant agenouillée devant le lit du marquis, elle lui tendit un médaillon enrichi de diamans.

— Ce portrait aimé, le voici, seigneur de Campo-Forte, — s'écria-t-elle. — Je ne l'ai demandé à mon père que pour vous le rendre un jour. — Le mourant porta pieusement le médaillon à ses lèvres, et, passant ses deux mains toutes frémissantes sur les épaules de la jeune fille, il l'attira doucement à lui et la baisa au front. — Noble cœur, — murmura-t-il, — c'est à toi que je devrai ma dernière joie en ce monde!

— Monseigneur, — reprit Diodato, — je vous l'ai avoué; je ne me suis imposé ce pénible sacrifice que pressé par la plus impérieuse nécessité, et j'ai fait de cet argent un honorable emploi, mon père.

— Dis donc plutôt, — reprit la strega, — que cet argent t'a servi à payer une dette de jeu.

— Cette fois, la mémoire est en défaut, strega. Il m'a servi à payer à mes hommes huit jours de solde arriérée.

— Je répète qu'il t'a servi à payer une dette de jeu contractée envers le prince Gregorio de San-Caraldo, et qu'il te fallait acquitter sans retard.

Diodato frissonna de la tête aux pieds.

— En effet, je me souviens, — dit-il d'un ton insouciant, — à cette époque je me suis acquitté envers lui d'une misère, mais c'était une dette d'honneur.

— D'honneur! — s'écria la strega. — Oses-tu bien prononcer ce mot, misérable? Je vais vous expliquer, moi, nobles seigneurs, comment ce misérable bandit paye une dette d'honneur.

— Pas une insulte de plus, strega, ou je châtierai ton insolence! — s'écria Diodato.

Oubliant alors sa réserve, il s'élança vers la Fabiana avec un geste de menace. Mais le moine Garofalo lui barra le passage.

— Obéissance à ton père, qui t'a dit respect à cette femme.

Le jeune marquis comprit son impuissance.

— Merci, révérend Garofalo, — dit-il avec une feinte humilité, — merci de m'avoir rappelé ce que je dois à ceux qui m'entourent, et que je me dois à moi-même.

La vindicative strega poursuivit :

— Pendant la fête de nuit qui a été donnée dans le château lorsque ton père a été nommé gouverneur de la province, tu as perdu contre le prince San-Caraldo, dans cette seule nuit, non-seulement la fortune que t'avait léguée ta mère, la dot que t'avait apportée Suzanna di Martorano, ta femme, mais encore je ne sais plus quelle somme énorme que tu ne possédais pas. Quand tout le monde eut quitté le château, tu te couvris le visage d'un masque, tu t'armas d'une solide épée de combat, et tu allas attendre ton ami San-Caraldo à l'angle d'un sentier. Or, quand il passa, comme tu le savais sans armes, tu te ruas lâchement sur lui et ton épée se brisa dans sa poitrine. L'infortuné tomba sans connaissance, baigné dans une mare de sang. Ta main avide cherchait le portefeuille qui contenait ta fortune, mais j'étais là, te regardant à l'œuvre, et je riais en voyant par quel entraînement fatal tu arrivais à accomplir toutes mes prédictions une à une. Alors tu levas la tête, Diodato, et tu me reconnus. N'ayant pas le courage de ta lâcheté, tu abandonnas le portefeuille et tu t'enfuis à travers champs.

Le vieux marquis, respirant à peine, écoutait la strega dans une immobilité complète.

— Strega, vous délirez, ma chère! — dit Diodato d'un ton railleur. — Ce que vous nous racontez là passe les bornes de la folie humaine. Ainsi, moi Diodato, j'ai traîtreusement tué, il y a plusieurs mois, mon ami San-Caraldo, qui se portait à ravir il y a deux jours! Ne serait-ce donc, hélas! que son ombre que nous voyons errer dans nos fêtes?

Il tira de sa poche un billet qu'il mit sous les yeux de la strega :

— Cette lettre, qu'il m'a fait l'honneur de m'adresser hier et qu'il a signée de sa propre main, prouve jusqu'à l'évidence que je ne l'ai pas encore tué. Allons, ma pauvre strega, décidément tu divagues.

La strega, elle aussi, avait tiré de sa poche un papier qu'elle ouvrit.

— Mais cette lettre, — dit-elle, — cette lettre que tu as signée de ta propre main prouve jusqu'à l'évidence que tu as assassiné San-Caraldo comme un lâche. Écoutez tous.

« Je soussigné, Diodato, marquis de Campo-Forte, déclare avoir attaqué cette nuit, à main armée et le visage

» masqué, le prince Gregorio de San-Caraldo, mon ami,
» que je savais armé seulement d'un stylet pour toute dé-
» fense; l'avoir traîtreusement frappé de deux coups d'épée
» dans le dessein bien arrêté de lui voler les trente mille
» ducats qu'il m'avait loyalement gagnés au jeu, et m'être
» enfui le laissant pour mort. — Signé DIODATO, marquis
» de Campo-Forte. »

Le jeune marquis devint d'une pâleur livide.

— Je n'ai pas signé une telle infamie ! — s'écria-t-il ; —
cette pièce a été fabriquée par mes ennemis pour me
perdre ; elle est fausse. J'en appelle au témoignage de
San-Caraldo lui-même.

— Tu le veux ! — interrompit la strega avec un ricanement sauvage. — qu'il soit donc fait ainsi que tu le désires.

Elle ouvrit une dernière fois la petite porte secrète et
frappa dans ses mains. San-Caraldo parut à cet appel.

— Entrez, prince, — lui dit-elle, — Diodato invoque
votre témoignage.

Le prince s'arrêta un instant sur le seuil et promena
autour de lui des regards étonnés. Chacun s'était levé.

— Fabiana, — dit le prince d'une voix grave, — tantôt
tu m'as supplié de venir, me voici. Que veux-tu de moi ?

— Gregorio de San-Caraldo, je t'ai sauvé la vie, — répondit la strega.

— Je ne l'ai pas oublié.

— Tu m'as offert une récompense.

— Et tu l'as refusée. Demande, je suis prêt à m'acquitter envers toi.

— Eh bien ! je t'adjure de déclarer ici, en présence de
tous, que cette lettre a été dictée par toi, écrite par Diodato
lui-même et signée de sa main.

— D'où tiens-tu cet écrit ? — demanda le prince étonné.

— Il m'a été donné par les gens qui l'ont transporté
mourant à ton château.

— Les misérables !

— Dis les honnêtes gens. Ceux-là pouvaient te voler
impunément, et ils ne l'ont pas fait.

— Tu as raison, strega.

— D'un seul mot tu peux acquitter ta dette de reconnaissance envers moi. Cette lettre est-elle fausse ? — Le
prince fronça le sourcil et parut hésiter un instant. Tous
les regards semblaient rivés à ses lèvres. — Gregorio de
San-Caraldo, pas de pitié ! — s'écria la strega, la prunelle
étincelante ; — devant Dieu, je t'adjure de dire la vérité.

— Eh bien ! — répondit le prince visiblement ému, —
je l'avoue à regret pour ce noble vieillard, qui
fut toute sa vie l'esclave de son honneur, cette lettre est le
récit fidèle de ce qui s'est passé.

Une explosion de voix confuses accueillit cette révélation.

Le vieux marquis de Campo-Forte poussa un cri rauque.
Sa face s'était marbrée de taches verdâtres, ses dents s'en-
tre-choquaient, à chacun de ses cheveux perlait une goutte
de sueur. Puis il cacha sa tête dans ses mains, et l'on vit
ses larmes jaillir entre ses doigts ridés.

La grande douleur de ce vieillard qui pleurait comme
un enfant avait quelque chose de déchirant.

Diodato se jeta tout éperdu sur le lit de son père, et enveloppant le vieux Pietro dans ses bras :

— Grâce ! s'écria-t-il, — ne repoussez pas le coupable qui se repent et implore à genoux son pardon !

— Il n'y a pas de pardon pour de tels crimes, — répondit le marquis d'une voix terrible.

— Comment cette fatale pensée a-t-elle pu me venir ?
je ne sais, — continua Diodato ; — j'avais perdu la raison,
j'étais pris de vertige. Ayez pitié de moi, mon père !

— Jamais ! — répondit le vieillard en repoussant son
fils.

— Grâce ! au nom de ma mère ! — dit en sanglotant le
jeune homme qui cherchait à porter le médaillon à ses
lèvres.

Pietro le lui arracha convulsivement des mains.

— Ne souille pas cette sainte image. Voudrais-tu me la
voler encore ? Va-t'en. Sors d'ici, assassin !

Et comme Diodato se cramponnait au lit de son père :

— Mes amis, — cria le vieillard saisi d'effroi et de délire,
— éloignez ce monstre, qui ne veut m'enlacer dans ses
bras qu'afin de m'étouffer.

— Mon père, je ne puis me résigner à vous quitter sans
emporter au moins l'espérance d'un pardon.

— Tu n'emporteras que ma malédiction ! — s'écria le
vieux marquis en étendant ses deux mains sur la tête de
son fils.

Diodato se leva, porta la main à son front avec un geste
de désespoir, et s'enfuit comme pour échapper à ce terrible
anathème.

VIII

LES DEUX FRÈRES.

Le jeune marquis avait pris brutalement son parti.
D'ailleurs, prolonger plus longtemps cette scène de famille
lui paraissait profondément ridicule.

Il sortait donc en rajustant les plis de son jabot, lorsqu'il aperçut au milieu de la sombre galerie dans laquelle
il venait de s'engager un homme qui, un stylet à la main,
gardait l'étroit passage.

Diodato se souvint tout à coup des paroles de Judith
C'était donc lui que guettait cet homme. Il eut peur et
voulut retourner sur ses pas, car il était sans armes.

Mais le vengeur s'élança sur lui, et l'étreignant d'un
bras nerveux, il lui présenta à la hauteur du visage la
pointe aiguë de son poignard.

Diodato resta muet et frappé de stupeur. Il se trouvait
face à face avec Giovanni qu'il croyait avoir noyé dans les
souterrains du château.

Les deux frères se regardaient en silence, pâles comme
des assassins surpris par le guet. Cependant le marquis
grimaça un sourire.

— Giovanni, — dit-il d'une voix mal assurée, — si c'est
pour te venger de Diodato que tu t'es embusqué ici, tu
peux remettre ton stylet dans sa gaîne. Je ne suis plus le
Diodato d'autrefois. Si tu as été renié par la famille, moi
j'ai été maudit par mon père. Cette fraternité dans le
malheur doit nous rapprocher aujourd'hui. Plus de haine
entre nous, Giovanni. Oublions le passé. Frère, je te tends
la main.

— Hier encore j'aurais accepté, maintenant il est trop
tard, — dit le vengeur sans quitter le poignet du jeune
marquis qu'il serrait dans sa main nerveuse, sans abaisser
la pointe de son poignard.

— Ah ! je comprends, — reprit Diodato, dont la pâleur
allait en augmentant ; on a décidé ma mort, et c'est toi,
mon frère, qui viens exécuter la sentence.

— Tu dis vrai, j'ai été désigné par le sort, — répondit
Giovanni d'une voix sombre. — J'ai fait serment d'obéir ;
donc il faut que je te tue sans pitié. Diodato, recommande
ton âme à Dieu, car tu vas mourir !

— Non, c'est impossible, tu ne commettras pas ce lâche
assassinat ; tu n'en auras pas le courage.

— Marquis de Campo-Forte, fais ta prière ! — Diodato,
tout frémissant d'épouvante, tenta de se dégager par une
brusque secousse ; mais la main qui le retenait était de
fer. — Diodato, — dit le bâtard, — si pourtant tu le voulais... tu pourrais m'épargner ce fratricide.

Le jeune marquis respira.

— Parle, ami, je ne reculerai devant rien... Faut-il fuir
et gagner le détroit ?

— De cette galerie, — dit Giovanni, — j'ai entendu ce
qui s'est passé dans la chambre de notre père. Tu es perdu,
déshonoré. Il ne te reste plus qu'un parti à prendre. A ta
place je n'hésiterais pas.

— Que ferais-tu ?

— Je me tuerais.

— Me tuer !

— Après avoir flétri le noble nom des Campo-Forte, tu n'as plus que cette dernière ressource pour échapper à la honte.

— Laisse-moi vivre au moins pour expier mes fautes.

— Ces fautes-là ne s'expient pas, Diodato. Finis-en bravement avec la vie si tu ne veux pas que ce soit moi qui venge à la fois mes frères les proscrits et l'honneur de notre famille.

Au regard inexorable du bâtard, le jeune marquis comprit qu'il était perdu.

Une pensée rapide comme l'éclair illumina son front.

— Oui, tu as raison, Giovanni; pour échapper au mépris du monde, à mes remords, et surtout, ami, pour que ta main ne se souille pas du sang de ton frère, mieux vaux que je me tue moi-même. — Il releva fièrement la tête. — Donne-moi ton poignard, Giovanni, et tu verras si je suis un lâche.

Le bâtard tendit son stylet au jeune marquis et lui serra doucement la main en détournant les yeux.

Au même instant, un coup vigoureux l'atteignit au côté. Diodato l'avait frappé de son stylet. Heureusement la lame avait glissé sur la ceinture de buffle du proscrit.

Indigné de cet acte de lâche trahison, Giovanni ne laissa pas le temps à l'assassin de lui porter un second coup. Se ruant sur lui, il l'enlaça dans ses bras d'acier et le renversa sous son genou.

En tombant Diodato abandonna son poignard.

La lutte corps à corps qui s'était engagée entre les deux frères était trop inégale pour durer longtemps. Mais pendant que Giovanni, à défaut d'arme, serrait à la gorge son frère, dont le visage bleuissait à vue d'œil, un homme qui s'était glissé dans l'ombre posa tout à coup ses deux mains formidables sur les épaules du bâtard, et l'attirant en arrière il le renversa sous Diodato.

Cet homme était Thadeo, l'ancien pêcheur.

Se voyant assailli par ce second adversaire, Giovanni poussa un rugissement de fureur.

— Thadeo, — dit le jeune marquis, — ramasse le stylet que j'ai laissé tomber.

— Si je lâche prise, Excellence, il va vous renverser à son tour. Vous n'êtes pas de force à le maintenir tout seul, et nous deux suffisons à peine à la besogne.

Giovanni se débattait avec une telle énergie, leur imprimait de si violentes secousses, qu'il était à craindre en effet qu'il ne reprît le dessus. Mais une femme avait recueilli le cri de détresse jeté par le bâtard; elle aussi elle se glissa sans bruit dans l'ombre, afin d'égaliser la lutte, et quand elle fut tout près des combattans :

— Courage, mon Giovanni, — s'écria-t-elle, — ta mère te vient en aide.

— La strega ! — exclama Diodato. Saisi d'épouvante il se releva d'un bond. La strega lui appuya résolûment le canon d'un pistolet sur la poitrine et fit feu. Le jeune marquis tomba sans proférer une plainte. La balle lui avait traversé le cœur. Au bruit de cette détonation, Thadeo s'enfuit à toutes jambes. Giovanni ramassa son stylet, se mit à la poursuite du pêcheur, et le joignant bientôt il lui plongea trois fois son poignard dans la gorge.

— Je me meurs ! — soupira Thadeo en se débattant dans son sang.

— Ne t'avais-je pas prédit, sous les colonnes du temple de Junon, que tu mourrais en même temps que ton maître ? — lui répondit la strega avec son éclat de rire étrange. Et saisissant Giovanni par la main : — Viens, lui dit-elle.

— Où me conduisez-vous, ma mère?

— Au chevet du vieux Campo-Forte.

La foule entourait le vieillard, qui luttait contre la mort dans une dernière convulsion.

Giovanni s'agenouilla devant le lit de son père.

Le vieux Pietro le reconnut et lui tendit la main. Le bâtard la saisit avec transport et la porta à ses lèvres.

— Fabiana, — dit le mourant d'une voix éteinte, — j'ai entendu un coup de feu.

— Diodato n'a pas voulu survivre à son déshonneur, répondit la strega. — La tache faite à ton nom est lavée, Pietro !

— Dieu soit loué ! — murmura le vieillard; — je ne croyais pas qu'il aurait eu ce courage. — Et faisant signe au moine d'approcher : — Garofalo, — continua-t-il en s'arrêtant à chaque mot pour rassembler ce qu'il lui restait de force, — je vous lègue tout mon bien... pour vos pauvres.

— Seigneur de Campo-Forte, vos dernières volontés seront fidèlement exécutées.

— Vous n'oublierez pas Giovanni... dans vos prières.

— Ni dans mes libéralités, — ajouta Garofalo en lui faisant un signe d'intelligence.

— Giovanni, mon fils, — continua lentement le marquis de Campo-Forte, — quitte la Sicile... pendant que je respire encore... moi mort... tu n'y serais plus en sûreté. Pars à l'instant, mon fils... pars en emportant le pardon et la bénédiction de ton père.

Giovanni porta de nouveau à ses lèvres la main du vieillard et la couvrit de larmes et de baisers. Puis sentant ses sanglots l'étouffer il se laissa emmener par Fabiana, afin d'épargner à son père, qu'il ne devait plus voir, le spectacle navrant de sa douleur.

IX

LA POTENCE.

Une heure après, la strega, Giovanni, Judith, Isaac et le bon moine Garofalo abandonnaient la ville.

Le bâtiment sur lequel le vieux juif avait retenu passage pour lui et ses gens devait partir le soir même. Une barque amarrée au rivage les attendait pour les conduire à bord.

Ils gagnaient donc rapidement la mer, lorsqu'en passant par la porte de Girgenti ils aperçurent attaché à la potence le corps d'un homme que le vent berçait doucement.

— Encore un pendu ! — soupira Judith en détournant les yeux.

— C'est Paolo Guarneri, — répondit la strega, — le sbire qui recevait de la main droite l'argent de l'État pour arrêter les larrons, et de la main gauche sa part des vols qu'ils commettaient. Dénoncé hier, il a été pendu ce matin. Je le lui avais prédit sous les colonnes du temple de Junon.

FIN DES PROSCRITS DE SICILE.

Paris. — Imprimerie J. Voisvenel, rue du Croissant, 16.